하늘을 나는 말

SORA TOBU UMA(Flying Horse)
by Kaoru Kitamura

Copyright ⓒ 1989 Kaoru Kitamura
All rights reserved.
This Korean edition is published by arrangement with Tokyo Sogensha
Co., Ltd., Tokyo in care of Tuttle-Mori Agency, Inc., Tokyo through Tony
International, Seoul.

하늘을 나는 말

기타무라 가오루 지음

정경진 옮김

한스미디어

차례

일러두기

이 소설에 등장하는 '엔시 씨'의 직업은 화술을 기반으로 예능을 펼치는 라쿠고가(落語家)이고, 주인공 '나'는 라쿠고를 좋아하는 국문과 학생이다. 이런 설정상 말장난이나 언어유희가 심심찮게 등장하는데, 우리말로 옮겼을 때 의미나 분위기가 퇴색되는 경우에는 원문 표현을 그대로 적고 옮긴이 주(註)를 덧붙여두었다. 아래에 라쿠고에 대해 간단하게 설명해둔다.

라쿠고(落語)는 일본 근세기에 생겨나 현재까지 계승되고 있는 일본 특유의 이야기 예술이다. 예능인인 라쿠고가가 부채나 수건 같은 소도구와 함께 목소리, 추임새, 몸짓만으로 해학과 풍자가 섞인 이야기를 익살스럽게 연기한다. 라쿠고 협회를 통해 꾸준히 제자를 양성하고 있으며, 제자는 스승이나 유명한 라쿠고가의 이름을 물려받는다. 라쿠고는 텔레비전 방송에서도 방영되는 등 현재까지도 많은 사랑을 받고 있다.

옮긴이 주는 본문 중에 작은 고딕자로 병기하였다.

오리베의 망령

이

잠…… 하면 고교 시절에는 아침에 일어날 때 무지하
게 졸렸다. 일어날 시간이야, 하는 소리에 비몽사몽 간에
보내는 몇 분. 일어날까, 아니 십 초만 더. 지옥의 고통과
무아의 황홀경 사이를 오가는 커다란 추에, 연파랑 파자
마를 입고 걸터앉아 흔들거리던 나. 그 시절, 매일 아침
베개에 볼을 비비대는 것만큼 기분 좋은 일은 없었다. 머
리카락이 이마와 귀로 흘러내리고, 정든 베개는 내 얼굴
모양을 또렷하게 기억해주고 있었다.

그것이 불과 몇 년 전 일이다. 과거라고 할 만큼 오래
전 일이 아니다.

"여자애가 아침잠이 저렇게 많아서 어째."

대학생이 되고 나서는 이제 깨워주지 않는 어머니의

자못 '여자' 선배스러운 잔소리를 몽롱한 정신으로 들으면서, 2층 방에서 비틀비틀 아래층으로 내려가는 대낮에 가까운 아침 또는 아침에 가까운 대낮도 많아졌다.

"또 그 소리!"

나는 그럴 때 그야말로 여자답지 않은 말투로 "그럼 남자는 늦잠 자도 돼?"라거나 "타고나길 저혈압인 걸 어떡해"라고 툴툴거리면서 세수를 한다.

하여 1교시부터 수업이 있는 날은 많이 괴롭다. 고교 1교시보다 이른 데다, 도쿄까지 먼 길을 가야 하니 정말이지 죽을 맛이다.

1학년 중간까지는 그래도 성실하게 다녔지만, 문제는 또 있었다. 어중간하게 오후에 나가도 되는 날이 섞여 있는 것이 또 괴로운 것이다. 그러는 중에 출석표를 삼십 분 지나서 나눠준다는 사실을 알았다. 대강의실에서 수업이 있을 때는 이 종이에 이름과 학번을 적어서 낸다. 그러면 출석 처리가 된다.

아침 삼십 분.

과일은 아침에 먹으면 금, 점심에 먹으면 은, 저녁에 먹으면 동이라고 한다. 잘은 모르지만 그게 몸에 좋은 순서라고 어머니가 말했다. 어쨌거나 정신의 충실도 따위와는 무관하게 단지 바지런한 것에 가치를 두는 것이라면, 아닌 게 아니라 아침 시간은 십팔금이다. 삼십 분 늦어도 세이프인 것의 유혹은 크다.

그래서 고교 시절에는 맹장 수술을 했을 때 빼고는 지각, 결석, 조퇴는 물론이고 청소 한 번 땡땡이친 적 없던 내가 지금은 완전히 지각 상습범이 되었다. 도시가 여자를 타락시켰다.

하지만 조증 상태가 갑작스럽게 찾아오는 날도 있는 법이다. 이날은 새벽 세 시까지 책을 읽은 것치고는 비교적 일찍 눈이 떠졌다. 참고로 내 취미는 문학부 학생답게 헌책방 순례. 전날 데려온 책은 1929년 판 신초샤新潮社 세계문학전집. 프랑수아 코페의 『사자의 발톱』을 읽고 스스로 대견한 마음이 들었다.

그리고 이날 아침은 웬일로 컨디션이 좋았다. 밖은 봄비가 촉촉하게 내리고 있었다. 비가 오는 날인데도 더 자고 싶은 생각은 들지 않았다.

괜스레 들뜬 마음으로 아래층에 내려가 아침을 먹고, "다녀오겠습니다" 인사하고 집을 나왔다. "어택, 어택!" 의미 없이 중얼거리면서 우산을 꼭 쥐고 학교로 향했다.

이 고양감과 그 느슨함, 즉 잠으로부터 모든 것이 출발한 것이다.

o2

배신당한다는 것은 퍽 불쾌한 일이다.

문학부 건물이 있는 긴 언덕을 올라가면서 어쩐지 불길한 예감이 들었다. 처음으로 십이 분 여유 있게 1교시 수업을 들으러 가는 것의 낯섦이 그 까닭이었을까. 날씨 탓에 썰렁한 안뜰을 지나 사무실 앞 게시판을 봤을 때 나는 '역시'라고 생각했다.

……휴강.

우리 집 부엌 식탁 위에는 작은 간장 병이 있다. 작년에 그 안으로 자꾸 작은 날벌레가 들어가서 애를 먹은 일이 있었다. 주둥이를 깨끗하게 닦아둬도 소용없었다. 왠지 께름칙해서 미관상 좋지 않지만 완전히 밀폐되는 시판 간장 통을 그대로 두었다.

식탁에 앉으면 눈앞에 그 간장 통이 있다. 성분이 적힌 라벨이 이쪽을 향해 있으면, 맨 위에 찍힌 문자가 내 의지와 상관없이 눈에 들어온다. 진간장. 처음 봤을 때 어?

하고 당황했었다.

'젠장'으로 보였던 것이다_{일본어로 '진간장'과 '젠장'은 글자 조합이 비}

슷하다.

보통은 아싸 하고 경박하게 소리를 지르는 휴강 공지이지만 이때만큼은 '젠장'이었다.

아직 여덟 시. 다음 수업은 점심이 지나서였다. 울고 싶었다.

빗방울은 가늘어져 있었다. 매점은 언제 열려나, 입으로 중얼거리면서 손으로는 우산을 펼치고 발은 강의실이 아닌 연구실동 쪽으로 향했다. 국어사전을 세워둔 것처럼 생긴 건물이다.

바보와 연기는 높은 곳을 좋아한다던가. 나는 무작정 탄 엘리베이터를 몇 층인지도 모르고 적당한 층에서 내렸다. 긴 복도는 썰렁했다. 아마도 6층이나 7층이었을 것이다. 널따란 창문으로 밖을 내다보자, 그곳에는 신기한 아침 풍경이 펼쳐져 있었다.

밤사이 내린 비가 이따금 떨어지던 하늘에, 겨우 볕이 돋고 있었다.

하늘은 여전히 비구름으로 덮여는 있었다. 하지만 지평선 바로 위 구름 자락을 커다란 버터나이프로 휙 떠낸

듯한 형상이었다. 이렇게 깨끗하게 위아래가 나뉜 하늘을 본 적이 없었다.

하늘의 절반 이상은, 삿갓 쓴 소녀일본의 한 전래동화에 벗겨지지 않는 삿갓을 쓰고 다니는 소녀가 등장한다가 봤던 하늘이 이랬을까 싶은, 꿈꾸는 것마저도 허락되지 않는 절망으로 가득 찬 칠흑의 하늘이었다. 그러나 수평으로 그어진 구름의 경계 아래쪽은 반대로 신기할 정도로 밝았다. 젖은 지붕들은 눈부시게 빛났고, 멀리 보이는 신사 벚나무에서는 초록색 어린잎이 반짝이고 있었다.

그것은 헉하고 숨을 멎게 하는 광경이었다.

나는 잠시 넋을 놓고 그 풍경을 바라보았다. 이것을 보려고 온 것 같은 기분이 들었다. 그렇다면 그것으로 됐다.

눈이 게슴츠레 풀렸다. 간밤에 잠을 충분히 자지 못했다. 그렇다, 나는 졸렸던 것이다.

유리창 풍경 위에 포개진 쇼트커트를 한 내 모습에 얼굴을 가져갔다. 차갑고 단단한 감촉이 뺨으로 전해졌다. 두한족열頭寒足熱. 기분이 좋았다. 그대로 숨을 토하자 유리창이 뿌옇게 흐려졌다. 그 위에 손가락으로 'L'histoire역사'라고 써보았다.

덧없이 지는 꽃잎처럼 아홉 글자가 흰 배경과 함께 사

라졌다. 나는 이끌리듯 이번에는 이마를 유리창에 댔다. 하지만 불려고 했던 입김은 도중에 하품으로 바뀌었다. 그때 나는 가방을 어깨에 메지 않고 오른손에 들고 있었다. 그리고 왼손에는 접은 우산이 있었다.

우산 든 손으로 입을 가리려다가 젖은 우산 끝이 눈에 들어왔다. 나는 손을 내렸다. 본 사람은 없었다. 창문 쪽은 불특정 시선이 있을 수 있기 때문에 쥐 죽은 듯 고요한 복도 쪽으로 몸을 돌리고, 재주를 부리는 물개처럼 양팔을 옆으로 활짝 벌려 하품을 했다. 해버렸다.

내 입으로 말하기 좀 그렇지만, 조금은 귀염성이 있다고 생각되는 얼굴에 이런 행동은 치명적일 수 있다. 크게 입을 벌리기 위해 필연적으로 눈을 꼭 감았기 때문에 정면 문이 열리는 것을 가장 먼저 알아챈 것은 내 귀였다.

심장이 하품과 함께 입 밖으로 튀어나오는 것 같았다.

"……오, 이런."

문을 열고 나온 사람은 그런 말로 내게 굴욕을 줬다. 다만 이것은 주관적인 문제로, 그 상황에서 '나는 고양이로소이다'라고 했어도 나는 굴욕을 느꼈을 것이다. 객관적으로 말해서 상대에게는 책임이 없었다. 게다가 말투에는 조롱도 경악도 섞여 있지 않았다. 오히려 미안해하는 느낌이었다. 생각해보면 그런 상황에서 할 수 있는 말이란 '오, 이런' 정도밖에 없을지도 모른다. 그리고 나도 하품을 삼킨 입을 필요 이상으로 작게 오므리고 아주 애매하게 대꾸했다.

"……아, 죄송해요……."

말에 색이 입혀진다면 이 '아'도 '죄송해요'도 새빨간 색이었을 것이다.

얼빠진 대꾸를 하던 와중에 나는 상대가 근세문학개론의 가모 교수님이라는 것을 알았다.

커다란 안경 너머에서 사람 좋아 보이는 서글서글한 눈이 나를 바라보고 있었다. 반면에 두툼한 입술은 중후한 분위기를 풍겼다.

사실 나는 나보다 연장자의 나이는 가늠이 잘 안 된다. 내가 그 나이가 돼보지 않았으니 당연한지도 모르겠다. 삼십대, 사십대가 특히 어렵다. 통틀어서 그냥 아저씨로 보인다.

가모 교수님은 머리숱이 많지 않아서 실제 나이보다 더 들어 보이는 건지도 모르지만, 어쨌거나 우리 아버지보다는 많다. 아마도 육십대일 것이다.

"흐음."

교수님은 무슨 말을 할까 고민하는 듯 보였다. 이어 그 입이 곡선을 그리기 시작했다. 하품이 나오려는 것을 참는 눈치였다. 내 하품이 전염된 것이다. 행복한 우스움이랄까, 나는 빙긋 미소를 지었다.

교수님은 장난을 치다 들킨 아이 같은 얼굴을 했다. 그러고서 빙그레 웃으며 말했다.

"커피 한잔할까요?"

03

왜 당연히 인스턴트커피일 것이라고 생각했을까. 교수님은 능숙하게 포터필터를 세팅하더니 깡통에 든 분쇄 원두를 덜어 넣었다.

책으로 둘러싸인 연구실에 커피 향이 퍼졌다.

굳이 말하자면 나는 커피보다 홍차를 좋아한다. 그래도 이런 커피 향에는 거부할 수 없는 매력이 있다.

"학생은⋯⋯."

교수님은 구석 장식장에서 찻잔을 꺼내면서 온화하게 확인하듯 물었다.

"다쓰미 게이샤였지요?"

"네."

제삼자가 들으면 참으로 이상한 문답일 것이다. 실은 교수님의 첫 수업 때 있었던 일이다. 첫 수업이라 일단은 가벼운 잡담으로 시작했지만, 그러는 중에 시대의 흐름과 함께 상식도 변한다는 이야기가 화제에 올랐다.

"앞으로 여러분도 에도 시대 문학을 공부하게 될 텐데, 혹시 다쓰미 게이샤라는 말을 들어본 적 있습니까?"

교수님은 매우 정중하게 말한 뒤, 내가 앉은 줄 맨 앞에서부터 차례로 묻기 시작했다. 나는 그때 앞에서 다섯 번째 자리에 앉아 있었다. 우왕좌왕하는 사이에 내 차례가 되었다. 나는 조심스럽게 대답했다.

"후카가와에서 활동하던 게이샤라고 알고 있습니다."

요시와라에도에 있던 유곽와는 또 다른 유곽으로, 그곳에서 활동하던 게이샤를 그렇게 불렀다는 것 정도는 알고 있었다. 아버지가 국문과 출신이라 집에 에도 문학 책들이 꽤 있었다. 기뵤시에도 시대에 유행했던 삽화가 들어간 통속소설 같은 책은 초등학생 때부터 그림책 보듯 봤다. 지금 생각하면 뭘 알고나 봤을까 싶지만, 『한단지몽 그 전날』이나 『십사경성의 본심』 같은 책을 재미있게 봤던 기억이 있다.

나는 어릴 때 이상한 습관이 있었다. 스스로 분석하자면, 행복한 상태를 더욱 행복한 상태로 만들겠다는 발상에서 나온 행동이었다고 생각하는데, 뭐냐 하면, 재미있는 책이 생기면 흥분해서 허겁지겁 먹을 것부터 준비하는 것이다. 또 반대로 집에 케이크라도 있으면 역시 허겁지겁 마음에 드는 책을 준비했다.

　물론 어머니는 행동이 조신하지 못하다고 잔소리를 했지만, 뭐 일단 아버지부터가 우리를 태우고 차를 운전할 때면 "녹색불로 바뀌면 얘기해라" 하고 신호를 기다리는 사이에도 책을 읽는 사람이라, 먹는 시간도 아껴서 독서한다는 관점에서 바라보면 딱히 혼낼 일도 아닌 것이다.

　그 '허겁지겁 책' 가운데 방금 말한 기뵤시가 있었고, 그 연장선으로 고교 시절에는 샤레본유곽을 무대로 한 에도 시대의 풍속소설까지 두루 섭렵했다.

　"흐음."

　교수님은 내가 대답하자 오히려 흥이 깨진 듯이 뺨을 문질렀다.

　"도쿄 출신인가요?"

　"아니요."

　그제야 교수님은 비로소 고개를 끄덕였다.

그 일을 기억하고 있었던 것이다.

교수님은 김이 모락모락 나는 커피 잔을 내 앞에 놓았다. 흔히 쓰는 것보다 약간 깊고 큼직한 찻잔이었다. 나는 찻잔을 보고 조금 전 그 신기한 하늘을 떠올렸다. 수평은 아니었지만 찻잔도 흑과 백으로 양분되어 있었다. 손잡이를 오른쪽으로 놓고 봤을 때, 정면 중앙을 세로로 비스듬히 잘라서 왼쪽이 흑색이고 오른쪽이 백색이었다.

무거운 흑색 쪽을 조금 적게 해서 밸런스가 맞았다. 백색 부분에는 우물 정#처럼 생긴 문양이 무심한 듯, 하지만 힘 있게 그려져 있었다.

내 손에 들려 있기에는 아까운 느낌이었다.

"오리베 커피 잔은 잘 없지요."

교수님이 앞에 앉으면서 말했다.

"어머, 이거 오리베 자기예요?"

피아노는 잠깐 배웠지만 다도와는 인연이 없다. 고교 축제 때 다도부 친구가 표를 떠안기는 바람에 어쩔 수 없이 가서, '꿀떡꿀떡'까지는 아니더라도 네다섯 명이 쪼르르 앉아 앞사람이 하는 대로 따라 마신 적이 있는 정도다. 그러니 찻잔에 대해서도 잘 모른다.

"오리베 자기는 녹색 아닌가요?"

집에서 어머니가 음식 색감에 따라 가끔 내놓는 사각 그릇이 있었다. "오리베 자기란다" 하고 어머니는 말했다. 그래서 내 머릿속에는 그 이미지가 고정관념처럼 박혀 있었다.

"이건 결도 있고……."

나는 내 무지함을 재차 확인시켰다.

"결은 형틀을 이용해서 만든답니다."

교수님은 어르듯 천천히 말했다.

"형틀 위에 천을 깔고 그 위에 흙을 올려요. 그런 다음 꾹……."

말하면서 교수님은 절이라도 하듯 앞으로 몸을 기울였다. 손에 힘을 실은 것이다.

"누르고 형틀을 떼면 무늬가 곱게 찍히지요. 손으로는 이런 결은 표현하기 어렵습니다."

"아아."

"그리고 빛깔도 녹색만 있는 것은 아닙니다. 원래 오리베라는 것이……."

교수님은 무슨 까닭인지 거기서 말을 끊었다. 그러고는 생각난 듯이 찻잔을 손에 들었다.

"식기 전에 드십시다."

뭔가 부자연스러웠지만 어쨌든 커피 향에 매혹되어 있었기 때문에 나는 감사히 잔을 들었다. 허락이 떨어질 때까지 기다린 것은 아니었으나 역시 교수님 앞이라 선뜻 입을 대지 못하고 있었다.

쌀쌀한 아침이었기 때문에 따뜻한 액체는 목으로 스르르 넘어갔다.

"맛있어요!"

미식 만화에 나오는 여주인공처럼 탄성을 질렀다. 결코 예의상 그런 것은 아니었다. 이십 년 가까운 인생에서 마셔본 중 가장 맛있는 커피였다. 교수님은 흐뭇하게 웃었지만, 곧바로 아차 하는 표정을 지었다.

"아, 미안해요. 우유하고 설탕을 낸다는 걸 깜빡했군요."

솔직히 커피는 항상 우유와 설탕을 넣어 마시는 나였다. 하지만 추위와 졸음기, 그리고 부르지도 고프지도 않은 적당한 배 속 상태 덕분에 이 커피라면 블랙으로도 괜찮겠다 싶었다.

"아니에요, 그냥 마실게요."

그러고서 이번에는 내가 물었다.

"그런데 항상 이런 커피를 드세요?"

"맛없는 커피로 몇 번 바꿔보기도 했는데 도저히 안 되겠더라고요."

교수님은 진지하게 말했다. 나는 잘못 들었나 싶어서 입을 살짝 벌리고 무언의 물음표를 던졌다. 교수님은 해명하듯 말했다.

"맛있으면 계속 마시게 되거든요. 스스로 걱정될 정도로. 끝이 없어요."

발자크처럼, 하고 말하려다가 왠지 주제넘은 것 같아서 그만두었다. 어쨌든 그 말은 진심인 것 같았다. 꼼꼼함과 느슨함, 자기관리와 즉흥성이 어우러져 있어서 흥미로웠다.

그리고 이런 곳으로도 눈길이 갔다.

책장의 책이 전부 종이로 커버가 씌워져 있었다. 책등에는 멋스러운 필치로 제목을 적어놓았는데 그게 끝이 아니었다. 책상에 올려둔 책 몇 권을 흘끔 봤더니 표지 뒷면에도 글이 빼곡하게 적혀 있었다. 문장 맨 앞 'p. 몇'은 당연히 쪽수일 것이다. 아마도 책 안에 줄을 긋는 대신에 커버 뒷면에 따로 메모해두는 것 같았다.

그런 식으로 중요한 부분을 적어두면 나중에 하나의 일람표가 돼서 편리하다. 하지만 그것은 부차적인 것이고, 교수님은 책 자체를 더럽히는 것이 싫은 게 아닐까.

그 마음은 나도 충분히 이해한다.

하지만 그 정도로 책에 애착이 있는 것치고는 의상에 해당하는 종이 커버는 너무 성의 없어 보였다. 서점에서 씌워준 것을 그냥 뒤집어서 사용한 것도 있었고, 신문에 끼워진 전단지나 달력으로 보이는 것도 눈에 띄었다.

거기까지는 뭐 그래도 그럴 수 있다. 하지만 결정적인 '어?'가 있었다.

책장의 책 몇 권이 위아래가 뒤집어져 꽂혀 있는 것이었다. 나로서는 결코 용납할 수 없는 일이었다. 내 책장이 그렇게 되어 있었다면 심장에 가시라도 박힌 것처럼 불편했을 것이다. 가모 교수님은 그런 것에는 전혀 개의치 않는 모양이었다.

과연 인간은 모순을 안은 존재구나, 하고 관대하게 생각하면서 나는 커피를 마셨다. 몽롱했던 정신이 확 깨어나고, '컨디션 쾌조!'의 느낌이 몸으로 돌아온 것 같은 기분이었다.

그리고 교수님이 설명을 하다 말았다는 것을 떠올렸다.

"오리베라는 건 사람 이름이죠?"

아마 센노리큐센고쿠 시대의 다인(茶人)의 제자인가 했다.

"맞습니다. 후루타 오리베. 본명은 시게나리."

교수님은 한 음 한 음 되새기듯 말했다.

"세키가하라 전투 때 사람입니다. 물론 이 사람이 만든 것을 오리베라고 하는 것은 아닙니다. 이 찻잔처럼 지금도 계속 만들어지고 있으니까요. 도예에서 오리베라는 것은, 이 사람의 취향이 반영된 하나의 형식입니다. 그전까지의 자기하고는 다르게 디자인이 아주 대담하지요."

교수님의 온화한 목소리에 이끌려 나는 자연스럽게 대화를 이어갔다.

"색다름이 하나의 고정된 틀이 된 거네요."

"그렇게 말하면 그런 셈이지요."

교수님은 커피를 음미했다. 말소리가 복도를 지나갔다. 창문으로 들어오는 빛이 제법 밝아졌다.

"싫어하나요, 오리베?"

찻잔을 내려놓고 교수님이 물었다.

"아니요."

의아했다. 왜 느닷없이 그런 질문을 할까. 그 자리에 그 찻잔은 아주 잘 어울렸다.

"나는……"

교수님은 겨울날 속눈썹에 내려앉은 눈송이만큼이나 희미한 망설임을 보이면서 말했다.

"싫어했습니다."

쨍하고 강렬한 햇살이 책상 위로 쏟아져 들어왔다.

04

구름이 걷혔다.

줄곧 하늘이 흐렸던 탓에 빛은 실제보다 더 밝아 보였다. 창문 양옆으로 젖혀둔 하얀 커튼이 봉긋하게 부풀어 오른 것 같은 느낌마저 들었다.

"이유는 모르겠고, 전에는 이게 그냥 거북했습니다. 숙녀를 앞에 두고 이렇게 표현하기 좀 그렇지만, 뱀을 싫어하는 사람은 이유 불문하고 뱀이 싫잖아요. 나도 그랬습니다."

'뱀'이라는 말만 나와도 꺅 소리를 지를 만큼 예민한 성격은 못 된다. 어쨌거나 쥘 르나르가 '너무 길다'라고 강렬하게 한 줄로 표현했을 정도의 생리적인 혐오감을 도자기에서 느낀다는 것은 어떤 것일까.

내가 스스로 내 몸에서 그나마 내세울 만하다고 생각하는 것은 눈과 손가락이다. 그 손가락에 들린 찻잔이 왠지 묘하게 무거워진 기분이었다.

나는 당연히 물어보았다.

"과거형인가요?"

"네, 과거형입니다."

이렇게 오리베 찻잔을 애용하고 있으니 당연한 일일 것이다.

"신기하게도 이십 년쯤 전부터 괜찮아졌습니다."

교수님은 천천히 마지막 한 모금을 마시더니 찻잔을 양손으로 폭 감쌌다. 고교 축제 때 차를 다 마신 후의 예의범절도 배웠는데 그때 배운 동작과 비슷했다. 교수님의 손은 차분한 무채색 안에서 오묘함을 느끼고 있는 것 같았다.

"이 찻잔은 내 제자 작품입니다."

"우아, 정말요?"

멋지다고 생각했다.

"이 생활을 오래 하다 보면 다양한 학생들을 만나게 됩니다. 그 친구는 지카마쓰에도 시대의 문필가를 연구하겠다고 내게 왔었지요."

교수님은 옛일을 회상하면서 싱글벙글 웃었다. 입이 큰, 굳이 말하자면 시골 훈장 같은 얼굴이 한층 친근하게 바뀌었다.

"여자처럼 머리를 길게 길러서 하나로 묶고 다녔어요. 요즘이야 남자들도 많이들 기르지만, 당시에는 꽤나 눈에 띄었답니다. 하루는 나한테 와서 고교 동창을 우연히 만난 일을 들려주더군요."

"네."

"밤에 혼자 신주쿠를 걸어가는데, 술집에서 남자들이 한 무더기 나오더니 길에 서서 시끌벅적 떠들더랍니다. 그러다 그 남자들도 걷기 시작했고, 공교롭게 자기 뒤에 바짝 붙어 따라오는 꼴이 되었는데, 얼마 안 있어 뒤에서 이런 소리가 들렸다고 해요. 뭐야, 남자잖아. 아, 재수 없어. 정신 차리게 손 좀 봐줘야겠는데."

"어머."

"잘못 걸렸다고 생각했지만 그 상황에서 달리 할 수 있는 게 없었다고 합니다. 발소리가 가까워지고 어깨에 손이 올라와서 어쩔 수 없이 돌아봤는데, 그게 동창이더랍니다."

특이한 형태의 재회라고 생각했다.

"뭐야, 너였어? 이러더니 그냥 보내주라고…… 그러자 무리도 순순히 오케이. 그 상황이 우스웠다고 합니다."

나도 미소가 지어졌다.

"그래도 그때까지는 조마조마했겠어요."

"그랬겠지요."

교수님은 고개를 끄덕였다.

"그 친구가 도예를 하겠다고 졸업 전에 학교를 그만뒀습니다. 몇 달만 다니면 졸업이었는데. 그 길이 자신이 가야 할 길이라는 확신이 들었던 것 같아요. 다른 것을 하며 시간을 보낼 여유가 없다고 말하더군요. 그러고 십 년이 훌쩍 지나 어느 날 기후에서 우연히 만났습니다. 나야 그쪽으로 문외한이니까 잘 몰랐지만, 젊은 도예가로서는 제법 인정받고 있는 것 같았습니다."

교수님의 눈빛은 새끼를 생각하는 어미 새처럼 따뜻해 보였다.

"트레이드마크였던 장발도 자르고, 겉모습은 지극히 평범하게 변했지만 뭐랄까, 그런 외양이 아닌, 한 가지 일에 열정을 쏟는 사람에게서 느껴지는 뭔가가 그 친구에게서 풍겨 나왔습니다. 작업장까지는 못 가고, 택시 타고 그 친구가 만든 작품을 판매하는 가게에 함께 갔지요."

교수님은 온화한 눈길로 찻잔을 바라보았다.

"거기서 골라준 것이 이 찻잔입니다."

나는 고개를 끄덕였다.

"그때는 오리베 자기에 대한 거부감이 없어진 뒤였나 봐요?"

"그렇습니다. 확실하게 의식한 것은 이 찻잔을 받아들고 나서였지만. 신기하죠, 오리베 자기인 걸 알고도 불쾌감이 전혀 안 들더군요. 제자가 만든 것이라 그랬을 수도 있지만, 아무튼 그때 이후로 오리베 자체가 아무렇지 않게 되었어요. 그게 쉰 살쯤의 일입니다. 나이가 들면서 좋아하는 음식도 바뀌거나 하니까, 뭐 대수로울 거야 있겠습니까마는."

교수님은 과감한 터치로 그려 넣은 우물 정 문양을 어루만졌다.

"오리베 하면 왠지 화려한 이미지를 떠올리는데, 이런 흑오리베는 오리베흑과 또 다른 멋이 있습니다."

내가 또 알아듣지 못한 얼굴을 했을 것이다. 교수님은 강의할 때처럼 차분차분 설명해주었다.

"유약은 잿물을 말하는 건데, 검은 유약을 전체에 바른 것이 오리베흑, 일부분 남겨두고 바른 것이……."

"흑오리베."

"그렇습니다. 보통은 남겨둔 그 부분에 문양이 들어갑

니다."

"아아."

나는 그 낱말의 조합에서 장난감 블록 같은 재미를 느꼈다. 그리고 농담할 마음은 추호도 없었는데, 이렇게 말해버렸다.

"마치 카레라이스와 라이스카레처럼일본에선 밥과 카레를 따로 담아낸 것은 '카레라이스', 카레를 얹은 밥은 '라이스카레'라고 하는데, 보통은 구분 없이 카레라이스라고 말한다."

무심결에 툭 튀어나온 말이었다. 교수님은 잠깐 어리둥절해하더니 곧 환하게 웃었다.

"재미있는 비약이군요. 덕분에 분위기가 풀어져서 이야기하기가 쉬워졌습니다."

이건 또 무슨 말일까.

"짐작입니다만, 라쿠고 좋아하지요?"

이 또한 대단한 비약이라고 나는 생각했다.

"네."

라쿠고도 가부키음악과 무용이 어우러진 일본 전통 연극도 초등학생 때부터 좋아했다. 대학생이 되어서는 정기승차권이 생겨서 우에노에 들르는 날이 많아졌다우에노에 '스즈모토'라는 유명한 라쿠고 연예장이 있다.

"사실 아까 문을 열었을 때, 여학생을 한 명 구해야 하는데 하고 생각하던 참이었습니다. 그런데 문 앞에 여학생이 있더란 말이죠. 느낌이 왔습니다."

점점 더 알아들을 수가 없었다.

"혹시 슌오테 엔시라는 라쿠고가를 압니까?"

아는 정도가 아니었다.

"네! 네네."

"공연을 본 적은?"

"스즈모토 메인 출연자잖아요. 어제도 갔었는걸요."

알고 보면 쫓아다니는 수준이었다. 교수님은 예상이 들어맞아 기쁘다는 듯이, 끝이 하얗게 센 두꺼운 눈썹을 한껏 내리고 미소 지었다.

"그러면 더욱더 적격이군요."

"네? 그런데 그분이 왜요?"

"그 사람이 이 학교 졸업생인 건 알고 있나요? 지금 말한 도예가 친구하고 비슷한 경우지요."

나는 고개를 끄덕였다. 스승이 3대 슌오테 엔시. 고교생 때 입문해서 '시로'라는 예명을 받았고 대학에도 진학했다. 학업과 병행하는 것을 스승인 3대 슌오테 엔시는 허락해주었다. 모든 것을 버리고 외길로 뛰어든 그 도예가와는 다르다. 나의 편애일지도 모르지만, 그럼에도 엔시 씨는 일예일능에 통달한 사람이다.

재학 중에 '쇼시'로 승격하고, 그 후 '시'라는 예명으로 주역 무대에 섰다. 그 공연 분장실에서 선대가 쓰러진 일은 라쿠고 관련 책에 자주 나온다. 아직 초등학생도 되기 전이라 나는 그런 내용을 실제로 접하지는 못했다. 병원으로 향하는 구급차 안에서 "기쿠지선대의 본명, 괜찮을 거다. 정신 똑바로 차려라" 하고 당시 협회 고문인 대스승이 말하자, 유난히 또렷한 목소리로 "제 뒤는 시가 잇게 해주십시오. 4는 불길한 숫자이니 하나 건너뛰어서 5대로 해주십시오" 하고 3대 슌오테 엔시는 말했다.

누군가는 그런 그를 이렇게 표현했다.

……일생 배려심이 깊었던 엔시는 아직 젊은 나이로 세상을 뜨는 이때, 제자에게 물려줄 이름에 요절의 기운이 깃드는 것을 걱정했던 것이다. 스승을 닮은 제자 시는, 평안한 얼굴을 하고 있었지만 남몰래 손을 꼭 쥐고 소리 없이 오열했다. 국화꽃이 아직 지지 않은 9월 30일. 3대 슌오테 엔시 별세. 향년 46세였다.

그래서 지금의 엔시 씨는 5대가 되었다.

"교지에 졸업생 대담이라는 것이 있습니다."

"네."

조금씩 이야기의 내용이 보이기 시작했다.

"이번 호 주인공이 엔시 군입니다. 대담 자리에는 교원 한 명과 재학생이 동석하게 되는데, 은사라고 해서 내가 지목되었습니다. 그리고 적당한 학생도 직접 찾아달라고 하면서 이런 심한 요구를 덧붙이더군요. 당신은 사진을 찍어도 그림이 안 되니 학생은 반드시 여학생으로 구해달라."

나는 고개를 끄덕했다. 그래, 나는 '여자'인 것이다.

"그런데 이상하게 머릿속에 학생 얼굴이 떠올랐습니다. 아무튼 독특했으니까."

"네?"

"아니, 나쁜 뜻은 아닙니다. 처음 제출했던 리포트 기억합니까? 그 리포트에서 묘하게 작성자의 이미지가 그려졌답니다. 아마도 문체 때문이었겠지요. 여학생들은 리포트를 대부분 성실하게 쓰는 편인데, 흐뭇할 정도로 애를 쓴 느낌이 든다거나 아주 진지한 리포트가 매번 꼭 나옵니다. 실례지만 학생 리포트에서도 그런 느낌을 받았습니다. 그렇다고 리포트를 쓰기 위해 작위적으로 꾸민 문체로는 보이지 않았습니다."

"으음."

"글을 보면 그 사람이 보인다고 하지요. 리포트를 보고 이 학생을 꼭 만나보고 싶다는 마음이 들었습니다. 그랬는데…….”

나는 손으로 입을 가렸다. 하품의 기억이 되살아났던 것이다.

"어떤 사람인지 아직은 모릅니다. 한 시간 만에 한 인간을 이해한다는 건 어려운 일이겠지요. 하지만 대담 자리에 학생이 동석했으면 좋겠다, 이 생각만은 확고하게 드는군요.”

교수님은 빙긋 웃어 보였다. 그 미소의 의미를 어떻게 받아들이면 좋을까. 나는 이런 식으로 해석했다. 교수님의 머릿속, 그 도예가 제자와 엔시 씨가 차지하고 있는 영역 안에 나도 막 들어간 것이라고.

"어때요, 괜찮겠어요?”

나는 허둥지둥 대답했다.

"네!”

자세한 이야기를 듣고 밖으로 나왔을 때 시간은 열 시를 가리키고 있었다. 점심시간까지는 아직 멀었지만, 나는 생각했다. ……점심은 카레라이스로 하자.

05

그 삼자 회담은 6월 초에 열렸다. 마침 라쿠고 연구회 공연이 있어서 엔시 씨가 학교에 오기로 되어 있었던 것이다.

내가 엔시 씨의 팬인 것을 교수님이 전했더니, 그날 학교에서 공연할 작품은 내가 희망하는 것으로 하겠다는 답변이 돌아왔다. 고민은 하지 않았다. 엔시 씨와 장마철. 바로 떠오르는 이야기가 있었다. 내가 무척이나 좋아하는 〈꿈의 술〉이다.

당일, 나는 소강당의 이른바 특등석에 교수님과 나란히 앉았다. 공연이 시작되고 귀에 익은 음악이 흘러나왔다. 게키자루. 에도 시대의 유명한 속요이다.

자리에 앉은 엔시 씨가 고개를 들어 미소 지었을 때, 마치 나를 향해 웃는 것 같은 착각이 들었다. 나이는 곧 마흔. 흰 얼굴에 부드러운 눈썹이 보기에 좋았다.

내가 엔시 씨의 이야기를 좋아하는 이유는 듣고 있으면 마음이 편안해지기 때문이었다. 위로라는 말에 가장 가까운 따뜻함이 무대에서 전해진다. 기분이 좋아지는 라쿠고인 것이다.

날씨 이야기로 시작해서 장마철 상가 풍경이 묘사되었다. 쭉 늘어선 지붕들도 비를 맞아 촉촉하게 젖었을 것 같은 그런 날. 찾아오는 손님이 없어 하릴없이 선잠을 자던 가게 주인, 미남이다. 갓 시집온 앳된 아내가 감기에 걸린다고 깨우자, 잠에서 깬 남자가 방금 꾼 꿈 이야기를 들려준다. ……어느 섬에 갔다가 갑자기 비가 쏟아져서 처마 밑에서 비를 긋는데, 그 집 첩으로 보이는 여자가 안으로 들어오라고 했다…….

　여기서 아내가 사랑스럽게 질투를 한다. 몇 번을 들어도 이 부분이 엔시 씨의 인품과 잘 맞아서, 다른 연기자는 흉내 낼 수 없는 특별한 맛이 있다.

　옛날이라 퍽 어린 나이에 시집온 아내. 남자와 제대로 말 한마디 섞어본 적 없다. 부모가 정해준 배필을 평생 자신이 믿고 의지할 남자라 생각하고 시집왔다. 운 좋게도 상대는 한눈에 반할 만한 미남자. 하느님 부처님께 절하고, 혼인 후 열렬한 사랑을 시작한 아내다.

　분하고, 슬프고, 비참한 감정을 억누를 수가 없다.

　남자는 그런 아내의 마음이 훤히 들여다보인다. "꿈이야, 꿈" 이러면서 싱글벙글, 여유만만. 사랑하면 약자가 됨을 느끼게 하는 승자의 우월감. 물론 그는 그런 아내가 사랑스럽기 짝이 없다.

뭐 하느냐, 하며 남자의 아버지가 등장한다. 그 시아버지에게, 제발 꿈속 그 집에 가서 여자를 타일러달라고 부탁하는 며느리. 웃음이 나오면서도 애처로워 견딜 수 없는 대목이다.

그리고 앨리스가 이상한 나라에 가듯이 꿈속으로 들어가는 시아버지…….

시종일관 느껴지는 부드러운 비의 감촉과 함께, 한마디 툭 내뱉는다. "아이고, 그냥 찬술이라도 마실걸."

괜찮은 마무리였다.

중간 휴식 시간이 되어 사람들이 움직이기 시작했다. 나와 교수님은 자리에서 일어났다. 평소라면 마지막 무대까지 보지 못해서 많이 아쉬웠을 것이다. 하지만 이날은 〈꿈의 술〉의 여운을 간직한 채 일어날 수 있었던 것이 오히려 기뻤다.

초저녁 어스름 속, 교수님을 뒤따르면서 뭔가 이상하다고 생각했다. 뭐가 이상한 것일까, 잠깐 의아했다. 어둠에 번진 교수님의 뒷모습이 밝은 학교 회관 안으로 들어간 순간, 문득 깨달았다. 밖은 비가 내리고 있지 않았다.

06

"스무 살?"

교수님이 물었다.

"아직⋯⋯."

"그럼 곧?"

이번에는 엔시 씨가 물었다.

"네, 12월 25일이면 스무 살이에요."

"그러면 괜찮겠군."

교수님은 내 잔에 맥주를 따르면서 동석한 편집자에게
물었다.

"이것도 녹음되고 있나요?"

"네."

"이런⋯⋯ 뭐 괜찮겠지."

교수님은 그렇게 말하고 다시 맥주를 따랐다.

학교 회관 다다미실. 이쪽 식당은 교원과 대학원생 전
용이라서 술도 주문할 수 있었다.

"크리스마스군요."

엔시 씨는 내게 말했다. 무대 위에서의 힘 있는 울림과
는 달리 조용한 목소리였다.

"네, 맞아요."

교수님은 이야기의 흐름을 놓치고 잠깐 헤매는 눈치였다. 곧 그것이 내 생일에 관한 것임을 알고 안도한 듯 뺨을 문질렀다.

"그런데 직접 선택할 수 있다면 이날은 피하고 싶어요."

"아니, 왜요?"

"항상 크리스마스이브랑 묶어서 축하받거든요."

"그렇겠군요."

엔시 씨는 깊이 공감하는 것 같았다. 핀잔 들을 소리일지도 모르지만, 실제로 당사자가 되어보지 않으면 모른다. 어디든 고민은 있는 법이다.

"자, 엔시 군."

교수님이 눈짓과 손짓으로 건배를 제안했다. 엔시 씨도 잔을 들었다.

"오늘 어려운 부탁을 해서 미안해요."

교수님이 말하자 엔시 씨는 무슨 말씀이세요, 하고 잔을 들더니 한마디 더 덧붙였다.

"12월 25일을 위해 건배."

몸 둘 바를 몰라 나는 고개를 꾸벅 숙였다.

"고맙습니다."

"묶어서 축하받지 않기를."

엔시 씨는 평상복 차림이었다. 옅은 갈색 재킷에 비슷한 색상의 바지를 입었다. 굳이 따지자면 동안의 부류에 속할 것이다. 학생 시절의 모습이 쉽게 상상되었다.

그 시절 이야기는 자연스럽게 엔시 씨의 입에서 나왔다. 1학년 첫 수업 때 책상에 데라야마 슈지작가이자 영화감독의 시가 새겨져 있었던 일. 체육 시간에 트램펄린을 하다가 친구와 이인 일조로 곡예 아닌 곡예를 선보였던 일. 공부는 제법 했다는 것. 학생 식당의 된장 고등어 정식 이야기.

학업과 라쿠고를 병행한 경험에 대해서는 별로 이야기하고 싶어 하지 않는 눈치였으므로 굳이 물어보지는 않았다. 라쿠고와 관련해서는 지극히 일반적인 대화만이 오갔다.

"약속한 대로 〈꿈의 술〉을 했는데……."

엔시 씨는 내 선택이 만족스러웠다는 듯이 미소 지었다.

"네, 역시 좋았어요."

나는 공연이 시작되었을 때 받은 느낌을 말했다.

"처음에 제가 있는 쪽을 잠깐 보셨는데, 그 작품을 부탁한 사람이라 그러셨겠지만, 왠지 저를 위해 공연해주

시는 것 같아서 무척 호강하는 기분이었어요. 황홀한 착
각이었겠지만."

"착각, 아닙니다. 당신을 위해 공연했습니다. 지난번
스즈모토 공연의 답례였습니다."

"네?"

잘못 들었다고 생각했다.

"내가 가부키 배우 흉내를 냈을 때 박수를 쳐준 것에
대한."

나는 아연실색했다.

"기억하죠? 세 번째 줄 중간쯤에 앉아 있었잖아요."

"아니, 어떻게 그걸……?"

그랬다. 그날은 평일이었고, 그나마 단체 손님이 자리
를 채우고 있었지만 그들의 태도가 굉장히 불성실했다.
나는 화가 나서 엔시 씨가 우타에몬가부키 배우의 성대모사
를 했을 때 있는 힘껏 박수를 쳤다. 사실은 "우타에몬!"
하고 외치고 싶었지만 창피함이라는 녀석이 훼방을 놓았
다. 관객들 대부분은 멍하니 있다가 얼떨결에 짝짝 박수
를 보냈다. 하지만 그렇더라도 그 많은 사람들 속에서 단
한 사람의 얼굴을 확인하고 또 기억하는 것이 가능할까.

"생각보다 무대 위에 있으면 객석이 잘 보인답니다. 촬

영 때문에 정면에서 강한 라이트를 비추면 눈이 부셔서 안 보이는 경우도 있습니다만."

"그래도 어떻게 그때 본 얼굴을 지금까지 안 잊고……."

"외우고 기억하는 게 내 일인걸요."

엔시 씨는 태연하게 말했다.

"아무튼 오늘 무대에 올랐더니 정면에 그때 본 얼굴이 있는 겁니다. 옆에 교수님이 계시는 걸 보고 아, 대담 자리에 참석할 재학생이구나, 하고 바로 알아봤지요."

교수님이 눈을 은근히 뜨고 대화에 끼어들었다.

"학교 다닐 때도 말입니다, 오픈북 테스트가 아닌데도 인용을 기가 막히게 했답니다. 범위가 방대해서 미리 읽어둘 수도 없는 그런 주제인데도, 아주 적절한 책에서 적절한 구절을 가져다 옮겨놓는 겁니다. 심지어 본문하고 토씨 하나 다르지 않아요. 그래서 나는 이 친구가 학생 얼굴은 물론이고, 옆자리에 앉았던 사람까지 기억한다고 해도 별로 놀랍지 않습니다."

성적이 좋아서 칭찬을 들은 초등학생처럼 엔시 씨의 하얀 뺨에 홍조가 떠올랐다. 그리고 엔시 씨는 집중하려는 듯 눈을 내리뜨더니 이렇게 말했다.

"오른쪽에는 마른 체구에 양복을 입은 사람…… 왼쪽

은 공석이었지요.”

그저 놀라울 따름이었다. 가물가물했지만, 말마따나 그때 내 왼쪽에는 아무도 앉아 있지 않았다.

교수님은 아주 싱글벙글하며 말했다.

“어때요, 놀랍죠? 하지만 말입니다, 이 친구가 쓴 글은 박학다식해서 감탄이 절로 나왔지만, 그뿐 인상에 특별히 남거나 하지는 않았습니다. 이미 정해진 길이 있었기 때문에 굳이 강하게 말하지는 않았습니다만, 무리라는 것을 알면서도 한번은 말을 꺼내봐야겠다고 생각했지요. 학교에 남지 않겠는가, 라고. 학자의 논문이란 것은, 늘 그런 것은 아니지만 새로울 것이 없으면 안 되는 면이 없지 않습니다. 엔시 군이 제출한 과제들은 정말이지 새로운 것들의 집합체였어요. 아무에게서나 볼 수 없는 뭔가가 보였지요.”

엔시 씨는 머리를 긁적였다.

“왜 그러세요, 교수님. 학자는 아무나 하나요.”

그러고서 쑥스러운 듯이 초밥을 집었다.

‘지知’의 면모를 교수님이 파헤쳤으므로 팬인 나는 이 사람의 ‘정情’의 면모를 파헤쳐주자는 생각이 들었다.

“엔시 씨는 〈장뇌옥〉도 하시잖아요?”

"네."

"그럼 그 이야기도 좋아하시나요?"

"물론이지요."

"〈꿈의 술〉하고 같은 의미에서요?"

〈장뇌옥〉의 내용은 이렇다.

네지베라는 애처가가 사랑하는 아내를 잃고 일도 손에서 놓은 채 하루하루를 오로지 염불에만 매달린다. 그것을 안 어떤 이가 잘만 이용하면 돈벌이가 되겠다고 생각하고, 밤에 장뇌옥에 불을 붙여 도깨비불처럼 꾸민 뒤 이튿날 가서 "그런 것이 나타나는 것은 넋이 아직 떠나지 못하고 있기 때문이오, 절에 가서 공양을 드릴 테니 남아 있는 물건이 있으면 다 가지고 오시오" 하고 금품을 뜯어낸다.

엔시 씨는 잠시 그대로 있었지만, 곧 쓸쓸한 미소를 보이며 가만히 고개를 끄덕였다.

"그 네지베라는 사내와 〈꿈의 술〉의 아내는 많이 닮았지요."

맹목적인 사랑. 자신의 마음이나 감정을 돌보지 않는 그런 순정은 동경할 만한 하나의 경지일지도 모른다.

"이즈미 교카근대 환상문학의 선구자로 불리는 일본 소설가는 제가 좋아하는 작가인데요."

너무나 문학소녀 같은 발언이지만 느낀 점을 솔직하게 이야기하려면 어쩔 수 없었다.

"『천수각 이야기』라는 작품이 있잖아요."

"다마사부로가 연기한 가부키 공연으로 봤습니다. 오래전이니까 당신은 책으로 봤겠군요."

"네, 저는 최근에 읽었어요. 마지막에 주인공들이 세상의 속악에 무너지려고 할 때 등장하는 사람이 있는데, 기억하세요?"

"오미노조토로쿠. 내가 닛세 극장에서 봤을 때는 오자와 에타로가부키배우가 열연했지요."

"그 사람이 '울지 마라, 울지 마라, 아름다운 사람이여, 울지 마라' 하면서 나오는 장면에서요, 엔시 씨가 생각났어요."

"호오."

엔시 씨는 심장이 쿵쾅거릴 만큼 진지한 얼굴로 나를 바라보았다.

"그 대사와 같은 마음으로 〈꿈의 술〉이나 〈장뇌옥〉을 연기하는구나, 생각했거든요."

07

대담은 여덟 시쯤 끝났다.

그 후 자리를 옮겨 교수님과 셋이서 가까운 꼬치집에 갔다. 가볍게 뒤풀이를 하고 마무리할 생각이었지만, 〈꿈의 술〉이 계속해서 화제에 오르자 이야기는 뜻하지 않은 방향으로 흘러갔다.

나는 맛이 잘 밴 곤약을 먹으면서, 〈꿈의 술〉의 시아버지가 "어이가 없구면" 하고 눕자 장면이 휙 꿈속으로 바뀌는 부분이 무척 인상 깊었다고 말했다.

"원더랜드로 들어갔다는 게, 분위기로 아주 생생하게 전해지더라고요. 그 부분 처음 들었을 때는 마치 주변 공기가 진짜로 바뀐 것 같았어요."

"으음……."

교수님은 엔시 씨에게 잔을 받더니, 내 이야기와는 관계없이 전부터 품고 있던 생각이 문득 떠오른 것처럼 한마디 툭 던졌다.

"하여간에 꿈이라는 건 참 이상스럽습니다."

그러고서 교수님도 엔시 씨의 잔을 채워주었다. 내가 따랐어야 했는데 맥주 두 잔에 이미 취기가 올라서 남을 신경 쓸 여유가 없었다. 이 집에서는 청주를 마셨는데, 엔시 씨도 교수님도 반만 따른 첫 잔 이후로는 억지로 내게 술을 권하지 않았다.

교수님은 천천히 말했다.

"이상한 꿈 이야기는 라쿠고에도 많지요?"

"네, 꽤 있습니다. 〈몽금夢金〉이나 〈쥐구멍〉 같은 건 꿈을 꿀 필연성이 있기 때문에 마냥 황당무계하지만은 않습니다만."

"필연성이라⋯⋯."

한 무리의 학생들이 와글와글 떠들면서 지나갔다. 교수님은 탁자 위에 올려둔 커다란 손을 피아노를 치듯 움직였다.

"필연성이 없는 꿈은 꾸지 않는 걸까요?"

"꿈 같은 꿈 말인가요?"

엔시 씨는 농담처럼 말했다. 그러나 교수님은 의외로 진지했다.

"꿀 리가, 아니, 꿀 수 있을 리가 없는 꿈입니다."

나는 고개를 갸웃거렸다. 떠들던 학생들이 계산을 마치고 나갔으므로 가게 안은 조용해졌다.

"예를 들면 어떤⋯⋯?"

나는 물었다.

"한 번도 만난 적 없는 사람을 꿈에서 본다든가……."

"누구한테 듣기만 한 사람을 꿈에서 봤다, 이런 거요?"

"아니, 누군지 전혀 모르는 인물을 아주 또렷하게 꿈에서 보는 겁니다."

왠지 오싹했다.

"……설마 그 사람을 실제로 만나기도 하나요?"

"뭐, 그렇습니다."

엔시 씨가 확인하듯 물었다.

"기시감 같은 거 아닐까요?"

나도 그 생각이 맨 먼저 떠올랐다. 고교 시절 여름 한낮에 초행길을 걸어가다가, 전에도 이 길을 지나간 적이 있는데 하는 기분에 강렬하게 사로잡힌 경험이 있었다.

"그 사람을 만나고 나서 꿈에서 본 것 같다고 느끼는 건 아닌지……."

"아니, 아니, 그건 아니야."

우리 같은 학생에게도 늘 정중하게 경어를 쓰는 교수님이 웬일로 단호하게 잘라 말했다. 교수님은 그런 자신의 반응이 미안했는지 이렇게 덧붙였다.

"한 번이 아니라 수차례 꿈에서 봤던 인물과 나중에 현실에서 대면하는 겁니다."

"그렇다면 정말 이상하네요."

엔시 씨는 본격적으로 대화를 시작하려는 듯이 잔을 쭉 비웠다.

"교수님이 체험하신 건가요?"

교수님은 조악한 나무 의자에 등을 기대더니 으음 하고 건성으로 대답했다.

잠깐 침묵이 흘렀다.

화제를 바꾸는 것이 좋을까, 하고 주제넘게 생각했을 때 교수님은 결심한 듯이 입을 열었다.

"내 경험입니다만, 어릴 적 일이고, 스스로도 그야말로 꿈꾼 것으로밖에 생각되지 않는 일이라 지금까지 아무한 테도 말한 적이 없는데……."

교수님은 눈을 깜박거렸다.

"그 기묘한 경험을 혼자만 알다가 그대로 무덤까지 들고 가는 것도 어쩐지 석연치 않아서 말입니다."

엔시 씨는 빙긋 웃었다.

"무슨 말씀이세요, 아직 한창이신데."

"아닙니다. 우리 학교는 정년이 긴 편인데, 그 정년도 이제 코앞입니다. 물론 정년은 인생의 두 번째 성인식이라고는 생각합니다만, 그래도 지나온 세월을 돌아보면 못다 한 일이나 해결하지 않은 일들이 하나둘 떠오른답니다. 지극히 비학구적인 의문이지만 이것도 그 하나입니다."

"대체 그 꿈속에서 본 사람이 누군데요?"

나는 애가 타서 그만 직구를 날려버렸다.

"아아, 얼마 전에 이야기했던 사람입니다."

교수님은 대수롭지 않게 대답했다.

"……후루타 오리베."

08

나는 냄비 안에 긴 꼬챙이를 넣고 있는 가게 주인과 그 위에 붙은 메뉴가 적힌 종이를 괜히 한번 쳐다보았다. 너무도 의외인 대답이었기에 순간 당황했던 것이다.

"후루타 오리베요?"

의아해하는 엔시 씨의 목소리가 들렸다.

"놀라는 것도 당연합니다. 이야기가 길어질 텐데 들어보겠습니까?"

교수님은 안경을 벗어서 가슴주머니에 넣었다. 그편이 회상에 잠기기가 더 쉬운 것이리라. 지금까지 있었던 뭔가가 얼굴에서 걷히고, 교수님은 갑자기 젊어진 것처럼 보였다.

"나는 가나가와 사람입니다. 숙부가 한 분 계셨는데, 이름은 세지로였지요. 가모 세지로. 이 양반이 말하자면 풍운아였어요. 중학교도 수석으로 들어간 똑똑한 사람이었고, 체격은 큰 편은 아니었지만 마음이 컸답니다.

당시 수신2차대전 패전까지 있었던 과목으로 지금의 도덕에 해당한다 수업을 우습게 여기는 것은 큰일 날 행동이었는데, 이 세지로 숙부는 교감의 수신 수업이 끝나고 쉬는 시간에 반 아이들 앞에서 그 수업이 얼마나 현실과 동떨어진 것인지를 명쾌하게 설토했다고 해요. 수업 내용보다는 그 교감이 까닭 없이 싫었던 거겠죠. 반 아이들도 그 이후로 '가모의 수신 수업'이라고 해서 그 쉬는 시간을 기다리게 되었답니다. 물론 오래가지는 못했어요. 불려가서 호되게 야단 맞고 품행 점수를 깎였지만 전혀 개의치는 않았습니다.

졸업하고 도쿄로 대학을 갔는데, 그게 이 학교였지요. 우리 대선배인 셈입니다. 대학을 나온 뒤에는 한동안 성실하게 일을 했어요. 그런데 한 푼 두 푼 모은 돈으로 투기를 한 게 대박이 터진 겁니다. 숙부는 다시 그 돈을 전부 투자해, 당시만 해도 도쿄에 몇 대 없던 차를 사서 부유층을 상대로 자동차 임대업을 시작했습니다. 헉 소리 날 만큼 값비싼 옷이나 보석도, 저런 걸 누가 살까 싶지만 비싸면 비쌀수록 잘 팔린다고 해요. 새로운 상술이었지만 주문이 쇄도해서 숙부는 대성공을 거둡니다. 시대를 잘 만났던 거겠죠. 한번 성공을 맛보면 놓기 어려운 법이라, 숙부는 발을 넓혀서 양복 사업에도 진출하고, 다이쇼 시대에 들어서서는 자동차를 택시로 바꿔서 사업을 계속 해나갔습니다. 말하자면 입지전적인 인물이었지요.

그런 숙부가 취미로는 단가를 했답니다. 나는 어려서부터 병원이며 수술에 대한 공포증이 있는데, 아이러니하게 우리 집안은 의사 집안이었습니다. 의사 중에는 문학에 재능이 있는 사람이 많답니다. 우리 집안도 대대로 그쪽에 조예가 깊었는데, 숙부도 그 핏줄이었던 것이죠. 그 무렵 야마무라 후미라는 꽤 알려진 여류 시인이 있었어요. 뭐가 계기가 됐는지는 모르겠습니다만, 숙부가 그 시인에게 푹 빠져버렸답니다. 얼굴이 갸름한 동양적인 미인이었어요. 목소리도 아주 상냥했지요.

그분은 결혼을 한 번 실패하고 혼자인 몸이었습니다.

그런 이유도 있었고, 숙부보다 열 살 정도 많았던 데다, 무엇보다 자동차 임대업을 하는 멋쟁이 젊은 사장이라는 이미지가 시인으로서는 별로 끌리지 않았던 모양입니다. 계속 거절했지만 숙부는 포기하지 않았어요. 날마다 연가를 만들어서 차를 끌고 찾아갔다고 해요. 그 열성에 결국 두 사람은 하나가 되었지요.

내가 숙부 내외의 모습을 본 것은 두 사람 말년 몇 해 뿐이지만, 그렇게 금실 좋은 부부는 지금까지도 본 적이 없습니다. 초등학생이었던 나는 당돌하게도 결혼이 이런 것이라면 해도 나쁘지 않겠구나 하고 생각했답니다. 숙부가 창을 하고, 숙모가 샤미센줄이 세 개인 일본의 발현악기을 연주하던 모습은 지금도 잊을 수가 없어요.

숙부에게는 또 하나 취미가 있었는데, 바로 돈이 있어야 가능한 골동품 수집이었습니다. 재테크의 의미도 있었을 테고, 돈을 유형의 물건으로 바꿔둬야겠다는 마음도 있었겠지요. 고택에서 오래된 물건을 처분한다고 하면 어김없이 찾아갔다고 합니다.

숙부는 별장을 숙모의 친정이 있는 지바에 마련하고, 그곳에 창고를 만들어 수집한 서화들을 보관했습니다. 소토보 해안 근처였지요.

당시에 내가 살던 곳은 요코하마의, 지금으로 말하는 이세자키초 근처였습니다. 아버지와 숙부는 성격이 많이 달랐는데, 단적으로 책을 다루는 것만 봐도 알 수 있었어요. 말했듯이 문학에 관심이 많았던 집안이라 대대로 내려온 장서가 집에 꽤 있었습니다. 거기다 아버지가 사 모은 책까지 그 양이 어마어마했지요. 그 많은 책들을 아버지는 병적일 정도로 깨끗하게 다뤘습니다. 아무리 하찮은 책이라도 낙서는 금물이었어요. 아직 철부지였을 때 책을 타넘었다가 아버지한테 호되게 야단맞은 일을 아직도 기억하고 있답니다. 그게 아버지에 대한 최초의 기억이 아닐까 생각해요. 늘 다정했던 아버지였기 때문에 기억에 더 선명하게 남아 있는지도 모르겠습니다.

그런데 반면에 그 동생인 숙부는, 책은 읽으면 그만인 것으로 그 자체에 값어치가 있는 것은 아니라고 생각하는 사람이었습니다. 심지어 주머니에 안 들어간다고 표지를 찢어버리고 넣고 다니기도 했지요. 그래도 신기한 게, 두 양반이 그렇게 다른데 마음은 또 묘하게 잘 맞았답니다.

아버지는 첫 번째 결혼에서 사별하고, 후처와의 사이에서 나를 낳았습니다. 늦둥이랄까요, 나이 마흔에 얻은 외아들이었으니, 양친은 물론이고 아이가 없던 숙부 부부도 나를 굉장히 예뻐했습니다. 날 보러 집에 찾아오기도 했고, 여름에는 항상 별장에 데리고 갔지요. 그 무렵이었어요, 아직 어려서 나는 잘 몰랐지만, 숙부의 운이 기울기 시작한 것은…….

지진이 불운의 시작이었습니다. 사업 수단이었던 차를 전부 잃고, 숙부도 목숨은 건졌지만 다리에 부상을 입었습니다. 다리를 제대로 치료하지 않은 상태에서 여러 가지로 무리를 했던 것도 건강을 잃은 원인이었을 겁니다.

내가 구주쿠리 해안에 처음 간 게 언제였는지는 잘 기억나지 않습니다. 하지만 지금은 상상도 되지 않을 만큼 한산한 곳이었다는 것만은 기억에 또렷하답니다. 넓게 펼쳐진 모래사장과 바다 냄새, 조개껍질과 파도에 씻겨 희고 반들반들해진 나무토막, 그런 이미지가 두서없이 머리에 떠오릅니다. 숙부는 그 무렵부터는 이미 온전히 걷지 못하고 다리를 끌고 다녔던 것 같아요. 앞에서 뛰어가는 나를 싱글벙글 웃으면서 뒤따라오던 기억이 있어요.

짜증도 심해져서 일하는 사람들에게 툭하면 화를 내기도 했지요. 그런데 내가 가면 사람이 바뀐 것처럼 기분이 좋아졌어요. 그런 이유도 있었을 겁니다, 숙모도 내가 오는 걸 좋아해주었던 게.

한번은 이런 일이 있었답니다. 라디오에 미야기 미치오_{일본의 작곡가} 씨 따님이 나와 거문고를 연주한 적이 있었어요. 숙부 숙모와 함께 듣고 있었는데, 라디오에서 천재 소녀라는 말이 나오자 숙모도 그 차분하고 상냥한 목소리로, 정말 천재 같아요, 하고 숙부에게 말하는 겁니다. 나는 분하고 화가 나서 가만있을 수가 없었습니다. 불쑥 일어나 덮치듯이 라디오를 꺼버렸지요. 숙모가 놀라서 왜 그러냐고 물었지만, 설명할 수 있는 감정이 아니었어요. 나와 똑같은 어린이가 라디오에까지 나와 만인에게 칭찬을 받는다는 사실이 분하고 괴로웠습니다.

말하자면 질투입니다만, 지금 생각해보면 그 안에 여러 가지 복잡하고 미묘한 감정이 섞여 있었던 것 같아요. 이 세상에 인간으로 태어난 이상 뭐라도 해야 하는데, 나는 뭘 해야 하고 뭐가 될 수 있을까, 뭐 이런 불안감이 아니었을까 생각해요. 당장 할 수 있는 게 없어서 답답한 마음에 발만 동동 구르는, 그런 상태였던 것이죠.

그때 숙부는 나를 나무라거나 혼내지 않았습니다. 아무 말 없이 일어나, 한 번도 그런 적이 없었는데 갑자기 나를 안아 들더니 아주 꼭, 끌어안아 주었습니다."

09

"여름 열흘간 숙부 집에 가는 것은 참 즐거운 일이었지만, 딱 하나 싫은 것이 있었습니다. 그 집에만 가면 악몽을 꾸는 겁니다.

그런 이야기를 하면 겁쟁이라고 할까 봐서 아무에게도 말하지 않았습니다. 꿈은, 가만히 앉아서 나를 보고 있는 남자 꿈이었지요. 지금도 그 모습이 눈에 선합니다. 스오무사의 예복에 에보시무사가 쓰던 두건의 일종, 묵직하지만 둔하지 않은 느낌이었어요. 그리고 눈빛은 아주 날카로웠습니다. 어둠 속에서 그 눈동자가 원한인지 모멸인지 모를 빛을 한량없이 내뿜고 있었습니다.

그리고 어린 나를 경악하게 만든 건, 그 배였습니다. 남자는, 할복을 하고 있었던 겁니다. 무겁게 가라앉은 어둠 속에서도 붉은 선혈만은 선명하게 떠올랐고, 가른 배는 끔찍하기 짝이 없었습니다. 어린 마음에도 참으로 이상한 꿈이구나, 하고 생각했지요.

그러던 어느 여름, 내가 여덟 살인가 아홉 살인가, 아직 열 살이 안 됐을 때였어요. 너도 봐둬라, 이러면서 숙부가 창고에 있던 물건들을 나에게 보여준 일이 있습니다. 저

안에는 보물이 들어 있단다, 하고 숙모에게 들었던 터라 나는 이야기 속에 나오는 금은보화가 눈앞에 펼쳐지리라 기대하고 있었지요. 누마타 씨라고, 숙부 회사 실장님이 다른 젊은 직원 몇 명하고 같이 부지런히 움직여서 창고 안의 물건들을 꺼내 왔습니다.

이 누마타 씨라는 분은 살집이 좋고 얼굴도 크고, 거기에 동그란 안경을 쓰고 있어서 한 번 보면 잘 잊히지 않는 그런 인상이었습니다. 나중에 숙부 기일에 만난 일이 있었는데 그분이 말하길, 그때 그렇게 창고에서 수집품들을 꺼냈던 건 거풍밀폐된 곳에 두었던 물건을 꺼내 바람을 쐬게 하는 일을 위해서가 아니었다고 하더군요.

숙부의 사업이 기울어서 그간 모아온 서화들을 처분하게 되었던 겁니다. 그래서 다 꺼내 왔던 것인데, 아마도 숙부는 마지막으로 이런 것들이 있었다는 것을 내 눈에 새겨주고 싶었던 것 같아요. 하나하나 꼼꼼하게 보여주고 설명해주었지요.

날씨가 아주 좋았던 걸로 기억해요. 대부분 소나무였지만 무성한 나무숲에 둘러싸인 여름철에 어울리는 집이었기 때문에 바람이 지나면 시원했지요. 풍경 소리도 은은하게 들리는 그런 날이었습니다. 마당에 돗자리가 깔리고 커다란 짐들이 하나둘씩 나왔습니다.

숙부는 아직 일부분에 불과하다고 하면서 마당에 나와 있는 것들을 일단 보여주고, 그러고서 널찍한 다다미방 상석에 앉더니 뭔가를 가져오라고 누마타 씨에게 지시했습니다.

누마타 씨 말에 따르면, 미술품을 보는 숙부의 눈은 타고났다고 하더군요. 이미 알려진 작품은 사지 않았다고 해요. 그래서 큰돈을 쓰지 않고도 상당한 양을 수집할 수 있었던 거지요. 그중에는 오판도 있었겠지만, 나중에 중요 문화재가 된 것도 몇 개나 있었다고 합니다.

하지만 어렸던 나는, 누마타 씨가 가져온 것들을 숙부가 열심히 설명해도 그런가 보다 하고 건성으로 들을 뿐이었습니다. 이게 보물인가, 내심 실망도 했지요. 그런데 숙부가 어느 족자를 펼쳤을 때, 나는 깜짝 놀라서 마른침을 삼켰습니다.

이미 눈치챘겠지만, 꿈속에서 본 남자가 족자 안에 있었습니다. 스오를 입고 앉아서 나를 보고 있었어요.

허리가 꼿꼿하게 서는 것 같았답니다. 왜 그러냐고 옆에서 묻지 않았다면 아마 실신했을 겁니다.

숙부는 알려지지는 않았지만 굉장히 좋은 작품이라고

말했어요. 확실히 그 그림에선 뭔지 모를 기백 같은 것이 느껴졌습니다. 나는 쭈뼛거리며 물었습니다. 대체 이 사람은 누구냐고. 숙부는 후루타 오리베라고 했습니다. 그때 나는 그 이름을 처음 들어보았답니다.

무인이자 다인. 이런 무장의 초상화에는 칼을 그려 넣는 것이 보통인데, 이것은 앞에 다기가 놓여 있다. 숙부는 그렇게 말했습니다. 말마따나 남자 앞에는 독특한 형태, 독특한 빛깔의 그릇이 그려져 있었지요. 숙부는 이런 말도 했습니다. 무인의 모습을 그리면서 이런 것을 슬쩍 끼워 넣은 작가의 의도를 생각하면 재미있다고.

나는 가슴이 쿵쾅거렸습니다. 겁이 났지만 묻지 않을 수 없었습니다. 그림을 바라보면서, 아니, 눈을 떼지 못한 채 나는 물었습니다. 이 사람, 할복했나요?

숙부는 의아하게 나를 바라봤지요. 그림 속 오리베는 보통의 좌상이었습니다. 배 부분이 이상하거나 하지 않았습니다. 문장이 있었는지 어땠는지는 기억나지 않지만, 뭔가가 적혀 있었다고 해도 어린 나로서는 읽을 수 없었겠지요.

숙부는 대답했습니다. 그걸 네가 어떻게 아느냐?"

10

"후루타 오리베는 미노 출신 무장으로 노부나가, 히데요시, 이에야스를 섬겼던 사람입니다. 격동의 시대를 순탄하게 지나오다가 난세의 종국이라 할 수 있는 오사카 여름 전투 때 할복을 명령받았습니다. 이에야스가 죄를 물었지요. 그 이유에 대해서는 확실하게 알려진 것이 없습니다. 도쿠가와 2대 쇼군인 히데타다의 다도 선생까지 하고 앞날이 탄탄대로였는데, 운명이란 참으로 알 수 없는 것이지요.

그런 사정을 감안해서 보면, 그 오리베 초상도 어떤 굴절된 의미가 담겨 있다는 생각이 듭니다. 그렇지 않으면 그 독특한 이미지가 설명이 되지 않아요. 숙부도 그런 의미에서 재미있다고 말했던 것이겠지요.

하지만 이건 후일의 감상이고, 당시 나는 모든 것이 그저 이상하기만 했습니다.

언제 산 것이냐고 묻자 삼 년 전 봄이라고 하더군요. 후데야마라는 고관대작 집안에서 물건들을 처분했을 때 매입했다고 했어요. 그 말을 듣고 보니, 그해 여름부터 그 꿈을 꾸기 시작했다는 생각이 들더군요.

이 그림을 내게 보여준 적이 있느냐고 슬쩍 물으니, 의아한 얼굴을 하고, 이번은 예외지만 남에게 쉽게 보여주거나 하지 않는다, 이 초상화는 집에 들이자마자 바로 창고에 넣었다, 보관할 때는 누마타가 꼼꼼하게 밀봉한다, 거풍을 시킨 일은 있지만 그때 너는 없었다, 봤을 리가 없다, 이렇게 대답했습니다.

옛날에 수도승이 영혼이나 원혼을 잠시 머물게 하는 대상으로 어린아이를 이용했는데, 마치 그것처럼 초상화에 깃든 오리베의 넋이 창고에서 빠져나와 내게 들린 것만 같았습니다.

나는 그날 밤부터 고열로 앓아누웠습니다.

사오 일 지나서 겨우 열이 내려가, 숙모가 나를 집에 데려다줬습니다. 숙부는 이미 먼 거리를 이동할 수 있는 몸이 아니었지요. 그것이 다리만의 문제가 아니라는 것은 옆에서 봐도 알 수 있었답니다. 데려와서 아프게만 하고 잘 돌봐주지 못해 미안하다고 숙모는 말했습니다. 하지만 집에 오면 그 꿈은 더는 꾸지 않는다고 믿고 있었기 때문인지 병이 도지는 일은 없었습니다.

그런데 그날 숙모가 지바 별장에 돌아갔더니 숙부가 발작을 일으켜 쓰러져 있었습니다. 혈관 질환이었습니다

만, 숙부 자신도 어렴풋이는 알고 있었던 모양인데, 병원
에도 가지 않고 주위 사람에게 감추고 지내왔던 겁니다.
그때부터가 힘들었어요. 숙부가 왼손하고 목 정도만 가
누고 거의 반신불수로 누워 지낸다는 사실이 알려지자
사업이 어이없이 망해버린 겁니다.

수집품을 정리했던 것도 새 각오로 사업을 다시 한 번
일으켜보려는 마음에서였겠지만, 결국에는 망조가 들 것
을 스스로 예고한 꼴이 돼버렸지요. 빚을 질 수는 없는 노
릇이라 집이고 차고 할 것 없이 전부 매각해버렸습니다.

그런 사실은 숙부에게 숨겼지만, 숙부가 아무것도 묻지
않는 것이 오히려 불안하다고 숙모는 말했습니다. 작은 체
구에 뭐든 끝까지 해내야 직성이 풀리던 사람이 화도 내
지 않고, 누워서 묵묵히 천장만 보며 지내게 되었답니다.

힘든 건 숙모였지요. 숙부 수발부터, 익숙하지 않은 사
업 정리까지, 정신적으로 체력적으로 힘든 나날이었을
겁니다. 겨울의 문턱에 들어설 즈음 감기에 걸렸는데 그
게 폐렴이 되어 허망하게 세상을 뜨고 말았답니다.

누마타 씨가 옆방에 있다가 우연히 듣기로는, 꺼질 듯
가냘프지만 변함없이 아름답고 상냥한 목소리로, 내가
나이가 많아서 미안해요, 열 살 어렸다면 이십 년은 더 당

신 곁을 지킬 수 있었을 텐데, 하고 숙모가 말했다고……

숙모 장례식에는 나도 참석했습니다. 분위기는 쓸쓸했지만 정성스러운 장례식이었습니다. 겨울비가 내리는 바깥으로 관이 나가는 동안 나는 숙부 곁을 지키고 있었어요. 그런데 간호사가 잠깐 자리를 비웠을 때 줄곧 천장만 바라보던 숙부가 왼손을 들어 나를 불렀습니다. 귀를 가까이 가져가자, 장롱 서랍에서 숙모의 기모노를 꺼내 이불 속에 넣어달라고 하더군요. 너무 아무렇지 않게 말해서 얼떨결에 그렇게 해드렸습니다. 기모노를 몸 위에 펼치고 이불을 덮어주었지요.

그러고서 다시 자리에 앉아 내리는 빗소리를 듣고 있었습니다. 빗소리가 간간이 크게 들려서 기묘하다고 생각하며 귀를 기울이고 있었지요. 그러다 문득 깨달았습니다. 그 소리는 여름이면 늘 듣던, 멀리서 들려오는 해조음이었던 겁니다. 나는 현실로 돌아와 숙부를 보았습니다. 숙부는 어딘가 먼 곳을 응시하는 표정으로 왼손에 쥔 기모노 끝자락을 물어뜯듯이 꽉 깨물고 있었어요.

숙부는 그 뒤 두 번째 발작을 일으키고 돌아가셨습니다. 숙부 나이 마흔아홉 살 때의 일이었지요."

11

나는 후우 한숨을 내쉬었다.

그때의 소년이 지금 여기에 일흔 가까운 나이가 되어 앉아 있는 것이다. 사슬처럼 이어지는 세월의 오묘함에 대해 나는 잠시 생각했다.

"그 초상화가 어디로 갔는지는 잘 모릅니다. 딱히 알려지거나 하지도 않았을 겁니다. 누마타 씨 기억에 따르면, 어느 제철회사 사장한테 다른 물건들하고 한꺼번에 넘겼던 것 같아요. 그분 집이 전쟁 중에 무너졌다고 하니까, 이미 이 세상에 없을지도 모릅니다. 예전에는 그렇게 무서웠는데, 없다고 생각하니 지금은 다시 한 번 보고 싶은 마음도 듭니다."

엔시 씨는 고개를 끄덕인 후 마지막으로 술 한 병을 더 시켰다.

교수님은 다시 안경을 쓰고 어색한 미소를 지었다.

"뭐, 대충 이런 이야기입니다. 그림이긴 하지만, 꿈속에서 본 인물을 현실에서 만난다…… 이치에 맞지 않는 일이지요."

"저……."

나는 불쑥 말을 꺼냈다.

"네?"

"몇 가지 질문해도 될까요?"

"얼마든지요."

교수님은 술잔을 기울이면서 말했다.

"질문에 대답하는 것이 가르치는 사람의 일이니까."

나는 생각을 정리하면서 하나하나 묻기 시작했다.

"창고는 평소에 잠겨 있었나요?"

"물론입니다. 어떤 방식으로 잠겨 있었는지까지는 모르지만. 열고 들어가려고 한 적도 없었고요. 어쨌거나 창고를 개방할 때 본 바로는 확실히 복잡한 과정을 거쳐서 열긴 했습니다. 당연하다면 당연하겠지요. 잡동사니를 넣어둔 창고가 아니었으니까. 귀중품을 보관하려고 일부러 만든 창고입니다."

"아이가 열 수 있을 만한 것이 아니란 말씀이네요?"

"그렇지요, 그렇지요."

교수님은 왠지 즐거운 듯 보였다. 자신을 오랜 세월 괴롭혀왔던 의문을 타인과 공유하는 것이 은근히 유쾌한 것이리라.

"창고는 그 누마타 씨라는 분이 관리했던 거죠?"

"네, 원래는 숙부 회사에서 실장으로 일했습니다만, 견실한 인품이 숙부의 마음에 들었나 봅니다. 거동이 불편해지고부터는 실무는 다른 사람에게 맡기고 늘 곁에서 자신을 수행하게 했어요. 말하자면 집사였던 셈이지요. 숙부를 대장, 대장, 하고 불렀습니다."

"그분이 '이런 게 있는데' 하고 살짝 보여줬다, 이런 일은 있을 수 없겠죠?"

스스로 말이 안 된다는 것을 알았기 때문에 목소리가 점점 작아졌다.

"네. 아까도 이야기했습니다만, 거풍할 때는 나는 그곳에 없었습니다. 그리고 처음 꿈을 꾼 건 대여섯 살 때입니다. 그런 어린아이에게 일부러 창고에서 그림을 꺼내와 보여주고 다시 넣는다는 건 이상하지요."

이 의견은 그만 거둘 수밖에 없었다. 그러나 어떤 형태가 됐든 그 시기에 목격한 것은 분명하다고 생각했다.

"……그러면요, 할복 사실을 알고 있었다는 것에서 출발해보면 어떨까요?"

불현듯 떠오르는 것이 있었다.

"호오."

교수님은 테이블에 바짝 다가와 앉았다.

"그러니까 후루타 오리베라는 인물의 일대기를 대여섯 살 때, 읽지는 않았더라도 우연히 보게 됐는데, 거기에 할복 장면이 있었고 그게 인상 깊었다……."

"일대기라고 하면?"

"다치카와 문고 같은 거요."

사나다 10인의 용사를 탄생시킨 이 문고의 이름만은 알고 있었다. 교수님은 곤란한 얼굴을 했다.

"발상은 재미있군요. 시대적으로도 부합하고요. 그런데 확실하지는 않지만 오리베에 관한 이야기는 야담집으로 나와 있지 않았던 것 같은데……."

교수님은 엔시 씨를 보았다.

"내 말이 맞나요?"

"맞습니다."

엔시 씨는 내 쪽으로 고개를 돌렸다.

"다치카와 문고는 다마다 교쿠슈사이라는 사람이 야담을 속기해서 책으로 묶은 겁니다. 90년대 초반에 나오기 시작했고, 그 이전에도 야담집은 꾸준히 활자화가 이뤄졌어요. 하지만 교수님이 말씀하신 대로 오리베에 관한 것은 없다고 알고 있습니다."

그러고서 접시에 남아 있던 다시마를 겨자에 찍어 입

에 넣었다. 조금 얄미웠다.

"그리고 책에서 봤다면 이미지가 그 초상화와 다를 겁니다. 이에야스 정도 된다면 어느 정도 공통된 이미지가 있겠지만."

교수님이 말했다.

"별로 얼굴이 알려지지 않은 사람이니까 출전이 한정돼서 이미지가 더 비슷비슷하지 않을까요?"

"틀린 말은 아닙니다만, 내가 본 오리베 초상은 아주 독특했습니다. 오리베의 모습을 묘사한 목상도 남아 있지만 전혀 비슷하지 않더군요."

"아니면……."

나는 마음이 조급해졌다.

"그 오리베 얼굴이 공교롭게도 얄미운 누군가와 닮았다거나."

"배를 찔러주고 싶을 만큼 싫어하는 상대와 말입니까?"

교수님은 파안대소했다. 나도 따라 웃고 말았다.

"아쉽게도 꿈에까지 나올 만큼 증오하는 사람은 없었습니다. 설사 있었다고 해도 스오에 에보시 차림은 이상하지요."

"흐음."

나는 팔짱을 끼고 입술을 깨물었다.

"왜요, 난관 봉착입니까?"

"그렇지!"

나는 가장 단순한 것을 생각해냈다.

"미술서예요. 숙부님 댁이나 교수님 댁에 미술서가 있었던 거예요. 어려서 뭔지 모르고 봤지만, 또 봤다는 기억조차 없지만, 잠재의식에는 강렬하게 남아 있었던 거죠."

"그 생각은 나도 안 해본 건 아니랍니다. 하지만 말했듯이 그 초상화는 완전히 무명 작품이에요. 책에 실리려면 어느 정도 알려진 작품이라야 합니다. 초상화는 후데야마라는 전 주인 집에서 나와 그대로 창고로 들어가 보관되었어요. 미술서든 뭐든 책에서 봤다고 하는 건 무리가 있습니다."

"아니면……."

"아니면?"

나는 포기해버렸다.

"오리베의 망령."

교수님은 실망과 만족이 뒤섞인 복잡한 표정으로 술병을 들어 마지막 술을 자신의 잔에 따랐다.

"아무래도 지성으로 해결되지 않는 일도 있는가 봅니

다."

그러더니 엔시 씨에게 물었다.

"엔시 군은 물어볼 거 없습니까?"

엔시 씨는 지극히 예사롭게 대답했다.

"네, 들은 것만으로 충분합니다."

나는 눈썹을 치켜세우고 엔시 씨를 보았다. 충분하다
니, 이게 무슨 소리인가.

"결론은……."

엔시 씨는 말했다.

"명료하다고 생각합니다."

12

돌아오는 길, 엔시 씨와 함께 지하철을 탔다. 붐비지는
않았다. 둘이서 나란히 앉았다.

"통금 시간은 괜찮습니까?"

"네, 자세하게 얘기하고 나왔어요. 유명인사하고 만난
다고."

엔시 씨는 귀 뒤를 긁적였다.

"유명인사가 있었던가요?"

"저희 집에서는 유명인사인걸요."

얼굴을 마주 보고 둘이서 웃었다.

"그런데 설명해주지 않는 건 반칙이에요."

웃음으로 분위기가 풀린 김에 나는 슬쩍 그 이야기를 꺼냈다.

"오리베 말입니까?"

"네."

"아까 열쇠 이야기를 꺼냈던 건 몽유병을 의심해서였지요?"

엔시 씨는 대답은 하지 않고 오히려 되물었다.

"네, 맞아요."

"하지만 창고 안에, 그것도 꽁꽁 봉인해둔 것을 보고 나온다는 것은 무리가 있지요."

"그럼 무리가 없는 건 어떤 거죠?"

나는 엔시 씨의 얼굴을 들여다보았다.

"글쎄요, 그건 확증을 얻을 때까지 기다려주세요. 일단 물어보고 나서……."

"이런 일에 확증이 있을 수 있나요? 그리고 누구한테 물어보는데요?"

나는 조심스럽게 따져 물었다.

"미안합니다, 애타게 만들 생각은 없었는데."

엔시 씨는 소년처럼 짓궂은 표정을 지었다.

"없지는 않습니다."

"흠, 너무해요."

"사실이니까 봐주세요. 운이 좋으면 움직일 수 없는 증거를 찾을 수도 있을 것 같으니까. 그렇지 않으면 기다리게도 하지 않습니다. 한 달이면 됩니다."

"뭔가 개봉박두 느낌이네요."

지하철은 역과 역 사이가 짧다. 차량은 요란한 소리를 내며 플랫폼으로 미끄러져 들어가고, 사람들을 토해내고, 그리고 삼키고 다시 출발했다.

"그렇게 되면 그때 설명해줄 테니까 아까 약속한 대로 교수님 연구실에서 만납시다."

"아!"

나는 목청을 높였다. 지하철 안이 아니었다면 소리가 꽤 크게 들렸을 것이다.

"왜 그러죠?"

"이렇게 된 것도 원래는……."

나는 대담 자리에 나가게 되었던 사정을 간추려서 이

야기했다(당연히 이야기 속의 나는 교수님이 문을 열었을 때 졸린 얼굴을 하고 서 있었을 뿐, 결코 하품 따위는 하고 있지 않았다).

"그런데 그때 이상하다고 생각한 게 있었거든요."

나는 허공에 대고 손가락으로 ①을 그렸다.

"첫째. 교수님은 책은 아무렇게 두는 편인데 책 속이 지저분해지는 것은 못 견디는 것 같았어요. 하지만 이건 이유를 알았어요. 아버지와 숙부님의 기질을 반씩 물려받은 거예요. 그리고……."

이어서 내 손가락은 ②를 따라 움직였다.

"둘째. 교수님은 쉰 살쯤 될 때까지 오리베 도자기를 싫어했다고 했어요. 그 이유도 알 것 같아요. 할복한 오리베와 숙부님의 죽음이 무의식중에 연결됐던 거예요. 말하자면 양쪽 다 비명에 죽었잖아요. 언제 좌절될지 모르는 인생에 대한 두려움, 어린 시절의 그런 감정이 오리베라는 인물로, 그리고 초상화에 그려져 있던 도자기로 상징되었고, 결국 까닭 모를 혐오로 발전했던 거죠. 아까 듣기로 숙부님은 마흔아홉에 돌아가셨어요. 그래서 쉰 살 즈음이 하나의 전환점이 됐을지도 몰라요."

나는 혼자 고개를 끄덕이면서 이야기를 계속해나갔다.

"이제 그 나이를 통과했어요. 숙부님이 경험하지 않은 영역에 들어선 거죠. 그리고 연구자로서의 자신에게도 확신이 생겼어요. 말하자면 자신을 속박하고 있던 굴레에서 벗어난 거예요."

나는 엔시 씨의 반응을 살폈다. 에라, 모르겠다, 하고 포기하고 싶은 심정이었다.

"……그래요."

엔시 씨는 순순하게 인정했다.

"지금 이야기를 듣고 생각한 건데, 오늘 회합 장소를 교수님 연구실로 한 것은 우연이었지만 옳았던 것 같군요."

한결같이 알 수 없는 사람이다. 아쉽게도 지하철은 내가 환승할 역에 가까워졌다.

"저……."

나는 일어서면서 말했다.

"뭔가 힌트라도 주시면 안 될까요?"

지하철은 요란한 소리를 내며 어둠 속에서 빛을 향해 달려갔다.

"음, 글쎄요."

엔시 씨는 선한 얼굴을 들고 선한 목소리로 말했다.

"오리베는 틀림없이 누워 있었다고 생각합니다."

13

지독한 사람이라고 나는 생각했다. 하지만 화가 나면서도 엔시 씨의 얼굴을 떠올리면 왠지 미워할 수가 없어서 쿡 웃어버리게 된다.

그렇게 나는 선문답 같은 대화를 선물로 받아들고 집에 돌아왔다.

그 후 해외 극단 공연에 가려고 했던 날에 그 돈으로 신주쿠 명인회에 가버렸다. 당사자는 지극히 기분 좋은 듯이 〈다금茶金〉을 공연하고 있었다. 엔시 씨다운 밝은 기운이 느껴지는 무대였다.

마음이 잡히지 않는 것은 교수님도 마찬가지로, 근세 문학개론 시간에 어쩌다 나와 눈이 마주치자 뒤숭숭한 표정을 지었다.

이렇게 두 주가 지나갔다.

개론 수업이 있던 날, 시간을 다 채우지 않고 교수님은 급하게 수업을 마무리 지었다. 그러고서 살짝 내게 눈짓을 보냈다. 나는 강의실을 나가는 학생들을 거슬러, 부도덕한 교수와 부정한 관계를 맺고 있는 여대생처럼 종종거리며 가모 교수님이 있는 교단 쪽으로 다가갔다.

"내일입니다."

교수님은 마치 허클베리 핀에게 모험 계획을 털어놓는 톰 소여처럼 말했다.

"빠르네요, 예상보다."

비밀을 공유했지만 배타적인 자세를 유지한 채 나는 빙긋 웃으며 대답했다.

14

이튿날 오전 열 시. 약속을 잡기에는 이른 시간이지만, 교수님과 엔시 씨가 가능한 시간이 이때뿐이었다. 하루라도 빨리 듣고 싶었던 나는 시간은 아무래도 상관없었다.

장마가 잠시 걷힌 6월의 맑은 날이었다.

나와 교수님이 일찌감치 만나서 그 오리베 찻잔으로 커피를 마시고 있는데, 엔시 씨가 약속 시간 십오 분 전에 문을 두드렸다.

"들어오시지요."

교수님이 일어나면서 말한 뒤 엔시 씨의 커피를 준비했다.

"실례하겠습니다."

들어온 엔시 씨는 손에 종이봉투를 들고 있었다. 저 안에 '확증'이 들어 있는 것일까.

"기다렸습니다. 자, 어서, 어서."

교수님은 찻잔도 두는 둥 마는 둥 하고 엔시 씨를 재촉했다. 아이가 과자를 발견했을 때의 반응 같았다.

"죄송합니다, 그전에."

엔시 씨는 책장을 가리키며 물었다.

"좀 봐도 괜찮겠습니까?"

교수님은 의아스러운 얼굴을 했다.

"그야 상관은 없습니다만."

엔시 씨는 책 몇 권을 차례로 꺼내 훌훌 넘겼다. 풍차 날개가 돌아가듯 하얀 종이가 움직였다.

엔시 씨가 지난번 지하철에서 내가 한 이야기를 확인하고 있는 것임을 알았다.

조금 뒤에 엔시 씨는 나를 보고 빙긋 웃었다.

"과연 들은 대로군요."

"뭡니까, 두 사람 공범입니까? 대관절 어떻게 된 거죠?"

교수님은 여우에게 홀린 것처럼 엔시 씨와 나를 번갈

아 보았다.

"그게 아니라, 교수님은 책에 절대로 낙서를 하지 않는 주의 같다고 말했었거든요. 아마도 그 이야기 같은데……."

엔시 씨가 이어서 말했다.

"깨끗하군요. 안쪽은 거의 새 책이나 다름없네요."

"그게 어쨌다는 겁니까?"

"잠깐만요."

엔시 씨는 가볍게 예의를 갖추고 자리에 앉았다. 갸름한 얼굴에 수수한 블루 셔츠. 캠퍼스를 걷고 있었다면 강사보다는 대학원생으로 보였을 것이다. 물론 날씨가 좋았던 덕도 있었겠지만.

"시간을 끌어서 죄송합니다. 오늘 다 설명해드리겠습니다."

엔시 씨는 잔을 들어 따뜻한 눈길로 커피를 응시하고, 이어서 한 모금 마셨다. 드디어 그가 이야기를 시작했다.

"먼저 분명한 것은, 꿈을 꾸게 된 원인은 숙부님이 사신 오리베 초상화라는 겁니다. 같은 얼굴에 같은 자세로 나타났다면 그렇다고밖에 볼 수 없습니다. 그러면 가능성은 두 가지. 실물을 봤느냐, 복제를 봤느냐. 전자가 불가능하다면 후자겠지요."

나는 불만스러웠다. 가지를 쳐내다 보면 확실히 그런 식의 논리가 전개될 수 있겠지만, 여러 가지 방해 요소가 있기 때문에 직선적으로 생각할 수만은 없지 않을까.

"복제라면, 숙부님이 오리베 초상화를 사진으로 찍어 두기라도 했다는 건가요?"

"아니요, 그때는 요즘처럼 사진을 쉽게 찍을 수 있는 시절도 아니었고, 그 초상화만 특별히 찍어뒀을 리도 없습니다. 만일 아끼는 미술품을 사진으로 찍어두는 습관이 있었다면, 누마타 씨가 은연중에라도 이야기했겠지요. 딱히 비밀로 할 일은 아니니까."

복제가 뭘 의미하는지는 설명이 있을 것이다. 하지만 그렇대도 큰 걸림돌은 여전히 남는다.

"그러면 할복은요? 후루타 오리베가 할복한 사실을 어떤 식으로든 알고 있었기 때문에 그런 꿈을 꿨던 거잖아요."

"아니요, 몰랐어도 가능은 합니다."

엔시 씨는 내 말을 가로막듯 손을 들더니 집게손가락을 세워 보였다.

"이 불가사의를 해명하는 데는 열쇠가 되는 것이 세 가지 있습니다."

결코 가볍지 않게 싱긋 웃더니, 엔시 씨는 그 손가락으로 세로획을 길게 그었다. 그리고 이어서 세로획을 감싸는 동그라미. ①이었다!

"첫째. 교수님 집안이 의사 집안이고, 교수님은 어릴 때부터 병원이며 수술에 공포증이 있었다는 것. 둘째는, 꿈을 꾸기 시작한 것은 숙부님이 그 초상화를 샀을 무렵부터라는 것. 셋째는, 집에서는 아버지의 영향으로 책을 극단적으로 소중하게 다뤘는데, 숙부님 집에 갔더니 거기서는 그 신성한 책이 아무렇게나 취급되고 있었다는 것. 이 세 가지입니다."

내가 지하철에서 했던 것처럼 엔시 씨는 ②를 설명하고 ③을 설명하더니 다음 이야기로 넘어갔다.

"첫째 항목을 보면, 어린 시절 교수님에게 할복이라는 개념은 여느 아이들이 느끼는 것 이상으로 현실미를 띠고 있었을 것이라고 예상됩니다. 메이지 시대에 무사 집안에서 아이에게 할복을 연습시켰다는 이야기가 있지요. 지금하고는 비교도 되지 않을 만큼 그 이미지는 생생했을 겁니다. 교수님은 어릴 때 그런 이야기를 들은 적도 있었던 데다, 병원을 하는 집안 특성상 더욱 현실에 밀착

된 공포를 느끼지 않았을까 생각합니다."

교수님은 얼굴을 찡그렸다.

"듣고 보니 그럴 수도 있겠군요. 철모르던 시절에 우연히 수술하는 이야기를 들은 적이 있어요. 끔찍하고 무서웠답니다. 뭐든 칼로 베는 것은 질색인데, 그 이후부터 그렇게 된 것 같기도 하군요."

엔시 씨는 커피를 마신 뒤 이번에는 내게 가볍게 말을 건넸다. 내가 이즈미 교카를 좋아한다고 했던 것을 떠올린 것이리라.

"상관없는 이야기입니다만, 이즈미 교카의 작품 중에 「외과실」이라는 단편이 있습니다."

"미시마 소센의 「해부실」이라는 단편도 있고요."

문학부 학생답게 되받아쳤다. 겨우 분풀이한 기분이었다. 실은 며칠 전에 단편 문학선에서 읽은 참이었다. 엔시 씨는 "아아, 그렇군요" 하고 대꾸했다. 왠지 통쾌했다.

"그래서요, 계속해보십시오."

교수님은 둘의 대화에 아랑곳없이 이야기를 재촉했다.

"네. 그럼 계속해서 두 번째 열쇠인데, 저는 이 부분에서 그 꿈은 역시 책이 원인이었다고 확신했습니다."

나는 반문했다.

"아니, 그 초상화가 실린 미술서는 없다고 하셨잖아요?"

"네, 물론 없습니다."

"그렇다면 어떤 책이 있었다는 거죠? 이상해요."

"아니요, 이 경우 책이 없는 것이 이상합니다."

엔시 씨는 천천히 말했다.

"아시겠습니까? 숙부님이 그 초상화를 샀을 때……."

교수님은 놀란 듯이 숨을 헉 들이쉬었다. 이어서 실색한 얼굴에 붉은 기가 돌아왔다.

"……그래, 듣고 보니 그렇군. 없는 것이 이상하지……."

그런 자신을 이해하지 못하겠다는 듯이 교수님은 고개를 가로저었다.

"이런 자명한 것을 어째서 깨닫지 못했을까……."

"어린아이였으니 당연합니다. 그리고 어른이 되고 나서는 굳이 그 일을 끄집어내서 진지하게 생각할 필요성을 못 느꼈겠지요."

엔시 씨는 말하면서 종이봉투 안에서 얇은 팸플릿을 꺼냈다. '고서의 샘'이라고 적혀 있었다. 이삼 년 전의 고서 거래 안내 책자였다. 엔시 씨는 팸플릿을 펼쳐 어느 부분을 가리켰다.

1231 교토 이토가 소장품 입찰 목록 / 제국미술협회 / 쇼와 14년 / 3,500

1232 요시다 잇쿄 애장품 매입 목록 / 가마쿠라미술회 / 쇼와 11년/ 3,000

1233 후데야마가 소장품 입찰 목록 / 제국미술협회 / 쇼와 2년 / 4,000

1234 요네카와가 소장품 전시 목록 / 제국미술협회 / 쇼와 7년 / 7,000

1235 기요모토 후지큐 애장품 입찰 목록 낙찰가격 붙임 / 제국미술협회 / 쇼와 10년 / 10,000

'1233'에는 빨간 밑줄이 그어져 있었다.

"이쪽 일을 하는 지인이 있습니다. 후데야마라는 집안에서 골동품을 처분했을 당시의 목록이 혹시 남아 있는지 알아봐 달라고 했는데, 생각보다 빨리 연락이 왔답니다."

그러고서 엔시 씨는 나를 보고 말했다.

"신문에 보면 통판 카탈로그가 들어 있을 때가 있습니다. 물론 사진도 실려 있고요."

무슨 이야기인지 알 것 같았다. 입찰에 참가했던 숙부라면 당연히 그때의 목록을 가지고 있었을 것이다. 나는 자신 있게 응수했다.

"그게 두 번째군요. 그리고 마지막으로, 책을 소중하게 다루지 않는 사람이면 필요 없어진 책자를 아이가 손댈 만한 곳에 아무렇게나 뒀을 테고, 그것을 교수님이 봤다, 이런 얘기죠?"

그런데 엔시 씨는 살짝 난처한 표정을 지었다.

"맞습니다만, 조금 더 보충해둘까요. 교수님 이야기에 따르면, 숙부님은 책을 워낙 험하게 다뤘다고 하니까……."

그러면서 종이봉투 안에서 책 한 권을 또 꺼냈다.

교수님은 두툼한 입술을 한일자로 꾹 다물었다.

표지가 약간 미색을 띠는 것은 세월 탓이리라. 무지 바탕에 큼직하게 이렇게 인쇄되어 있었다. **후데야마가 소장품 입찰 목록.**

"실제 책자를 구하기가 상당히 힘들었습니다. 그래도 전문 고서점에서, 보관하고 있을 만한 사람이며 기관을 알려줘서 겨우 빌려왔습니다."

엔시 씨는 그 책자를 조심스럽게 교수님에게 건넸다. 교수님은 말없이 받아들더니 찻잔을 옆으로 치우고 티슈로 책상을 닦은 다음 책자를 내려놓았다.

엔시 씨는 목록 표지를 보면서 말했다.

"아무리 봐도 제 눈에는, 오리베가 누워 있는 것처럼 보이더군요."

교수님은 천천히 책장을 넘겼다. 사진은 전부 흑백이었고 종이 질은 좋았다. 처음에 나온 것은 한 면을 가득 메운 산수화였다. 서너 장 넘긴 시점에서 교수님의 손이 멈췄다.

왼쪽 페이지 하단에 세로로 긴 오리베상이, 말마따나 뉘어져 실려 있었다.

"으음."

교수님은 낮은 소리로 신음하고 책자의 방향을 바꿨다. 오리베 초상은 반세기의 시간을 초월해서 교수님과 마주했다. 책자 위쪽, 즉 왼쪽 페이지는 이등분으로 접히고, 그 한쪽에는 향합 같은 작은 그릇이 실려 있었다.

나는 마술을 보는 것 같은 기분이었다.

창밖으로 휙 새가 날아갔다.

교수님은 묵묵히 그림을 응시했다. 나는 조심스럽게 엔시 씨를 보았다.

"어떻게, 어떻게 아셨어요?"

"그렇지 않으면 할복이 되지 않으니까요."

엔시 씨는 말했다.

"목록을 보다가 사고 싶은 물건이 나오면 어떻게 표시할까. 나라면 번호에 동그라미를 쳐둘 겁니다. 하지만 들은 바로 판단하건대, 숙부님 성격이라면 번거로울 것 없이 간편하게 그 페이지를 반으로 접어두지 않았을까요? 그러면 초상화의 배 부분이 접힙니다. 그리고 책장을 넘기던 어린 교수님의 눈에 그 접힌 배가 눈에 들어왔겠지요. 책을 접는다는 것은 교수님으로서는 상상도 할 수 없는 일이었습니다."

나는 고개를 끄덕였다.

"지인의 부인 중에 지나치게 깔끔한 사람이 있어요. 아이를 위해서겠지만, 잠깐 뭐만 해도 바로 손을 씻기고 물티슈로 닦이고, 남이 입 댄 음식은 당연지사고 부모 접시에 있던 음식도 절대로 먹지 못하게 한답니다. 그런데 하루는, 그 아이를 데리고 친정에 가면서 깜빡하고 아이의 컵을 안 챙겨간 일이 있었다고 해요. 부인은 그래도 자기 친정이니까 크게 걱정하지 않았답니다. 그런데 외가에 있던 컵을 줬더니 아이가 거부 반응을 보이더랍니다. 억지로 물을 마시게 했다가 결국 심한 복통을 일으켰다더군요. 아이에게 가풍은 감당하기 버거운 굴레이기도 합니다. 유난히 예민한 아이에게는 더욱 그렇겠지요."

그러고서 엔시 씨는 눈으로 연구실의 책장을 가리켰다.

"교수님이 한편으로 책을 무심하게 다루는 것은 숙부님의 영향, 혹은 아버지에 대한 반항이라고 해도 되겠지요. 지금도 확인했습니다만, 안쪽은 메모 하나 없이 깨끗합니다. 그야말로 집안 분위기가 몸 깊숙이 배어 있다는 증거입니다."

엔시 씨는 허공을 응시했다.

"어린 시절 태어나 처음으로, 대담하게도 책장이, 심지어 무사의 그림이 반으로 접혀 있는 것을 봤습니다. 그게 배 부분이었던 터라 할복 혹은 개복의 이미지가 그 위에 겹쳤지요. 정신없이 놀 때는 잊고 있다가 밤에 잠들면 꿈에 나왔던 겁니다."

연구실 안은 다시 정적이 흘렀다. 엔시 씨의 이야기는 끝났다.

오리베 초상은 밝은 빛 속에 있었다. 불가사의한 기억의 안개가 걷혔기 때문일까, 그 모습은 햇볕을 쐬고 있는 시골 노인처럼 보였다.

이윽고 멀리서 파도 소리가 밀려오듯 학생들의 목소리와 발소리가 들리기 시작했다. 오전 수업이 끝난 것이다.

교수님은 고개를 들었다.

"아아, 어떻게, 어떻게……."

교수님은 말했다. 눈물을 흘리지는 않았지만 뭔가 희비가 교차하는 듯한 표정이었다.

일흔을 바라보는 교수님은 천천히 자리에서 일어났다. 창가로 다가가 마디가 굵은 그 손으로 뒷짐을 지고 서서, 빛을 받아 반짝이는 도쿄의 거리와 곳곳에 남은 부드러운 초록을 바라보았다. 다부진 뒷모습이 따뜻해 보였다.

교수님은 지금 그 여름날의 솔바람 소리를 듣고 있는 것이리라고 나는 생각했다.

설탕 합전

이

7월 말은 늘어질 듯이 덥다. 그것은 통념이라고 할까, 고정관념이라고 할까, 혹은 그냥 '사실!'이라고 해버려도 좋을 것이다.

그래서 광택이 도는 흰 바탕에 남색 테두리가 둘러진 시원한 민소매를 입고 도쿄에 나왔다. 그런데 이것이 실수였다.

어지간하다고 해야 할까, 나는 지치지도 않고 같은 실수를 반복한다. 실은 전날 오페라를 보러 갔다가 이미 무릎과 팔꿈치가 시리다는 것을 느끼고 온 터였다. 이렇게 말하면 누군가는 냉방이 너무 셌나 보다, 하셨지만 미안하게도 이게 돌아오는 밤길 이야기다.

올해는 시원한 여름이라고 하지만 시원해도 너무 시원

하다. 오지랖 넓게 바닷가 민박집이나 맥주 매출까지 진심으로 걱정된다. 악마가 다른 계절에서 끌고 와 "지금이 몇 월이라고 생각하나?" 하고 수수께끼를 던지면, 열 중의 열이 틀릴 것 같은 그런 날씨인 것이다.

그런데 웬일로 아침에 해님이 얼굴을 내밀었다. 태양의 힘은 위대하다. 나는 아무 생각 없이 한여름 옷을 골라 입었다. 하지만 전차가 역을 나갈 때부터 책임자인 해님은 구름 뒤로 숨어버렸다. 갈아탄 지하철이 시부야에서 지상으로 나왔을 때는 툭 건드리면 눈물을 쏟아낼 것 같은 하늘로 바뀌어 있었다.

시부야에 온 것은 고갱의 영화를 상영한다는 친구의 말이 불쑥 잘 밤에 떠올랐기 때문이다. 아직 상영 중인지, 장소가 정말로 시부야인지도 확실하지 않았다. '잠깐만'이 없는 것이 내 성격이라 '일단 가보자, 아니면 말고' 하는 마음으로 나선 외출이었다.

도착이 열 시 반쯤. 미안하지만 서점에 들어가 살짝 정보를 얻으려고 했는데 웬일, 너무 추운 것이다.

8월이 코앞인데 장마도 아직 끝나지 않은 올여름. 내년 이맘때 이런 기상 현상을 말로만 듣는다면 아마 믿기 어려울 것이다. 잠깐 망설인 것은 영화관이 냉방이 되어 있을지도 모른다는 생각 때문이었다. 물론 영화관에 가려고 생각했을 때 냉방 대책에 대해 생각하지 않았던 것은 아니다. 다만 현관을 나서는 순간 그 생각은 새까맣게 머릿속에서 지워졌던 것이다.

오만상을 찌푸리고 천천히 걷는데, 앞질러 간 고교생이 곁눈질로 흘끔 내 맨 팔과 어깨를 보았다. 사춘기 남학생을 끄는 매력이 있다, 라고 좋아할 처지가 아니라는 것은 충분히 알 수 있었다. 그 아이는 하필이면 긴소매 셔츠를 입고 있었다. 그리고 내 옆을 지나가자마자 갑자기 걷었던 소매를 내리기 시작했다.

한 대 얻어맞은 느낌이었다.

주위를 보니 양복 상하의를 제대로 갖춰 입은 남자들만 눈에 들어왔다.

나도 여자 축에 끼는 사람으로서 상당히 얼빠진 여자로 보일 거라고 생각하자 기분은 무겁게 가라앉았다.

영화관에 갈 기분이 나지 않아서 그냥 인파에 섞여 흘러가는 대로 따라가자, 자연스럽게 충견 하치코시부야에 있는 유명한 개 동상. 만남의 장소로 이용된다 농상 앞에 이르렀다. 나는 한숨을 쉬고 의자에 앉았다. 옆에는 중년 여자가 앉아 있었는데, 역시 소매가 있는 옷을 입고 있었다. 반대쪽 옆자리에도 바로 누군가 와서 앉았다. 여학생 두 명이었다. 이쪽은 교복. 궂은 하늘도 환해질 것 같은 밝은 목소리로 티 없이 맑게 이야기를 나누었다. 물론 소매 있음.

점점 나의 피부 노출이 몹시 조신하지 못한 것으로 여겨져 견딜 수 없었다.

"……제발 나와주세요, 동굴에서."

입 속으로 중얼거렸다. 팔뚝을 내놓고 해님에게 이런 부탁을 하는 꼴이 영락없이 아메노우즈메노미코토일본 신화에 등장하는 여신. 옷을 벗고 춤을 춰서 동굴로 숨어버린 태양신 아마테라스를 밖으로 불러냈다고 한다였다. ……차라리 춤이라도 춰볼까.

"많이 기다렸어?"

묘하게 말꼬리를 끄는 목소리가 들렸다. 조금 떨어진 곳에 앉아 있던 젊은 남자 앞에 청바지를 입은 여자가 서 있었다.

"많이 기다렸어."

부부는 닮는다고, 아마 닮은꼴 연인일 것이다. 똑같은 말투로 대답하고 남자가 일어섰다. 훤칠했다.

닮은 상대를 고르는 것일까, 여자가 남자에게 맞추는 것일까, 그 반대일까, 아니면 둘만의 율법에 따라 움직이는 작은 나라를 함께 쌓아올린 것일까. 어떻게 이런 조합이 가능한지 나는 아직 잘 모르겠다.

"기다리다가 늦었어."

"미안."

두 사람의 목소리와 뒷모습은 인파 속으로 사라졌다.

이러고 있는 나도 '좋은 사람'을 기다리고 있는 것처럼 보일까, 어쩌면 내 미모에 반해서 누가 말을 걸어올지도…… 뭐 이런 쓸데없는 생각을 하면서 팔짱을 끼듯이 양팔로 몸을 감쌌다. 오른손으로 왼쪽 팔꿈치를, 반대쪽 손으로 반대쪽 팔꿈치를 감싸 쥐었다. 역시 추웠다. 관절 부위가 특히 시렸다. 어깨와 무릎도 마찬가지였다.

나는 삼 분의 이 정도 드러난 내 무릎을 보았다. 손바닥으로 팔꿈치를 문지르면서 무릎도 문질러줄까 잠깐 고민했다. 무릎까지 문지르고 있으면 정말 처량해 보이겠지…….

"무릎아, 미안하다."

또 혼자 중얼거리면서 어깨를 움츠렸을 때 내 앞에 쑥한 남자가 다가와 섰다.

"추워 보이는군요."

분명히 내게 말을 걸고 있었다. 나는 본능적으로 몸에 힘을 주었다.

……어쩌지, 무시해버리면 그냥 가겠지?

나는 일단 가만히 땅만 내려다보았다. 팔꿈치를 문지르던 손도 동작을 멈췄다.

"나도 감기 기운이 있습니다. 목은 괜찮아야 할 텐데."

얼른 고개를 들었다. 하얀 얼굴에 가지런한 눈썹. 갸름한 다이리비나일본의 왕과 왕비의 모습을 본떠 만든 인형를 근대적으로 재해석한 것 같은 얼굴이 나를 보고 있었다.

"일전에는……."

엔시 씨였다.

02

"커피보다 홍차를 좋아한다고 했지요?"

육교를 건너 미야마스자카 쪽으로 걸으면서 엔시 씨가 말했다. 지난번 수수께끼 풀이를 하고 돌아오는 길에 내가 그런 이야기를 불쑥 했던 것이다.

"네."

"바로 근처에 홍차집이 있습니다."

우리는 큰길에서 오른쪽 골목으로 접어들었다. 두세

집 앞에 '애드리브'라고 짙은 갈색으로 적힌 옅은 베이지색 간판이 걸려 있었다.

"이 집 주인이 예전에 연극을 했다고 해요."

"아는 사이세요?"

"아니요, 오늘이 두 번째 방문입니다. 요전에 시가 데리고 와서 와봤습니다."

시란 엔시 씨의 제자다. 올봄에 주역이 되어 '쇼시'에서 '시'로 승격했다. 단정한 용모에 재치 있는 입담으로 여성들에게도 인기가 있었다.

"그날도 날이 선선해서 냉방을 하지 않았어요. 오늘도 그럴 겁니다."

'11시부터'라고 매직으로 쓴 두꺼운 종이가 문 쪽창 안쪽에 걸려 있었다. 반사적으로 손목시계를 보았다. 10시 56분 47초. 바늘은 48, 49, 50으로 움직였지만 그 이상 쳐다볼 필요는 없었다. 인기척을 들었는지 안에서 종이를 떼고 문을 밀었다. 무거운 것 같았다.

"어서 오세요."

눈이 동그래서 꼭 놀란 사람처럼 보이는 아가씨였다. 아르바이트생일 것이다.

"내 말이 맞지요?"

엔시 씨는 한 발짝 들여놓고 나를 돌아보았다. 에어컨은 틀어져 있지 않았다. 가게 안은 전체적으로 간판과 비슷한 엷은 베이지 톤이었다.

"여기서 차 한잔하면 몸이 따뜻해질 겁니다."

통로 쪽 자리에 마주 앉자 엔시 씨는 조난자를 구조한 사람처럼 그렇게 말했다. 나는 쿡 웃었다.

"제가 그렇게 불쌍해 보였나요?"

"그런 건 아니고, 뭐랄까……『집 없는 아이』^{프랑스 소설가} ^{엑토르 말로의 작품} 같았다고 할까요."

머리가 짧은 나와 의외로 딱 맞는 이미지일지도 모른다.

가게 주인으로 보이는 남자가 안쪽에서 나와 카운터로 들어갔다. 키가 크고 긴 턱에는 수염을 길렀다.

아르바이트생이 와서 주문을 받았다.

나는 아쌈 밀크티, 엔시 씨는 실론 레몬티.

"왜 커피보다 홍차가 좋나요?"

"좋고 나쁘고가 아니라, 좋아하느냐 싫어하느냐의 문제예요."

무거운 문이 열리고 여자아이 세 명이 들어왔다. 그 뒤로 언뜻, 잔뜩 찌푸린 잿빛 하늘이 보였다. 우리와 같은 방향에서 왔는지 반대쪽에서 왔는지는 알 수 없었다. 창문이 불투명한 젖빛 유리로 되어 있었기 때문이다. 마치 눈에 보이는 세계, 그 이면에서 온 것만 같은 기분이 들었다.

그런 느낌을 받은 것은 젊은 여자가 셋인데 자리에 앉을 때까지 한 마디도 하지 않아서였을지도 모른다. 조용한 세 친구는 우리 자리에서도 카운터에서도 가장 떨어진 구석 자리에 앉았다. 엔시 씨 뒤쪽, 즉 내 자리에서는 보이는 위치였다.

"그럼 다시 묻겠습니다. 왜 홍차를 좋아하나요?"

"으음."

나는 유리로 된 설탕통의 은색 뚜껑을 살짝 들어보았다. 열 때와 닫을 때 댕그랑 하고 영롱한 소리가 났다.

"당연히 먹는 거니까 맛있어서이긴 한데, 한 가지 더 덧붙이자면 개인적인 이미지 때문이에요."

"이미지?"

엔시 씨는 정신과 의사가 환자를 다루듯이 자상하게 물었다.

"네. 저는 커피 하면 바로크가 연상되고, 홍차 하면 로코코가 떠오르거든요."

오래전부터 생각해왔던 것은 아니었다. 엔시 씨와 얼굴

을 맞대고 이야기하는 중에, 이해심이 많은 친삼촌과 있는 것처럼 마음이 풀어져서 주절주절 말이 나왔던 것이다.

차가 나왔다.

03

아르바이트생이 차를 놓고 가자마자 나는 잽싸게 말했다.

"이 가게 주인이 어떤 사람인지 제가 맞혀볼게요."

엔시 씨가 수수께끼를 깔끔하게 풀어준 일에 대한 약간의 답례라고 생각하고 꺼낸 말이었다.

"네?"

엔시 씨는 고개를 갸웃거렸다. 개의치 않고 나는 계속했다.

"완벽주의자. 작은 것에 연연하고, 꼼꼼하고 섬세함."

단숨에 말하고 엔시 씨의 반응을 살폈다. 어떠냐? 하는 표정이었을 것이다.

"그런데⋯⋯."

엔시 씨는 당황스러운 기색 없이 가만히 팔짱을 꼈다.

"뭘 보고 그렇게 생각했지요?"

찻잔에서 김이 은은하게 피어오르고 있었다.

"그럼 그것부터 맞혀보세요. 제한 시간 일 분. 차를 마시면서 천천히, 는 안 됩니다."

나는 테이블 위로 고개를 쑥 내밀고 말했다. 엔시 씨는 빙긋 웃었다.

"음, 그럼 어디 한번 볼까요. 우선 옷차림을 보고 판단한 건 아닌 것 같군요. 흰 셔츠가 그런 인상을 주긴 합니다만, 저것만으로 판단했다고 보기에는 너무 평범합니다. 가게 내부 모습을 보고 추측했다는 것도 마찬가지고요. 이 정도로 당신이 그렇게 의기양양할 리가 없겠지요. 하지만 달리 단서가 될 만한 것은 없는 것 같은데……."

나는 테이블에서 떨어져 의자에 등을 기댔다. 엔시 씨는 계속했다.

"그렇다면 당신한테만 단서가 되고, 나한테는 되지 않는 뭔가가 있을지도 모르겠군요. 자, 봅시다……."

이번에는 엔시 씨가 테이블에 몸을 바싹 붙였다.

"당신은 홍차가 로코코 느낌이 나서 좋아한다는 이야기를 했습니다. 그리고 그 여운이 채 가시기도 전에 느닷없이 화제를 돌렸어요. 그때 무슨 일이 있었느냐. 홍차가 나왔습니다. 왜 홍차가 나오자 서둘러 그런 이야기를 꺼냈을까요?"

엔시 씨는 테이블 위에 손을 올려놓았다.

"게다가 당신은 굳이 차를 마시면서 천천히 생각해서는 안 된다고 말했습니다. 왜일까요? 어째서 홍차를 마시면 안 된다고 했을까요? 그리고 내가 단서에 대한 이야기를 꺼냈을 때 당신은 테이블에서 물러나 앉았습니다."

엔시 씨는 흥미로운 듯이 나를 보았다. 아이에게 즐겁게 공부를 가르치는 아버지의 모습 같았다.

"그렇다면 내가 홍차를 마시면 알아채버릴지도 모르는 것으로, 이 테이블 위에 있는 것이 당신이 생각하는 단서가 되겠지요. 그리고 아까 당신이 무엇을 보았느냐 하면……."

엔시 씨의 손가락이 가리킨 것은 은색 뚜껑이 덮인 설탕통이었다. 뚜껑 가장자리에는 작은 홈이 있었고, 홈으로 스푼 손잡이가 나와 있었다.

"어떻습니까?"

나는 소리 없이 경악하고 고개를 숙였다. 그러고서 손을 뻗어 설탕통 뚜껑을 열어 옆에 놓았다. 위쪽 2밀리 정도만 남기고 순백의 설탕이 가득 채워져 있었다. 새벽마다 비질하는 불가의 정원처럼 표면이 가지런하게 정리되어 있었다. 반쯤 묻혀 꽂혀 있는 스푼은 정원수 같았다.

"이렇게 준비해두고 가게를 여나 봐요."

나는 실례한다고 말하고 잠깐 옆 테이블의 설탕통을 확인하고 왔다. 예상대로였다.

"마찬가지예요. 이렇게까지 해두는 걸 보면, 이 가게 주인, 제가 말한 성격이라고 해도 되겠죠?"

"그렇군요."

엔시 씨는 정갈한 설탕 정원을 뭉개는 것이 미안한지, 잠깐 바라보고 있었다. 그러고서 스푼을 잡았다. 덮인 눈 속에서 꺾꽂이한 가지가 뽑히듯이 스푼이 나왔다.

엔시 씨는 한 스푼을, 나는 두 스푼을 넣었다.

부드러운 맛의 밀크티는 『집 없는 아이』에게는 더할 나위 없이 좋았다.

"여름방학이겠군요."

이날은 평일이었다.

"네."

"우리 딸도 여름방학을 했답니다."

"몇 살이에요?"

"일곱 살입니다. 초등학교 1학년."

"한창 귀여울 때네요."

"웬걸요, 당돌하기가 말도 못 합니다."

말은 그렇게 했지만 엔시 씨의 얼굴은 흐뭇해 보였다.

"그나저나 요즘은 초등학생도 숙제가 많더군요. 결국은 부모가 도와줘야 하는 게 대부분이지만."

이런 아버지가 도와주면 아주 논리적인 결과물이 나오지 않을까, 하고 속으로 혼자 미소 지었다.

"그중에서도 참 난감한 게 자연 관찰 일기입니다. 곤충을 키워서 관찰 일기를 써야 한다는데, 글쎄 키우고 싶은 게 개미귀신이라지 뭡니까."

"개미귀신……."

"네, 그 깔때기 모양의 구덩이를 파는 녀석."

"명주잠자리 유충이죠?"

"맞습니다. 텔레비전에서 〈오즈의 마법사〉를 봤는데, 거기에 거대한 개미귀신이 나왔던 모양이에요. 인상 깊었는지, 개미귀신이 무서운 거냐고 나한테 묻더군요. 그래서 원래는 작은 벌레다, 아빠도 어릴 때 기른 적이 있다, 이랬더니 그걸 잊지 않고 기억해뒀다가 관찰 일기는 개미귀신으로 하겠다고 고집을 부리는 겁니다."

"아아."

"일단 알았다고 하고 집 근처를 찾아봤는데 도무지 보여야 말이지요. 내가 사는 나카노에 없지는 않겠지만, 아이 손을 잡고 이곳저곳을 찾아봐도 소용없었습니다. 아이는 입이 삐죽삐죽하고, 나도 짜증이 나고, 큰소리가 나기 직전이었답니다. 마냥 좋지만은 않습니다."

딸바보 아버지. 이 사람의 약점은 아이였던 것이다.

나는 보물을 하사하려는 여왕처럼 여유를 부리며 말했다.

"그럼 제가 드릴까요?"

"네?"

"드릴게요, 개미귀신."

"구할 수 있습니까?"

"네, 저희 집에 있거든요."

창고에 처마가 있어서 창고 앞을 간단한 건조 공간으로 쓰고 있다. 그리고 늘 말라 있는 그 땅은 개미귀신이 둥지를 트기에 최적의 환경이었다. 나와 언니도 옛날에 관찰 일기를 쓸 때 한번씩 이 곤충을 이용했다. 빙글빙글 돌아가면서 만드는 개미지옥 그림에 금종이가 붙어 게시된 적도 있었다. 다 개미귀신님 덕분이었다. 이렇게 또, 생각지도 못한 순간에 덕을 보게 되었다.

"그래주면 나야 고맙지요."

엔시 씨는 한숨 놓은 듯 진심으로 좋아하며 말했다.

"그럼 잡아서 가지고 올게요."

"어떻게?"

"바닥이 깊은 상자에 모래째 퍼서 담아 올게요."

"그러면 되겠군요. ……그런데 괜히 번거롭게 해서 미안합니다."

"괜찮아요, 어차피 시간도 많은걸요. 그런데 언제 전해 드릴까요?"

엔시 씨는 잠깐 생각한 뒤 말했다.

"내일 밤이라도 괜찮을까요?"

미안한 듯 보였다.

"네."

"그럼 역 건너편 도겐자카에 있는 회관에서 제자 시의 모임이 있는데, 나도 참석하니까 보러 오지 않겠습니까? 물론 자리는 마련해두겠습니다."

"와, 그럼 저는 더 바랄 게 없죠."

"연구회는 꾸준히 해왔습니다만, 주역이 되고서 정기적으로 하는 자신의 모임은 처음이라 시도 긴장하고 있을 겁니다. 분장실은 차분히 준비하게 되도록 들여다보지 않는 편이 좋을 것 같고, 또 시의 지인들도 찾아오겠지요. 그래서 말인데, 미안하지만 내가 자리로 찾아갈 테니까 객석에서 건네받을 수 있을까요?"

대답할 것도 없이 나는 고개를 끄덕였다.

"배려심이 많으세요."

"아니, 꼭 그렇지도 않습니다."

엔시 씨의 얼굴에 문득 피로한 기색이 어렸다.

"실은 오늘도 그 일로 회관에 다녀온 길이랍니다. 시한 테는 지금이 가장 중요한 시기예요. 여기서 단단해지지 않으면 버티기 어려워져요."

"연기력, 말인가요?"

"아니, 연기력을 갈고닦는 것은 평생의 업이고……."

엔시 씨는 거기까지 말하고 입을 다물었다. 그러고 보면 전에도 학생 신분으로 라쿠고가로 활동하던 시절의 이야기를 하고 싶어 하지 않았다. 시 씨와 엔시 씨에게는 공통점이 있었다. 비교적 어린 나이에 재능을 인정받았고, 스승에게도 특별히 친애를 받았다. 그것은 분명히 행복한 일이지만 인간관계 같은, 타인에게는 말할 수 없는 복잡 미묘한 고통이 그들 안에는 있을지도 모른다.

엔시 씨가 하치코 동상 앞에서 내게 말을 걸었던 것도,

그 세계 밖에 있는 사람을 보자 까닭 없이 아무 이야기나
하고 싶어졌던 것인지도 모른다.

04

엔시 씨는 바지 주머니를 뒤졌다.

"별거 아니지만……."

그러면서 표 몇 장을 꺼냈다.

"혹시라도 8월에 도호쿠에 갈 예정은 없습니까?"

"친구랑 어디라도 가자고는 했는데, 아직 정해진 건 없
어요."

"자오에 오게 되면 들러주십시오."

그는 표 세 장을 건네주었다. '엔시의 자오산 독연회'라
고 적혀 있었다.

"자오 온천에서는 여름이면 다양한 단체의 모임이 열
립니다. 간토 도호쿠 지역 대학 연극 지도자들의 회합이
8월에 있는데, 그 주최자가 나하고 잘 아는 사람이에요.
나도 그때 야마가타에서 모임이 있다고 하니까, 숫제 자
오까지 올라오라고. 밤에는 너의 라쿠고를 들어주마, 이

러지 뭡니까."

요즘 계속 쌀쌀하지만 이런 날씨가 8월까지 계속되지는 않을 것이다. 무더운 여름날, 산속 온천에서 목욕재계하고 엔시 씨의 이야기를 듣는다면 그야말로 속세에 찌든 마음이 정화될 것 같았다.

"마침 그게 주머니에 있어서…… 괜히 부담을 준 것 같군요."

"무슨요, 아니에요, 아니에요."

나는 얼른 가방에 표를 넣었다.

"시 씨는 이 찻집에 자주 오나요?"

"글쎄요. 지금은 어떨지 모르겠지만, 학생 때는 이 주변을 많이 지나다녔으니까 아마 자주 오지 않았을까요."

"그렇구나."

나는 엔시 계보에 대해 물어볼 마음이 들었다. 딱히 기록으로 남길 생각은 없었지만, 시 씨나 엔시 씨의 무대를 보다 보니 자연스럽게 그 앞에 놓인 역사에 대해서도 알고 싶어졌던 것이다.

"앞에 세 분의 엔시 씨가 계셨죠?"

"그렇습니다. 초대가 메이지 시대의 기무라 기치스케. 이분은 보기 드문 미소년이었다고 합니다. 옛날에는 어릴 때부터 무대에 오르는 경우가 있었는데, 이분이 그랬지요. 사랑스럽고 사람을 끄는 매력이 있어서 인기가 아주 많았답니다. 그러나 중요한 건 인기에 현혹되지 않았다는 점이랍니다. 이야기 자체를 좋아했기 때문에 조금도 흐트러지지 않았어요. 그런 면모를 알아봤는지, 아버지가 돌아가시고 당장 거처할 곳이 없어 난처할 때, 명인 다치바나야 엔쿄가 집에 몇 달을 데리고 있었답니다. 그 시간이 본인에게는 엄청난 밑거름이 되었지요. 그런데 옛날 사람들은 허식을 따지길 좋아해서, 기치스케 씨를 '쇼시'라고 불렀다고 해요. 그래서 그 별칭을 그대로 예명으로 쓰게 된 겁니다. 직접적으로 말하면 '곤파치'입니다. 아, 곤파치가 뭔지 압니까?"

시라이 곤파치_{가부키 극에 등장하는 주인공으로 에도 시대에 실존했던 인물}가 반즈인 초베_{에도 시대의 유명한 상인}의 집에 신세를 진 데서 나온 말이다. 에도 시대 책에는 종종 등장한다.

"식객이라는 뜻이잖아요."

"그래요. 기치스케 씨도 남의 집 식객으로 있었고, 시라이 곤파치처럼 미소년이었으니 어울리는 이름입니다. 하지만 한 번 더 멋을 부려서, 여자로 오인할 만하다는 의미를 더해 곤파치의 애인 이름을 가져다 붙였습니다.

고무라사키小紫. 이를 음독으로 바꿔서 쇼시小紫. 그리고 통칭을 받아서 다치바나야 쇼시가 되었지요. 그 후 작다는 의미의 '쇼'를 버리고 엔쿄의 '엔'을 받아서 엔시가 되었답니다."

"슌오테春櫻亭라는 호는요?"

"그건, 당시에 산유파와 라이벌 관계에 있던 유파가 있었는데 그쪽 기수라고 할 만한 사람 중에 류테 엔시柳亭燕枝라는 선생이 있었습니다. '엔시'의 음이 같지요. 그래서 구별하고자 류柳에 대해서 오櫻를 쓰고, 봄이라는 의미까지 더해서 슌오테春櫻亭라고 짓게 되었답니다. 재치 있는 작명이지요. 그러나 생각하기에 따라서는 산유파와 그 유파에 대항하는 의미도 있지 않았나 싶습니다. 다치바나야 엔쿄가 붙였다고 하는데, 확실하지는 않습니다."

"그분이 초대."

"네, 연기가 아주 신랄했다고 해요. 〈가지카자와〉의 오쿠마 역을 워낙 잘 소화해서 소름이 끼칠 정도였다고 합니다."

"2대째는요?"

"스마 도조. 공백이 조금 있었지요. 이분은 화려하기보다 조용한 예풍이었습니다. 나의 대스승이 됩니다. 〈마을 꽃놀이〉 같은 건, 이분이 하면 묘하게 한가로운 느낌이 났지요. 그리고 3대째가 내 스승, 우라베 기쿠지입니다. 스승님 작품은 지금도 테이프로 나와 있으니까 들어봤을 것 같은데요?"

"네, 아주 좋아해요."

엔시 씨는 매우 기쁜 듯했다. 애인을 칭찬하는 소리를 들은 양 좋은 기색을 감추지 못했다.

"좋아해주니 고맙군요. 나도 무척 좋아합니다."

"듣고 있으면 곁으로 다가가고 싶어져요."

"맞습니다. 귀에 거슬리지 않는 예풍이라는 말이 있었습니다만, 그런 한 문장으로 표현하기에는 무리가 있습니다. 따뜻하고 여리지만 결코 약하거나 가볍지 않아요. 인간적이라고 할까. 멋진 분이셨습니다."

"그분의 제자가 되겠다고 결심한 건 언제였나요?"

"그건 확실하게 기억합니다. 스즈모토에서 스승님의 〈백 년째〉를 들었을 때지요."

엔시 씨는 망설임 없이 대답했다.

"……스승님은 명인은 아닐지도 모릅니다. 하지만 〈백 년째〉의 큰 주인 연기는 어디에 비할 데가 없어요. 그건 그것만으로 생명이 있는 진짜였습니다."

"그게 몇 살 때 일인가요?"

"중학생 때입니다. 나는 초등학교 4, 5학년쯤부터, 뭐라고 할까요, 적응을 하지 못했다고 해야 하나, 아무튼 학교에 가기가 싫었습니다. 그래도 어쩌겠습니까, 가긴 갔지요. 가기 싫어서 몸서리가 쳐지는 정도는 아니었으니까. 하지만 가도 말없이 앉아 있을 뿐이었습니다. 친구들하고도 말을 하지 않았어요. 집에 돌아와 책을 읽고, 돈을 모으고, 모이면 그걸 손에 쥐고 연예장에 가는 것이 일상이었습니다."

"댁은 어디였는데요?"

"우에노였답니다. 동물원보다 연예장을 좋아했어요. 사자는, 이야기를 들려주지 않으니까."

나는 쿡 웃었다. 사자가 기모노를 입고 부채를 쥐고서 난감해하는 모습이 상상되었던 것이다.

"그러다 중학교 3학년 봄에, 스승님이 하시는 〈백 년째〉를 보게 된 겁니다. 그때는 나이가 대단히 많아 보였는데, 지금 생각해보면 스승님도 아직 젊을 때였지요. 지금의 내 나이보다도 어렸답니다. 그러니 그 큰 주인의 관록을 표현하기란 쉽지 않았을 겁니다."

〈백 년째〉는 이런 이야기다.

가게에서는 깐깐하고 고지식한 지배인이 밖에 나가서는 게이샤며 광대를 불러내 흥청망청 꽃놀이를 한다. 어느 날 술에 취해 추태를 부리는 모습을 주인에게 들키게 된다. 이제 끝이구나 하고 잘릴 각오를 한 지배인이지만, 이튿날 아침 주인은 화내지 않는다. 대신에 지배인이 가게에 처음 왔던 풋내기 시절의 추억이며 법담을 들려주고 아랫사람도 애정을 가지고 대해야 한다는 것을 가르친다.

이런 이야기를 젊은 나이에 도전했다는 것은 그만큼 깊이가 있었다는 것이리라.

"스승님의 연기는 조금도 부자연스럽지 않았어요. 그러기는커녕 말로 표현할 수 없을 만큼 좋았습니다. 적어도 그때의 나에게는 말이지요. 창피하지만, 울었답니다."

엔시 씨는 그때를 회상하듯 잠시 허공을 응시하더니 다시 입을 열었다.

"……지금 창피하다고 말한 건, 마흔이 코앞인 내가 당신 같은 젊은 아가씨에게 울었다고 말하는 것이 그렇다는 겁니다. 그때는 창피하다는 생각일랑 없었어요. 그냥 하염없이 눈물이 흘렀습니다. 그 사실이 또 놀라웠지요. 눈물이 주르륵주르륵…… 그날이었습니다. 라쿠고를 하자, 저 사람의 제자가 되자, 하고 결심한 것은."

05

엔시 씨는 다음 날 공연할 무대 이야기로 화제를 옮겼다. 〈옹고집 뜸〉이라고 했다.

옹고집인 남자가 참을성이 많은 것을 보여주려고 약쑥을 고봉으로 올리고 불을 붙이는 이야기다.

"나도 뜸을 뜬 적이 있습니다. 초등학생 때 티눈이 생겨서요. 혹시 그런 적 있나요? 없지요?"

"네, 뜸도, 티눈도."

"뭐든 참지 않는 세상이 돼놔서 요즘은 뜨겁지 않은 뜸도 있다고 하더군요. 진짜는 말도 못하게 뜨겁거든요."

"그렇게 뜨겁나요?"

"무지하게 뜨겁지요."

"음, 그럼 해보고 싶지 않네요. 저는 듣는 걸로 만족할래요."

"어깨가 무거워지는걸요. 내 이야기를 듣고 뜨거움이 전해지지 않는다면 내 책임이니까요. 뭐 살인자나 도둑 이야기도 있으니까 경험하지 않으면 모른다는 말은 못 하겠지만. ……실제로 요즘 문득 주위를 둘러보면 점차 사라져 가는 것들이 많다는 걸 느껴요. 개미귀신은 다른 이야기고, 이를테면 모기장 같은 거요. 예전엔 거의 집집마다 있었는데 언제부턴가 안 보이게 되었어요. 어쩔 수 없는 일이겠지요. 뜸도 사라져가고 있는 것들 중 하나일 겁니다."

"맞아요, 그런 것 같아요."

"이 이야기도 매운 카레에 고춧가루와 타바스코를 뿌려 먹는다는 식으로 각색해도 나쁘지 않을 겁니다."

"아아, 시대에 맞춰서……."

나는 이런 이야기다 하면 그런 이야기구나 하고 듣기만 했지 다른 생각은 해보지 않았는데, 역시 전문가는 이것저것 많은 고민을 하는구나 하고 새삼 실감했다.

"하지만 나는 말입니다, 뜸을 뜨려고 줄서서 기다리는 사람들이 있는 세계를 이야기하고 싶습니다. 그리고 그 세계 안에서만 가능한 옹고집을 이야기하고 싶습니다. 〈매운 카레 먹기〉가 아닌 〈옹고집 뜸〉을 말이지요. 낡았지만 그 안에 있는 생명을 존중하고 생기를 불어넣어 주고 싶은 겁니다. 어릴 때부터 내게 큰 즐거움을 줬던 라쿠고입니다. 얻은 만큼 보답을 해야 한다고 생각해요. 그러려면 정체되어 있어서는 안 되겠지요. 중요한 건 늘 연구하고 연습하는 자세입니다."

나는 고개를 끄덕거렸다.

06

남자 손님이 한 명 들어와서 카운터 자리에 앉아 신문을 펼쳤다.

구석의 여자아이 세 명은 당연히 침묵 상태로 있지는 않았다. 소곤소곤 뭔가 이야기를 나누고 있었다.

이쪽을 보고 앉은 아이는 통통했다. 볼만 통통한 것이 아니라 얼굴 전체가 동그래서, 이렇게 말하면 미안하지만 찹쌀떡에 눈과 코를 심어놓은 느낌이었다. 통로 쪽에 등지고 앉은 아이는 두어 번 흘끔 돌아보았을 때 본 느낌으로, 얼굴이 약간 기름하다는 것뿐 이렇다 할 특징은 없었다. 옷차림은 둘 다 평범했다.

벽 쪽에 깊숙이 들어가 앉은 나머지 한 아이는 한 번도 이쪽으로 고개를 돌리지 않았다.

그곳에는 나침반 모양의 칙칙한 다트판이 장식용으로 걸려 있었다. 그 S자 아래로 그 여자아이의 하나로 묶은 머리만이 보였다. 윗옷은 회색. 아래는 청바지였다. 의자와 의자 사이로 그 손이 설탕통으로 향하는 것이 보였다.

"어제 〈맥베스〉를 봤어요."

나는 불쑥 말했다.

"오오."

"오페라 〈맥베스〉요."

갑자기 이야기할 마음이 들었던 것이다.

"오페라라면, 베르디?"

"네, 맞아요."

"신문에서 평론은 봤습니다. 어땠습니까?"

"『맥베스』는 고독의 극이구나, 하고 생각했어요. 연극 이상으로."

"호오."

"특히 왕이 되고 나서 연회를 열잖아요. 그 장면에서 소름이 끼쳤어요."

"유령이 나오는 장면이군요."

"네, 유령은 전혀 무섭지 않았지만."

무섭기로 따지면 차라리 『요쓰야 괴담』겐로쿠 시대에 일어난 사건을 바탕으로 창작된 일본 괴담이 무서울 것이다. 무대에 유령이 나오면 오히려 우스꽝스러운 느낌을 준다.

"그럼 소름이 끼친 이유는?"

"맥베스를 에워싸고 있던 살아 있는 인간들이요. 합창 소리에 압도돼서 더 그랬을 거예요. 군중, 국가, 세계, 그리고 이에 맞서는 맥베스와 맥베스 부인. 오직 둘이서 세

계와 대결해야 한다는, 그런 압도적인 공포에 휩싸였던 것 같아요. 음악이 울리고 노래가 퍼졌을 때 전율을 느꼈어요."

"맥베스의 입장에서 봤군요."

"누구라도 그렇지 않나요? 악寒이 무엇이냐고 묻는다면 대답하기 곤란하지만, 그냥 단순하고 무책임하게 말하면 가장 마음에 들지 않는 것이 세 마녀, 그다음이 맥베스를 쓰러뜨리는 무리예요. 그러면 당연히 감정 이입이 되는 대상은 맥베스잖아요. 그런 의미에서 맥베스 부인은 정말 뻔뻔해요."

나는 발끈했다.

"어째서요?"

"실컷 부추겨놓고 먼저 죽잖아요. 너무해요."

"과연 둘에서 하나가 빠지면 완전무결한 고독이 되어버리지요."

"그렇죠? 그리고 결말도 마음에 안 들었어요. 베르디가 이탈리아 통일 운동이 한창일 때 만든 오페라잖아요. 맥베스를 쓰러뜨리고 새로운 왕이 탄생하는 게 시대가 원하는 이미지하고 겹치니까 마지막 장면을 유난히 화려하게 만든 느낌이에요. 엉뚱한 생각일지도 모르지만, 뭔가 국가 권력에 개인이 희생된 것 같았어요."

"하지만 지지하는 스모 선수도 아니고, 아무리 두둔해도, 오늘은 맥베스가 승, 이럴 수는 없는 노릇이지요."

"그건 그래요."

그러다 나는 탁 손뼉을 쳤다.

"왜 그러죠?"

"여름이지만 집에 가는 길이 꽤 추웠거든요. 그래서 팔을 문지르면서 걸어가는데, 도중에 좋은 생각이 떠올랐어요. 그러니까 상황을 원만하게 수습하는 방법이요."

"맥베스 말인가요?"

"네."

"좋은 해결책이 있던가요?"

"들어보세요. 맥베스는 왕이 되고 뱅코는 그 자손이 왕이 된다는 소리니까, 맥베스가 뱅코를 양자로 들이면 돼요. 어차피 아이도 없으니까. 그리고 또 하나, 이건 더 기발한 방법인데, 맥베스가 뱅코의 양자가 되는 거예요. 이렇게 되면 세 마녀의 예언은 완전히 빗나가는 거죠."

"존경스럽습니다. 천 명이 봤어도 그런 생각을 한 사람은 당신 한 사람뿐일 겁니다."

"역시 이상한가요?"

나는 쿡 웃었다.

"아니요, 독창성을 칭찬한 겁니다."

엔시 씨는 의외로 진지했다.

"게다가 베르디가 이탈리아 통일 전쟁 때 사람이라는 것도 잘 알고 있고 말입니다."

"아아, 그건⋯⋯."

나는 가방에서 펜과 수첩을 꺼내 이렇게 적었다.

V   E   R D I

"베르디?"

"네. 중학교 때 음악사 책에서 보고 안 건데, 당시 이탈리아 사람들은 이 이름이 국가 통일을 암시한다고 해서 좋아했다고 해요."

"어떻게요?"

"이 다섯 글자에 이렇게 덧붙이면⋯⋯."

Vittorio Emanuele Re D'Italia

"이탈리아 왕국의 국왕, 비토리오 에마누엘레의 이름

이 돼요.”

“이거 놀랍군요.”

“한번 보면 잊을 수 없겠죠? 이게 제가 쓸 수 있는 유일한 이탈리아어예요.”

“우연은 때로 상상도 할 수 없는 일을 만들어내는군요. 그런데…….”

엔시 씨는 돌아보지도 않고 말했다.

“저 세 여자아이가 그렇게 신경 쓰입니까?”

07

나는 수첩을 엔시 씨를 향해 쥔 채 잠시 멈춰 있었다. 그러다 스톱모션이 해제된 영상처럼 손을 내렸다.

두어 번 눈을 끔뻑거리고, 억울하지만 물었다.

“어떻게 아셨어요?”

엔시 씨는 장난기 어린 미소를 지었다.

“맞습니까?”

“맞아요.”

“간단합니다. 문소리가 난 건 두 번이고, 두 번째로 들어온 사람은 저쪽에서 신문을 읽고 있으니 딱히 관계가 없겠지요. 앞에 들어온 사람은 사람이 아니라 사람들이었습니다. 발소리가 한 사람이 아니었거든요. 그리고 내 뒤쪽 자리에 앉아 얼마 뒤에 이야기를 시작했습니다. 낮은 목소리지만 남자인지 여자인지는 알 수 있습니다."

"그래도 보지도 않고 사람 수까지 정확하게 맞히는 건……."

말하다가 깨달았다. 엔시 씨는 카운터 쪽을 향해 앉아 있었던 것이다.

"물이군요?"

"맞습니다. 종업원이 쟁반에 컵을 세 개 올리고 가는 걸 봤습니다."

"제가 신경을 쓰고 있다는 건요?"

"눈길이 자꾸 내 뒤쪽으로 가더군요. 그리고 잠시 쳐다보는가 싶더니 느닷없이 〈맥베스〉 이야기를 꺼냈습니다."

나는 뜨끔했다.

"물론 어제 봤으니까 화제에 올려도 이상할 것은 없습니다. 하지만 그 계기는 어쩐지 저 여자아이들인 것처럼 생각되더군요."

홍차에서 건져낸 레몬이 엔시 씨 앞 작은 흰 접시에 놓여 있었다. 레몬의 노란색이 선명했다.

"이야기를 듣는 중에 그 생각이 점점 확실해졌습니다. 내가 오페라 〈맥베스〉에 대해 쓴 신문 평론을 읽었다고 했지요? 거기에 이런 표현이 있었습니다. 무대에 수많은 마녀가 우글거리고 있다. 오페라니까 사람 수가 많기도 해야겠지요. 결론은, 마녀는 많았다는 겁니다. 그런데 오페라를 보고, 그 오페라 이야기를 하는 당신이 두 번이나 셰익스피어의 원작대로 세 마녀라고 말했습니다."

듣고 보니 그랬다. 무의식적으로 마녀의 수를 오페라와 다르게 세 명으로 단정하고 있었다.

"그래서 나는, 당신이 저 여자아이들을 보고 셰익스피어의 세 마녀를 떠올렸다고 생각했지요. 그리고 당신은 마녀들에게 무척 공격적이었습니다. 뭔가 신경에 거슬리는 것이 있었나요?"

나는 엔시 씨의 눈을 보았다.

"그게 뭔지도, 아시겠어요?"

엔시 씨는 어색하게 웃었다.

"그것까지 알면 신이지요."

그렇다. 나는 이 사람에게 앞을 내다보는 능력이 있다고 은연중에 믿고 있었던 것 같다. 나는 곰곰이 생각하면서 이야기를 풀어나갔다.

"말씀대로 저쪽 구석 자리에 여자아이 세 명이 앉아 있어요. 스무 살 전후로 보이니까 제 또래일 거예요. 여자 세 명이 모인 것치고는 분위기가 어두워서 이상하다고 생각하고 있었어요."

나는 세 사람의 모습을 자세하게 설명했다. 남의 이야기를 하는 것인 만큼 목소리는 저절로 작아졌다.

"홍차가 나오자 각자 한 잔씩 앞에 놓았어요. 그리고 설탕통을 테이블 한가운데로 가져와서 뚜껑을 열고, 먼저 한 사람이 설탕을 퍼서 홍차에 넣었어요. ……여기까지는 괜찮아요."

엔시 씨는 고개를 끄덕였다.

"그렇다는 것은, 그다음부터 신경에 거슬리는 뭔가가 시작됐나 보군요."

"네. 그런데 그전에, 제가 〈맥베스〉의 세 마녀를 떠올린 것도 이상하지 않죠? 설탕통을 에워싼, 정체를 알 수 없는 세 명의 여자."

"가마솥을 둘러싼 세 마녀군요."

"맞아요. 불꽃이여, 타올라라. 가마솥아, 끓어라. 이러면서 차례로 솥 안에 온갖 해괴한 것들을 던져 넣잖아요."

어두운 동굴 안. 부글부글 끓고 있는 것은 누런 동색의 수프다. 코를 찌르는 악취. 독을 품은 연기가 천 마리의 뱀처럼 꿈틀꿈틀 피어오른다.

엔시 씨는 비로소 진심으로 흥미를 느낀 듯이 입 끝에 힘을 주었다.

"그래서 어떻게 됐지요?"

"마녀들이 그런 것처럼 차례로 찻잔 안에 설탕을 넣었어요."

"하지만 설탕입니다. 해괴한 것을 넣었다면 당신도 가만히 있지는 않았겠지요."

"네."

"그럼 뭐가 그토록 신경에 거슬렸던 겁니까?"

나는 손에 펜과 수첩이 들려 있다는 사실을 깨달았다.

이 찻집에 들어온 뒤 엔시 씨는 두 번이나 내가 낸 문제를 풀었다. 두 번 일어난 일은 세 번도 일어날 수 있다고 하지만, 이 이상야릇한 수수께끼의 해답도 찾을 수 있을까.

나는 천천히 글자를 써나갔다.

카운터 쪽에서 신문을 접는 소리가 났다.

"여기요."

나는 수첩을 엔시 씨 쪽으로 돌리고 한 줄의 의문문을

보여주었다.

……설탕 합전은 왜, 시작되었을까?

08

"매운 카레에 고춧가루와 타바스코를 뿌려서 먹는 이
야기를 아까 했잖아요?"

"네."

"그런데 인내가 필요한 걸로 따지면, 매운맛보다 단맛
이라고 생각해요. 제가 다닌 여고 근처에 만두를 백 개인
가 이백 개인가 먹으면 만 엔을 주는 라면집이 있었어요.
물론 못 먹으면 먹은 만큼 돈을 내야 하고요."

겨울날 친구와 후후 불면서 먹었던, 국물이 진한 옥수
수 파 라면을 떠올리면서 나는 이야기를 계속했다.

"저는 속이 좁은 편이라 라면 한 그릇도 다 못 먹고 남기
거든요. 그래서 그게 가능한 사람이 있다는 것 자체가 믿
기 어려웠지만, 어쨌든 그 집 벽에 보면 '어디 사는 누구'라
는 식으로 성공한 사람 이름을 종이에 적어 붙여놨었어요.
그런데 3학년 축제 때 친구 하나가 남자친구를 데려왔는

데, 글쎄 그 아이가 전에 그걸 해냈다고 하는 거예요."

그 덩치 좋은 보이프렌드는 남자치고는 귀여운 쌍꺼풀 눈을 하고 있었다.

"중간부터는 먹는 게 아니라 거의 흡입하는 수준이었 대요. 의지고 뭐고, 그냥 이제 와 그만두면 이도저도 안 되고 괴롭기만 할 뿐이라는 생각만 머릿속에 맴맴 돌아 서 어떻게든 해냈던 거래요. 그런 상태가 되면 맛이 어떻 다는 건 의미가 없을지도 몰라요. 간장도 찍지 않고 먹었 을지도 모르죠. 그래도 만두니까 가능했겠다 싶어요. 찹 쌀떡이면 이백 개는 어렵잖아요. 국수는 가능해도 단팥 죽은 무리라고 생각해요."

"확실히 당분에 대한 거부반응이 더 크긴 하지요."

"엔시 씨는 설탕을 한 스푼 넣었어요. 저는 두 스푼이 고요. 보통은 많아도 세 스푼이잖아요."

"그렇지요."

이야기의 방향이 거의 짐작됐겠지만 엔시 씨는 맞장구 를 치며 기다려주었다.

"그런데 저 아이들은 머리 묶은 아이부터 시작해서 설 탕을 차례로 넣더니, 한 모금씩 마시고 다시 소곤소곤 이 야기하다가 경쟁하듯이 또 설탕을 넣는 거예요. 보려고 해서 본 건 아니에요. 아무 생각 없이 보다가 어라? 했죠. 그렇게 돌아가면서 설탕을 넣고는 또 맛을 보더라고요. 그러고서 다시 속닥속닥하다가 또……."

"세 바퀴째에 돌입했군요."

"맞아요. 이상하다고 생각하고 있는데 그러고서 또 시작했어요. 아무리 단것을 좋아해도 그 정도로 넣으면 맛있을 리가 없잖아요. 내기라고 보기에도 참 희한해요."

"당분을 많이 섭취하면 미용에 좋다거나, 뭐 그런 건 아니겠지요?"

엔시 씨는 생각할 시간을 벌려는 듯이 엉뚱한 의견을 내놓았다.

"그건 아니에요."

단호하게 대답하고 나서, 여성 주간지 같은 것은 미용실에서나 보니까 상상을 초월하는 미용 상식이 요즘 유행하고 있을지도 모르겠다고 잠깐 생각했다. 아닌 게 아니라 작년인가 봤던 '랩으로 뱃살 빼기' 같은 것은 그런대로 수긍할 만했다. 그러나 설탕은 역시 아무리 생각해도 이상했다.

"그래서 설탕 합전이다, 이 말이군요."

"네. 다투듯이 설탕을 넣은 이유가 뭘까요?"

엔시 씨는 손으로 스푼을 쥔 시늉을 하고 두 바퀴 돌렸다.

"넣고서 젓기는 하던가요?"

"젓지는 않았던 것 같아요. 그래도 일고여덟 스푼은 넣었으니까 상당히 달았을 거예요. 머리를 묶은 아이는 폈던 설탕을 몇 번인가 통에 도로 넣기도 했어요."

"당신은 늘 두 스푼인가요?"

"네."

"친구 중에 많이 넣는 사람은 몇 스푼을 넣습니까?"

"글쎄요, 많아야 세 스푼 아닐까요?"

"어째서 일고여덟 스푼이나 넣었을까……."

엔시 씨는 내 얼굴을 보고 진지하게 물었다.

"당신의 생각은?"

나는 고개를 작게 저었다.

"전혀 짐작이 안 가요."

뭔가 논리적인 답을 찾으려고 맥베스의 이야기를 하는 와중에도 이리저리 머리를 굴렸다. 같이 다이어트를 해 오던 동지들이 결국 참지 못하고 자폭. 이런 황당한 생각만 떠오를 뿐, 자신 있게 말할 만한 명쾌한 대답은 떠오르지 않았다.

"엔시 씨는요?"

떠보듯이 물었다. 나와 같으리라 생각했던 것이다. 하지만 그 차분한 목소리로 엔시 씨는 이렇게 대답했다.

"이치대로 생각하면……."

저기요, 잠깐만요, 하는 표정이었을 것이다. 나는 진심으로 놀라서 물었다.

"결론은 하나, 인가요?"

엔시 씨는 고개를 끄덕이고 조용히 말했다.

"저 아이들은, 역시 〈맥베스〉의 마녀일지도 모르겠습니다."

09

엔시 씨는 자리에서 일어나 여자아이들 쪽은 보지도 않고 수염을 기른 주인에게 다가가 잡담이라도 하듯 말을 붙였다. 주인은 신기한 이야기라도 들은 양 눈을 크게 부릅떴다. 눈썹도 짙고 이목구비가 큼직큼직해서 그 표정이 썩 잘 어울렸다.

엔시 씨가 좀 더 이야기하자 주인은 두어 번 고개를 끄덕이면서 신경질적으로 그 새하얀 셔츠 자락을 탁탁 잡아당겼다.

"자, 나갑시다."

엔시 씨는 자리로 돌아와서 전표를 들고 말했다.

물론 나도 하고 싶은 말은 있었지만, 어쨌거나 길 잃은 아이와 안내인의 관계였다. 가만히 네네, 하고 따라가면 되는 것이다.

"죄송해요."

"네?"

"맛있게 잘 먹었어요."

"아이고, 아닙니다."

골목에서 큰길로 나오자 불과 십 미터 밖인데 소음이 귀를 덮쳤다. 신호가 바뀌고 구름 낀 하늘 아래로 물감 상자가 쏟아지듯 차가 흘러갔다.

엔시 씨는 찻길 바로 앞에서 빙글 돌아섰다. 시선은 방금 우리가 걸어온 길 쪽을 향해 있었다.

"왜 그러세요?"

엔시 씨는 내 걱정스러운 목소리에 표정을 누그러뜨렸다.

"자연스럽게, 자연스럽게, 아무렇지 않게."

자신에게 또 나에게 말하고 있는 것 같았다.

"어디서 점심을 먹을까, 고민하는 척합시다."

"……어디서 밥을 먹을까?"

"좋아요, 좋아요."

애드리브와 옆 가게 샛길을 통해 왔을 것이다. 키 큰 주인의 모습이 보였다. 이쪽을 흘끗 보고 곧바로 길가 커다란 자판기 뒤에 숨었다.

"아까 그 아이들이 곧 나올 겁니다. 내가 오늘은 그럼 이만, 하고 말하면 머리 묶은 아이를 따라가세요."

"뒤를 따라가라고요?"

"네, 미행입니다."

"어디까지요?"

"멀리까지 갈 필요는 없습니다. 전차를 타려고 하면 돌아와도 좋습니다."

사람들이 앞을 지나갔다. 엔시 씨는 빠르게 말했다.

"타지 않으면요?"

"한 시에 다시 그 찻집에서 만납시다."

길을 오가는 사람들 너머로 세 명의 여자아이가 보였다. 가게에서 나온 것이다.

세 여자아이가 이쪽으로 걷기 시작하자, 자판기 뒤에

숨었던 찻집 주인이 얼굴을 내밀고 기다란 팔을 흔들었다. 신호임에 틀림없었다.

"어떻게 된 거예요?"

하지만 엔시 씨는 내 질문을 무시하고 요요기 쪽 하늘을 쳐다보았다. 여자아이들과 눈이 마주치지 않으려고 고개를 돌린 것이다.

"저 머리 묶은 아이는 애드리브로 돌아올지도 모릅니다."

네? 하고 되물으려고 했지만 그럴 여유는 없었다.

"쌍륙편을 갈라 차례로 주사위를 던져서 나오는 숫자대로 말을 움직여 먼저 궁에 들여보내는 놀이의 말은 출발점으로 되돌아오게 돼 있습니다."

무리하게 끼어들려는 차가 있었다. 동시에 자동차 경적 소리가 고막을 울렸다. 그대로 차의 물결이 멈추고 신호가 바뀌었다.

"오늘은 그럼 이만."

엔시 씨는 가벼운 발걸음으로 횡단보도를 건넜다. 양치기 개에게 뒤몰리는 양떼처럼 길을 건너는 사람들 속으로 수수한 셔츠 차림의 뒷모습은 이내 섞여 들어갔다.

열아홉 계집아이는 호기심과 고독감과 약간의 불안을 안은 채 홀로 혼잡 속에 남겨졌다.

10

그렇지만 넋 놓고 있을 수만은 없었다. 내 눈앞으로 세 여자아이가 지나갔던 것이다.

머리를 묶은 아이는 중간에 서 있었다. 비로소 얼굴을 확인할 수 있었다. 순간 어디선가 본 듯한 느낌이 들었다. 콧날이 오뚝하다기보다 너무 높았고 입매가 어린아이 같았다. 누구와 닮았는지는 바로 떠올랐다. 엔시 씨는 아까 나를 『집 없는 아이』의 소년 레미에 비유했다. 이 아이도 마찬가지로 동화 속 주인공을 연상시켰다. 바로 피노키오였다.

다만 디즈니 만화에 나오는 소년 같은 이미지의 피노키오는 아니었다. 어릴 때 책에서 본, 코가 원뿔 모양으로 된 그야말로 인형처럼 생긴 피노키오였다. 몇 년 전에 아버지 친구가 이탈리아에 다녀오면서 선물한 것이 딱 그렇게 생긴 목각 인형이었다.

나는 십 미터쯤 떨어져서 세 여자아이를 따라갔다.

따라가다가 문득 훤히 드러내놓은 어깨가 걱정되었다. 아직 여름 색으로 물들지 않은 허연 어깨는 역시 눈에 띌 것이었다. 당장이라도 "쟤, 뭐야" 하며 돌아볼 것만 같았다. 그러나 그것도 나만의 지나친 착각이었다.

세 사람은 인파에 섞이자 지극히 평범한 여느 여자아이들의 모습으로 바뀌었다. 떠들고, 웃고, 팔짱을 끼거나 했다. 누군가가 자신들의 뒤를 밟고 있다고는 생각지도 못하는 눈치였다.

엔시 씨는 콕 집어서 '머리 묶은 아이'를 지목했다. 세 사람은 저대로 함께 움직일까. 아니면 엔시 씨 말대로 뿔뿔이 흩어질까.

세 사람은 그대로 시부야 역으로 들어갔다. 시부야 역은 노선이 많아서 복잡하다. 그중에는 아이러니하게도 계단을 올라가야지만 탈 수 있는 지하철도 있다. 내가 타고 온 긴자 선이 그렇다. 머리를 묶은 피노키오 양을 남기고 두 사람은 손을 흔들고 그쪽으로 향했다.

피노키오 양까지 차를 타고 휙 떠나버리면 나의 모험도 끝이 나는 것이었다. 나는 만족감과, 몸싸움을 벌일 것도 아니면서 드디어 일대일이 되었구나 하는 묘한 안도감과, 그리고 사태가 엔시 씨의 생각대로 돌아가고 있다는 것에 대한 신기함을 천천히 느꼈다.

피노키오 양은 그대로 걸어서 물품 보관함이 있는 곳으로 갔다. 청바지 주머니에서 열쇠를 찾아 문을 열고 커다란 노란색 쇼핑백을 꺼냈다.

그리고 휙 돌아서서 내 쪽을 보았다.

"저기 있네, 저기."

젊은 여자의 목소리가 바로 옆에서 들렸다. 오우, 하는 묵직한 남자의 목소리도 들렸다. 물품 보관함을 찾지 못해서 헤매고 있었던 모양이다. 두 사람은 기둥에 붙어 서 있던 나를 지나쳐 갔다.

나는 피노키오 양의 시선에 철렁했지만, 그 눈은 곧 다른 곳으로 움직였다. 한순간 이쪽으로 향했던 시선도 목적은 내 등 뒤 기둥에 붙은 포스터였던 것 같다. 피노키오 양은 빠른 걸음으로 이쪽으로 걷기 시작했다. 애드리브에서도 줄곧 나를 등지고 앉아 있었기 때문에 굳이 긴장할 필요는 없었다.

피노키오 양은 인파에 섞여 잠시 걷다가 방향을 휙 틀어서 화장실로 들어갔다.

나는 조금 떨어진 곳에 서서 가방에서 『부바르와 페퀴셰』 문고본을 꺼냈다. 눈은 반쯤 활자를 좇고 있었지만, 물론 읽지는 않았다. 칙칙한 셔츠와 청바지가 나오기를 기다리고 있었다.

어디선가 어린아이 울음소리와 야단치는 엄마 목소리

가 들렸다.

몇 분이 지났을까, 화장실에서 연분홍 원피스를 입은 여자가 나왔다. 나는 다시 책으로 시선을 떨궜다가, 앗 하고 작게 입을 벌렸다. 그 손에 커다란 노란색 쇼핑백이 들려 있었다.

나는 알아채지 못하도록 조심하면서 곁눈질로 그 아이를 보았다.

피노키오 양이었다.

……도대체 왜?

그 순간 피노키오 양은 휙 머리를 흔들었다. 어깨에서 머리카락이 찰랑거렸다. 묶었던 머리를 푼 것이다. 오른손을 올려 두어 번 머리카락을 매만졌다.

그리고 피노키오 양은, 씩 웃었다.

11

……보지 말아야 할 것을 보고 말았다.

나는 그렇게 생각했다.

작년 봄, 내가 탄 전차 앞으로 투신해 자살한 사람이

있었다. 다음 역을 코앞에 둔, 똑같이 생긴 네모난 건물들이 줄줄이 보이는 곳이었다. 전차는 급정차했고, 인명 사고가 발생했으니 잠시 기다려 달라는 방송이 있었다. "무슨 일이야." "뛰어든 것 같아." 이런 말들이 여기저기서 들렸다. 창문을 열고 밖을 내다보는 사람들도 있었다. 역에서 직원이 왔는지, 전차 밖으로 자갈을 밟고 달려가는 소리가 났다. 나는 가운데쯤에 앉아서 읽다 만 책을 덮고 공연히 바닥을 보았다. 그때 몇 자리 앞에서 어린 남자아이의 고함소리가 들렸다.

"볼래!"

소리가 몹시 사나웠기 때문에 무심결에 나는 그쪽을 보았다. 아이는 시뻘건 얼굴을 하고, 말리는 엄마를 뿌리치려 했다. 엄마는 아이를 붙잡고 뭐라고 귓속말을 했다. 하지만 아이는 몸을 활처럼 휘고 발을 쾅쾅 굴렀다.

"죽은 거 보고 싶단 말이야!"

나는 그 얼굴이 악마처럼 보였다. 내 안에도 있을지 모를 악마의 얼굴이었다.

"내릴 거야, 내린다고!"

구경할 기회를 놓칠까 봐 발버둥치며 심통을 부리던 아이의 얼굴은 아직도 선명하게 남아 있다.

피노키오 양의 웃음 띤 얼굴이 그 위에 겹쳤다. 인간이 짐승에 가장 가까워졌을 때의 얼굴, 인간이라는 존재에게 절망을 느끼게 하는 그런 웃음이었다.

피노키오 양은 그러고서 의기양양하게 출구로 향했다. 그 발이 혼잡을 뚫고 왔던 길을 되짚어가고 있음을 알았을 때 나는 아연실색했다.

미야마스자카를 올라 연분홍 원피스가 오른쪽 골목으로 사라진 순간, 나는 뛰다시피 해서 그 뒤를 쫓아갔다. 피노키오 양의 뒷모습은 보이지 않았다. 나는 손목시계를 보고 고개를 젖혀 의미 없이 하늘을 보았다. 건물 사이로 보이는 잿빛 하늘에 먹구름이 걸려 있었다. 한 시까지는 아직 여유가 있었다.

······먼저 들어갈까, 기다렸다가 같이 들어갈까.

애드리브에서 만나자고 했기 때문에 안에 들어가 있어도 상관은 없었다. 그러나 나는 정체를 알 수 없는 그 피노키오 양과 한 공간에서 이십 분이든 삼십 분이든 시간을 보내는 것이 편치 않았다.

복잡한 심정으로 어슬렁어슬렁 걸어서 길가 난간에 기대려던 순간, 시부야 역 방향에서 한 남자가 거의 날 듯이 뛰어왔다. 남자는 완만한 포물선을 그리며 속도를 늦쳤다. 내 앞에서 멈추려는 것 같았다.

셔츠는 경박해 보이는 초록색. 크고 요란한 무늬까지 있었다. 모터보트도 보였고 야자나무도 보였다. 바지는 심지어 보라색이었다. 얼굴에는 짙은 선글라스.

손가락을 딱 울리고 남자는 스케이팅 선수가 결승선을 통과할 때처럼 내 앞에서 발부터 들이밀고 멈춰 섰다. 그러고 말했다.

"어떻습니까? 출발점으로 돌아왔습니까?"

귀에 익은 목소리였다. 나는 작게 안도의 비명을 지르고 얼떨결에 주먹 쥔 손을 치켜들었다.

12

선글라스를 벗자 안에서 엔시 씨의 다정한 눈이 나왔다.

"이것으로 세 개의 말이 출발점으로 돌아온 것 같군요."

엔시 씨는 애드리브 쪽으로 흘끗 눈길을 주었다. 나는 고개를 끄덕였다.

"언제 끝나나요?"

"이걸로 끝입니다."

엔시 씨는 가슴주머니에 선글라스를 꽂았다.

"이 쌍륙은 출발점으로 되돌아오는 것이 끝입니다."

그러고서 자신의 센세이셔널한 행색을 내려다보고 쓴웃음을 지었다.

"멋지네요."

나는 복숭아색 오렌지색 노란색으로 그려진 모터보트와 거창하게 휘몰아치는 하늘색 파도를 보면서 감탄사를 던졌다.

"어마어마하지요?"

"어떻게 된 거예요, 대체?"

"아까 내일 시의 모임이 요 앞 회관에서 있다고 말했지요?"

"네."

"그 회관에서 오늘은 젊은 친구들의 공연이 있습니다. 시작은 저녁부터입니다만, 준비를 해야 해서 벌써 와 있답니다. 그래서 빌려 입을 만한 것이 없나 하고 들러봤지요. 그랬더니 무척 즐거워하면서 이 옷을 내주더군요. 휴식 시간 다음에 촌극을 한다나 봐요. 그때 쓸 의상이랍니다."

"아아."

"……그녀의 변신은, 어떤가요?"

나는 눈을 동그랗게 떴다.

"보고 계셨어요?"

"아니요, 그냥 짐작한 겁니다."

"왜죠? 왜 둘 다 옷을 갈아입은 거죠?"

"내가 갈아입은 건 연기를 위해서입니다. 이제부터 한바탕 연극을 해볼까 해서요. 좀 변화를 줘야 다른 역을 소화하기가 쉽잖습니까. 변화를 너무 준 것 같기는 하지만."

엔시 씨는 그러고서 애드리브를 가리켰다.

"어쨌든 상대를 최대한 놀라게 해주고 싶어요."

"그전에 제가 먼저 놀랐는걸요."

"미안합니다, 미안해요."

"대체 어떻게 된 일이에요?"

"설명하자면 깁니다. 숙녀분을 너무 기다리게 하면 안 되겠지요?"

엔시 씨는 들어갑시다, 하고 눈짓으로 재촉했다.

문 앞에 도착하기까지 수십 걸음을 내딛는 사이, 엔시 씨는 이 말만을 했다.

"〈맥베스〉가 큰 힌트가 되었습니다. 마녀들이 처음 등장하는 장면에서 나오는 유명한 대사가 있지요. 이 세상의 혼돈, 선악의 혼란을 표현하고 있는. 아름다운 것은 추하고……."

"……추한 것은 아름답다."

"그렇지요, 그렇지요."

"가치관의 전환? 뒤집어서 생각해보라는 뜻인가요?"

"그렇습니다."

나는 입안으로 되뇌었다.

아름다운 것은 추하고, 추한 것은 아름답다.

울려 퍼지는 천둥 소리 속에 모습을 드러내는 세 마녀. 〈맥베스〉 1막 첫 장면이다.

그 상상의 순간은 불과 몇 초. 엔시 씨가 걸음을 멈춰서 문득 정신을 차리자, 나는 어느새 애드리브의 묵직한 문 앞에 서 있었다.

13

엔시 씨는 어느 틈에 선글라스를 다시 쓰고 있었다. 그뿐만이 아니었다. 연기를 한다고 말하긴 했지만, 벌써 다른 인격을, 의상을 입듯이 몸에 장착한 것 같았다.

문을 열자 안에는 대여섯 팀의 손님이 있었다. 남자 목소리 여자 목소리가 저마다 대화를 즐기고 있었다. 피노키오 양은 조금 전 자리에서 하나 떨어진 자리에, 역시 카운터를 등지고 앉아 있었다. 설탕 합전이 일어났던 자리는 비어 있었다.

엔시 씨는 비스듬히 고개를 숙였다. 자세도 구부정해졌다. 따라서 키가 작아졌을 터인데, 어찌 된 일인지 그 순간 내 눈에는 엔시 씨의 뒷모습이 쑤욱 커진 것처럼 보였다. 그리고 우스꽝스럽기조차 했던 셔츠의 무늬가 이 세상의 것이라고 믿기 어려울 만큼 어둡고 쓸쓸하게 보였다.

엔시 씨는 유난히 천천히 피노키오 양의 자리로 걸어 갔다.

시나몬 스틱으로 홍차를 젓던 여자아이 두 명이 그대로 동작을 멈췄다. 엔시 씨의 뒷모습은 그 옆을 지나쳐 갔다.

나는 엔시 씨의 그림자라도 된 양 그 뒤를 따라갔다.

피노키오 양은 이쪽을 보고 수상쩍은 듯이 눈썹을 실그러뜨렸다. 엔시 씨가 자신의 자리에 오려고 한다는 것을 감지한 듯했다. 이유를 알 수 없는 데서 오는 공포가, 높은 코 아래로 보이는 입을 뾰족하게 만들었다.

"……아가씨."

낮은 목소리였다. 엔시 씨의 평소 목소리는 약간 높은

편이다. 그 다정한 목소리가 한순간에 흐린 하늘처럼 무거워졌다.

"남의 영업장에서……."

말하면서 엔시 씨는 까마귀가 땅으로 내려앉듯이 그 옆에 앉았다. 피노키오 양은 물론 뭔가를 말하려고 했다. 그러나 쉽사리 말문이 떨어지지 않는 것 같았다. 엔시 씨는 휙 눈길을 돌려 문제의 설탕통을 한 번 쳐다보고, 이어서 피노키오 양의 눈을 뚫어지게 노려보았다.

나는 두세 발짝 뒤에 서 있었다. 물론 그 자리에서는 미묘하게 움직이는 엔시 씨의 뒤통수만이 보였다. 피노키오 양에게도 선글라스에 감춰진 눈은 보이지 않았을 것이다. 그러나 그 위압적인 시선의 움직임은 느껴졌을 것이다. 라쿠고를 보다가 칼자루로 둔갑한 부채 끝에 눈이 갔을 때, 거기서 홀연 삼척추수날이 시퍼렇게 선 긴 칼가 나타나듯이.

"……그러면 쓰나."

특별할 것 없는 대사지만 그 울림을 흉내 내는 것은 나로서는 불가능하다. 진부하지만 실제로 느낀 대로 표현하자면, 마치 지옥 밑바닥에서 들려오는 것 같은 목소리였다.

얼굴이 빨개지는 것은 많이 봤다. 하지만 피노키오 양의 얼굴은 눈과 눈 사이에서 시작해 서서히 하얘졌다. 두 사람은 잠시 서로 노려보고 있었다. 정확하게 말하면, 엔시 씨는 노려보는 것이었고 피노키오 양은 그 눈을 피할 수 없었던 것이었다.

이윽고 엔시 씨는 천천히 고개를 끄덕였다.

피노키오 양은 이끌리듯 고개를 한 번 끄덕이더니, 그 후 물을 쪼아 먹는 새처럼 같은 동작을 반복했다. 나는 피노키오 양이 울지 않을까 생각했다. 몇 번인가 그 동작을 반복했을 때, 엔시 씨는 시선을 돌려 피노키오 양을 속박에서 놓아주었다.

나는 안도의 한숨을 쉬었다.

"계산은 하고 가야지?"

엔시 씨는 나른하게 말하고 의자에 등을 기댔다. 피노키오 양은 벌떡 일어났다. 실에서 놓여난 잠자리 같았다. 전표를 챙겨 들고 버릇인 양 더 심하게 고개를 주억거리며 가더니, 다시 돌아와서 얼른 쇼핑백을 집어 들었다.

엔시 씨는 더 이상 피노키오 양을 보고 있지 않았다.

14

목소리가 크진 않았지만 상황을 지켜본 사람들은 당연히 이상한 광경이라고 생각했을 것이다. 가장 가까이에 있던 여자아이들은 짐짓 새침한 얼굴로 자리를 뜰 적절한 타이밍을 찾는 것 같았다.

하지만 피노키오 양이 나가자마자 분위기는 급반전되었다. 엔시 씨가 선글라스를 벗고 조금 전과는 북극과 적도만큼이나 차이가 나는 목소리로 말을 했던 것이다.

"자, 저쪽으로 갑시다."

손은 설탕 합전이 있었던 자리를 가리키고 있었다.

그 목소리가 옅은 베이지색 실내에 울려 퍼진 것만으로 공기가 편안해진 것 같았다.

"어휴."

엔시 씨는 테이블 위에 선글라스를 놓고 장난스럽게 웃더니, 셔츠 단추를 오른손과 왼손을 전부 써서 위아래 동시에 끄르기 시작했다.

"어머."

독초밭처럼 보이는 셔츠를 풀어젖히자, 안에서 원래 입고 있던 점잖은 셔츠가 나왔다.

"겹쳐 입었던 거예요?"

"네, 무대의상은 대개 낙낙하거든요. 나도 이런 옷은 계속 입고 싶지 않습니다."

"나는 이렇게 얇게 입었는데……."

나는 어깨를 문질렀다. 솔직히 '아니, 잘 어울립니다' 정도의 대답을 기대하고 있었다. 그런데 극채색의 뭉치를 내밀며 이렇게 말하는 것이다.

"빌려드릴까요?"

나는 웃음을 터뜨렸다. 그리고 휙 손을 내밀었다.

"입겠습니까?"

"개드릴게요."

"아이고, 고맙습니다."

엔시 씨는 순순히 건네주었다.

받아들고 나니 견습생이 나보다 잘 개지 않을까 살짝 망설여졌다. 아무렴 어떠랴 하고 어쨌거나 가능한 범위에서 최대한 정성스럽게 개기 시작했다. 그때 주인이 직접 물 잔을 들고 자리로 찾아왔다.

"고맙습니다."

엔시 씨는 아닙니다, 하고 대답하고서 설탕통을 가리켰다.

"어떻던가요?"

"말씀하신 대로였습니다. 그나저나……."

주인은 감개무량한 듯이 말했다.

"오랜만에 좋은 연극을 봤습니다. 정말 대단하셨어요."

"이제 그 아이도 이곳에 오지는 못할 겁니다. 참, 해결의 실마리는 〈맥베스〉였답니다."

"아, 과연."

나도 과연, 하고 생각했다. 그 무시무시한 황량함과 고독감은 실의에 빠진 맥베스였던 것이다. 그렇다면 이 수수께끼 풀이는 〈맥베스〉를 화제에 올린 나와, 전에 연극을 했다는 주인을 위한 서비스였는지도 모른다.

얼어 있던 손님들도 우리가 주고받는 대화를 듣고 조금 전 일은 그냥 재미를 위한 여흥의 일부라고 생각하는 것 같았다. 작게 "엔시 씨야" 하고 수군거리는 소리도 들렸다.

"배우를 하셨다고요?"

내가 묻자 주인은 쑥스러운 듯이 머리를 긁적였다.

"다 옛날 얘기입니다. 벌써 이십 년도 더 된 일인걸요."

수염을 기른 얼굴이 싱글벙글했다.

"잠깐 앉으세요."

주인은 서글서글한 얼굴로 고개를 가로저었다.

"영업 중에는 손님 자리에 앉지 않습니다."

담박해서 기분이 좋았다.

"홍차를 무척 좋아하시나 봐요?"

"그럼요, 좋아하죠. 제가 학교 다닐 때부터 여길 다녔으니까…… 차 맛이 참 좋았어요."

혀끝으로 당시를 음미하듯이 입술을 움직였다.

"올 때마다 맛이 좋아져서 신기했답니다. 아저씨, 맛있어요, 했더니 떫지 않으냐고 묻더군요."

뭔가 호기로움이 느껴지는 이야기였다.

"떫을 리가요, 맛이 깊습니다, 했죠. 그랬더니 맛을 아는 청년이구먼, 그것이 진정한 홍차의 맛이지, 하고는 가르쳐주더군요. 처음에는 입문자용으로 연하게 우리고, 이 사람이 홍차 맛을 좋아하는 것 같으면 조금씩 진하게 우려서 본연의 맛으로 옮겨갔던 거죠."

"그래서 전망이 있겠다고 생각해서 이 가게를……."

"꼭 그런 건 아니고요. 사실 그때가 연극에 한창 빠져 있던 시절인데, 정체기라고 해야 할까, 어느 순간부터 도무지 늘지가 않는 거예요. 사투리도 거의 고쳤다고 생각했는데, 중요한 장면에서 툭 튀어나오고. 답답했죠. 그러던 중에 아저씨가 나이도 많고 하니 그만 가게를 접어야 겠다고 하는 거예요. 그건 도쿄 차원에서의 손해, 아니, 전 국가적인 손해라고 생각했어요."

"맞아요, 정말 그래요."

"고맙습니다. 다행히 여차저차해서 집에서 승낙도 얻고 어렵게 도움도 받아서 가게를 넘겨받을 수 있었답니다. 도쿄에 있으면 좋아하는 연극도 마음껏 볼 수 있다는 계산도 있었고요. 초반에는 커피도 했는데, 홍차만 취급한 뒤로 잡지에 실리기도 하고, 그럭저럭 유지해올 수 있었지요."

문이 열리고 다섯 명의 무리가 들어왔다. 주인은 실례한다고 말하고 곧장 카운터로 돌아갔다.

"여기요."

나는 접은 셔츠를 돌려주고 탁탁 손뼉을 쳤다.

"네?"

"네라니요. 이거요, 이거."

나는 설탕통을 매만졌다.

"아아, 그렇지요."

엔시 씨는 말했다.

"설탕 합전은, 왜 시작되었는가?"

"네."

"왜 설탕을 일고여덟 스푼이나 넣었을까?"

"네, 네네."

"······라는 설문은, 설문 자체로 별로 의미가 없겠지요?"

15

엔시 씨의 이야기는 계속되었다.

"내가 설탕을 넣고 스푼으로 젓더냐고 물었더니, 당신은 젓지는 않았다고 대답했습니다. 젓지 않으면 넣은 만큼 달지는 않겠지요. 그렇다는 것은 차를 달게 마시는 것이 목적이 아니었다는 얘기가 됩니다. 당신이 그렇게 생각한 건 내가 〈옹고집 뜸〉이나 매운 카레 이야기를 했기 때문입니다."

아르바이트생이 홍차를 들고 왔다. 그러고 보니 이야기하느라 주문하는 것을 잊고 있었다. 주인을 쳐다보자 손으로 '드세요' 하고 말했다. 화제가 설탕인 탓인지 입 안이 들쩍지근하게 느껴져서 나는 한 스푼, 엔시 씨는 넣지 않고 마셨다.

"정리해봅시다. 세 사람은 찻잔에 설탕을 넣는 것, 그 자체가 목적이었습니다. 더욱이 마실 생각으로 홍차를 젓지 않았어요. 설탕을 일고여덟 스푼 넣어도 젓지 않으면 위쪽은 그런대로 마실 만할 겁니다."

엔시 씨는 그렇게 말하고 맛있게 홍차를 마셨다.

"그럼 왜 설탕을 넣은 거죠?"

말하면서 나도 찻잔을 들었다.

"예쁘다!"

무심결에 소리를 질렀다. 반짝이는 투명한 호박색이 무척 아름다웠다. 한 모금 마시자 솔직히 조금 떫었다. 이 것이 본연의 맛인가 보았다.

엔시 씨는 불쑥 주문을 외듯 말했다.

"……아름다운 것은 추하고, 추한 것은 아름답다."

떫은 것은 맛있다, 라고 따라서 말하려는데 엔시 씨가 물었다.

"설탕을 넣는다. 넣는다의 반대는 뭐지요?"

"……꺼낸다."

"찻잔에 넣는 것은 통에서 설탕을 꺼내기 위해서라고 생각하면 어떻습니까?"

나는 조심스럽게 말했다.

"뭘 위해서요?"

"꺼낸다의 반대는?"

"……넣는다."

"꺼냈으니 넣어야겠지요? 직접 확인하지 않았습니까?"

"뭘요?"

"설탕통의 설탕은 원래 가득 채워져서 고르게 정리되어 있었습니다. 꺼내지 않으면 아무것도 넣을 수 없지요."

나는 아, 작게 감탄사를 뱉었다. 아득히 높은 곳에서 차車가 종횡무진으로 공격하는 장기판을 보고 있는 것 같아서 머리가 어질어질했다.

"하지만 뭘, 뭘 넣었다는 거죠?"

엔시 씨는 어린 동생에게 수수께끼의 답을 알려주는 똑똑한 오빠와 같은 얼굴을 했다.

"……그것도, 당신 입으로 직접 말했습니다."

16

그 이야기를 하려면 좀 돌아가야 하는데, 하고 엔시 씨는 운을 뗐다.

"설탕통에 정말로 뭔가를 넣었다면 아주 질이 나쁜 장난이 됩니다. 음식물을 취급하는 가게로서는 가장 악질적인 영업 방해지요. 장난으로 취급하고 넘어갈 문제가 아닌 겁니다. 세 사람이 모여서 못된 일을 꾸민다…… 이 가게 입장에서는 그 세 여자아이는 그야말로 〈맥베스〉의 마녀였습니다. 어쩌다 그렇게까지 앙심을 품게 되었을까. 세 사람 모두 이 가게에 감정이 있었던 것일까. 그건 아닌 것 같더군요."

그런 심리가 어떤 것인지는 대충 상상이 갔다.

"한 사람은 카운터를 향해 앉았고, 또 한 사람은 이따금 주위를 살폈다고 당신은 말했습니다. 그렇다는 것은 이 두 사람은 얼굴을 숨기지 않아도 별로 지장이 없다는 얘기가 됩니다. 반면에 머리를 묶은 아이는 한 번도 얼굴을 보이지 않았다고 했지요. 그렇다면 주범은 이 아이입니다. 나머지 두 사람은 가담자 정도로 보는 것이 적당할 겁니다."

"저도 그렇게 생각해요."

"여자아이에게 원망을 살 만한 일이 뭐가 있을까. 흔한 이야기로는 남녀 관계를 생각할 수 있지만, 이 집 주인이 꽤 착실하고 일에 있어서 엄격하다는 것과 여자 아르바이트생이 한 명 있다는 것을 생각하면 비교적 자연스럽게 하나의 결론에 도달합니다."

"아아……."

나는 목소리가 커졌다.

"그걸 확인했던 거군요, 가게를 나설 때."

엔시 씨는 고개를 끄덕였다.

"벽 쪽에 앉은 아이가 설탕통에 장난을 치고 있는데 혹시 최근에 종업원을 안 좋게 내보낸 일이 있었습니까, 하고 물었지요. 단순한 가설이었지만 적중했습니다. 그래서 세 사람이 가게를 나가려고 하면 머리 묶은 아이의 얼굴을 한번 확인해보라고 귀띔해줬지요."

"그래서 주인아저씨가 보였을 때 세 사람이 곧 나올 거라고 말했던 거군요."

"네, 세 사람이 가게를 나갈 것 같으니까 주인이 미리 나와서 숨어 있었던 겁니다."

짬이 난 주인이 다시 우리 자리로 왔다. 피노키오 양의 이야기를 하고 있다는 것을 알고 처음 던진 말은 이런 것이었다.

"맹랑한 아이였어요."

한숨 섞인 목소리였다. 또래 여자아이로서 괜히 내가

혼나고 있는 것 같은 기분이 들었다.

"전에 있던 아이가 집에 안 좋은 일이 생겨서요, 갑자기 그만둔다고 해서 참 난감했습니다. 사정이 사정이라 붙들 수도 없는 노릇이고. 부랴부랴 '아르바이트 구함'이라고 매직으로 써 붙였지요. 그랬더니 그 아이가 들어온 겁니다. 면접 볼 때는 딱히 이상한 점이 없었기 때문에 다음 날부터 같이 일하기로 했는데……."

주인은 후우, 이번에는 길게 한숨을 쉬었다. 어지간히 질린 모양이었다.

"장사 시작부터 손님 테이블에 소리 나게 찻잔을 내려놓길래 제가 주의를 줬어요. 화는 안 냈습니다. 그냥 지나가는 말로 한 건데, 바로 정색하면서 입을 꾹 닫아버리는 거예요. 점심때가 지나서 보니까 전표 정리도 전혀 안 돼 있더라고요. 깜빡한 게 아니에요, 귀찮아서 안 한 겁니다. 이런 장사에 전표가 얼마나 중요한지 몇 마디 했더니, 돈은 제대로 받고 있다고 엉뚱한 소리를 하지 뭐예요. 그런 말이 아니라고 다시 설명하려고 해도 아예 들을 마음이 없어 보이더라고요. 됐다, 오늘로 내보내자, 더 말해봤자 피곤하기만 하다, 그렇게 생각하고 말하는 건 관뒀습니다. 그리고 레몬티 주문이 들어와서 잔을 그 아이한테 잠깐 넘기고 저는 딴 일을 하고 있었어요. 그런데 마침 레몬이 다 떨어졌던 거예요. 그래도 그렇지 원 참…… 글쎄 물소리가 나서 쳐다봤더니, 음식물 쓰레기 더미에 있던 레몬 슬라이스를 집어 물로 슥 헹구고 있지 뭡니까."

나는 눈살을 찌푸렸다. 레몬을 씹은 표정 같았을 것이다.

"놀라서 나도 모르게 뭐 하는 거냐고 버럭 소리를 질렀어요. 그랬더니 홱 노려보더라고요. 그러면서 하는 말이…… 혼자 잘난 척은, 이러는 거예요. 순간 어안이 벙벙했지요. 혈압이 확 오르더군요. 그래도 어쩌겠습니까, 화를 꾹 참고 장사하는 사람의 기본 자세며, 내가 이 일에 얼마만큼 애정을 쏟는지 설교를 늘어놓기 시작했죠. 그러자 그 아이, 코웃음을 치면서 이렇게 말하더군요. 이까짓 게 뭐라고."

바람이 지나간 다음의 고요 같은 것이 있었다. 나는 주인이 못 견디게 안쓰러웠다.

"아닌 게 아니라 가게가 입소문이 나서 저도 그만큼 신경을 쓰고 있거든요. 이 수염도."

주인은 손가락으로 수염을 살짝 들어 보였다.

"젊은 날의 추억이랄까요. 제가 섰던 마지막 무대가 프리드리히 뒤렌마트의 〈로물루스 대제〉였어요. 혹시 아세요?"

아쉽게도 나는 모르는 작품이었다. 엔시 씨가 대답했다.

"뒤렌마트라면 소설은 두 작품 읽었습니다만, 〈로물루스 대제〉는 유감스럽게도 보지 못했습니다."

그래도 주인은 그 이름을 아는 사람과 이야기를 나눈다는 것만으로도 충분히 즐거운 것 같았다.

"그때 맡은 역할이 로마 기병대 대장이었어요. 수염은 그때 길렀고요. 음식 장사는 위생이 최우선이라 이 수염도 깎아야 하나 수없이 고민했답니다. 이렇게 늘 신경 쓰고 조심하면서 가게를 꾸려왔는데, 정말이지 그 아이의 그런 태도는 어처구니가 없었어요. 결국 돈을 주고 당장 내보냈습니다."

이야기도 일단락됐고, 또 손님도 왔으므로 주인은 자리를 떴다.

나는 잽싸게 엔시 씨에게 물었다.

"그 아이가 돌아오리라는 건 어떻게 아셨어요?"

"결과를 확인하고 싶은 건 인지상정입니다. 그런 짓을 할 만한 아이라면 손님이 화내고, 종업원이 쩔쩔매고, 주인이 싹싹 비는 모습을 보고 싶어서 견딜 수 없었을 겁니다. 어두운 옷을 입고 있었다는 점도 의심스러웠어요. 완전히 다른 차림으로 오기 위한 복선이 아닐까 하고요."

속에서 불쾌감이 올라왔다. 역에서 본 피노키오 양의 웃음은 그런 의미의 웃음이었던 것이다. 나는 머리를 한 번 흔들어 그 얼굴을 떨쳐내려고 했다.

"하던 이야기로 돌아가서요, 넣었다는 건 뭐고, 또 제가 제 입으로 직접 말했다는 건 무슨 말인가요?"

"그래요. 진실이라는 것은 때로 지극히 평범한 법이지요."

엔시 씨는 미안한 듯이 말했다.

"당신이 말하지 않았어도 설탕통이니까 이미 답은 정해져 있는 거 같습니다만. 모르겠습니까? 당신은 아까 머리를 묶은 아이는 폈던 설탕을 몇 번인가 통에 도로 넣었다고 말했습니다."

"네, 그랬죠."

"달게 하려고 설탕을 넣는 것이 아니다, 설탕을 꺼내려고 그렇게 하는 것이다. 말만 들으면 이런 이상한 일도 없을 겁니다."

나는 가만히 듣고만 있었다.

"그리고 돌아가면서 했다고는 하지만, 주범은 머리를 묶은 그 아이입니다. 그렇다면 꺼낸 것을 도로 넣었다기보다, 꺼낸 뒤에 무언가 새로운 것을 넣었다고 생각하는 편이 일리가 있을 겁니다."

"……그럼 설마?!"

유턴이 아니라 직진이었던 것이다. 이것도 뒤집어서 생각해야 하는 것인가.

"처음부터 정리해볼까요. 세 사람이 가게에 들어왔습니다. 그 머리를 묶은 아이는 주인 눈을 피해 자리에 앉았어요. 차가 나온 뒤에 아마도 작은 비닐봉투나 병에 담아 온 그것을 설탕통에 넣으려고 했을 겁니다. 그런데 설탕통을 열었더니 설탕이 입구까지 가득 담겨 있었어요. 그 아이는 반나절 아르바이트를 하는 동안에도 그런 것에는 관심도 없었을 겁니다."

엔시 씨는 어깨를 으쓱했다.

"가져온 내용물과 설탕을 간단하게 바꿀 수 있었다면 좋았겠지요. 하지만 실제로는 꽤 번거로운 작업이었습니다. 일단 통에서 설탕을 덜고, 가져온 것을 통에 넣고, 빈 용기에 덜어놓은 설탕을 옮겨야 하는 수고로움을 감수해야 하니까요. 그러고 있는 것을 누가 보면 분명히 수상하게 여길 겁니다. 그렇다면 티슈로 싸서 감출까. 아니요, 그것보다 훨씬 자연스럽고 간단한 방법이 있었습니다.

설탕이라면 홍차 안에 넣으면 됩니다."

엔시 씨는 나를 보았다.

"이래도 수상쩍어하는 사람이 있을까요?"

나는 쓴웃음을 지었다.

"그렇게 얼마쯤 설탕을 덜어낸 뒤에 스푼으로 넣기 시작했어요."

"가장 평범한 것을 말이죠."

"그래요. 설탕을 도로 넣고 있는 것으로 보였으니까 색과 모양은 결정됩니다. 가루로 된 설사약 같은 것은 반응이 늦어요. 다시 돌아와서 확인할 계획이었으니 반응이 즉각적인 것이라야 합니다."

나는 읊조리듯 말했다.

"……단 것은 짜고, 짠 것은 달다."

"그렇습니다."

엔시 씨는 미소를 짓고 대답했다.

"소금입니다."

호두 껍데기 안의 새

이

여행의 시작은 대문을 나선 첫 걸음부터다.

그렇다면 이번 여행의 최초 기억은 집 앞에 떨어진 산망초 꽃잎을 본 일이다. 새벽어둠 속, 신경 써서 보지 않으면 못 보고 지나칠 법한 작은 연보랏빛 꽃잎. 크기가 새끼손톱 정도밖에 안 되었다. 줄기도 잎사귀도 없이 꽃잎만이 아스팔트 위에 점점이 흩어져 있었다.

산망초는 구름국화라고도 부른다. 우리 집 마당에 심겨 있는 그것은 노송나무 울타리를 넘어 집 앞 길가에도 피어 있다. 본래는 봄부터 초여름에 걸쳐 피는 꽃이지만, 올해는 7월까지 피어 있었다. 그리고 벌써 8월이 됐는데도 문득 생각난 듯이 이따금 연보라색 빛깔을 뿜내러 나온다.

이 이름은, 어머니가 어머니에게 들은 이야기로, 어느

고매한 분이 벽지에서 귀양살이할 때 이 고운 꽃을 보면 잠시나마 수도에 대한 근심을 잊을 수 있었다고 해서 붙여졌다고 한다^{일본어로 산망초는 수도를 뜻하는 '都'와 잊는다는 뜻의 '忘れ'가 합쳐져 '都忘れ'라고 적는다.}

……누가 이 새벽에, 이 꽃을 집어, 꽃잎을 한 장 한 장 떼어 흩날렸을까.

시력만은 자신 있는 편이라 커다란 여행 가방을 손에 든 채 수그리지도 않고 그 꽃잎을 바라보았다. 뿔뿔이 흩어진 작은 꽃잎은 그 한 장 한 장이 새의 깃털처럼 보였다. 참으로 가련한 깃털이다.

묵은 때 없는 아침 공기 속을 걸으며 나는 한 줌의 연보랏빛 새를 마음속으로 그렸다. 상상 속에서 작은 새는 데크레셴도하는 현의 선율처럼 떨면서 점점 작아졌다.

마침내 새는 복잡한 호두 껍데기 안에도 들어갈 만큼 쪼그라들었고, 그래도 여전히 그 연약한 날개를 열심히 파닥거리고 있었다.

이 작은 새의 날개를 누가 뽑았을까.

……이런 상상을 하게 된 데는 까닭이 있었다.

이번 여행 동반자인 다카오카 쇼코와 전날 밤에 전화로 이야기를 나눴다. 쇼코라는 이름은 한자로 正子라고 쓴다. 당연히 첫 만남에서 제대로 읽는 사람은 거의 없다. 쇼코의 말에 따르면, 차라리 아예 어려운 이름이면 처음부터 상대도 조심을 해서 그나마 낫다고 한다. 이렇게 쉬운 듯 어려운 이름이 진짜 어려운 거라고.

"아니, 그렇잖아." 쇼코는 말한다. "太郎라고 쓰고 '리차드'라고 읽는다고 생각해봐. 환장하지."

그래서 쇼코는 누군가를 처음 만나면 먼저 큰 소리로 자신의 이름을 알린다.

쇼코는 계획성은 없지만 사람을 끄는 묘한 매력이 있다. 간토에 사는 우리 둘은 올여름 남쪽이나 북쪽으로 여행을 떠나자고 했다. 내가 엔시 씨의 자오 모임 이야기를 꺼내며 도호쿠는 어떨까 조심스럽게 제안했더니 "좋아, 거기로 하자. 그럼 하나마키도 가면 되겠다. 그리고 나 곤지키당도 못 봤으니까 추손지도 가고…… 잠깐만, 표 세장이라고 했지? 자오면 에미네 집하고 가깝잖아, 같이 가면 되겠네. 근처 구경도 좀 시켜달라고 하고. 오케이?" 하고 단정하듯 말하고 나를 여행단 부단장 겸 기획 담당으로 임명했다.

그 계획의 최종적인 설명과 타고 갈 차편 확인차 통화를 했다. 그 이야기 후에 쇼코는 "아무 일 없이 무사히 다녀오자" 이러면서 플로리다에서 일어났던 사건을 언급했다. 네 살짜리 여자아이가 악어에게 물려 강으로 끌려 들어가서 살아 돌아오지 못했다는 이야기였다.

무슨 일이 일어날지 앞일은 아무도 모른다. 운명이란 때로 지독하게 가혹한 것이다.

나는 그 이야기를 듣고 최근 매일같이 보도되고 있는 유아 살인사건을 떠올렸다. 어머니에게 버림받은 세 살 여자아이는 오빠와 오빠의 친구에게 살해당했다.

차마 입에 담을 수는 없었다. 생각할수록 가슴 아픈 사건이다.

……가혹한 운명에 놓인 연약한 존재. 그런 생각을 자려고 누울 때부터 했다. 그것이 아침에, 날려고 파닥거리는 손끝보다도 작은 새의 이미지를 떠올리게 했던 것이다.

비유나 추상은 현실에 접근하는 수단인 동시에, 또 가장 멀어지는 길일 것이다. 현실의 고통을 직시할 때 그런 미사여구가 얼마나 무의미한 것인지 절감하게 된다.

흩뿌려진 산망초 꽃잎을 보고 날개를 떠올리는 것은 결국 서재파의 경멸스러운 허세에 지나지 않는다. 그리고 내가 얼마나 세상을 모르는 철부지 아가씨인가를 증명하는 일이기도 할 것이다.

그러나 내 머릿속에서 연보랏빛 작은 새는 여전히 파닥거리고 있었다.

o2

쇼코와 나는 악어에게 물려 가는 일 없이 순탄하게 여행을 했다.

히라이즈미에서 곤지키당을 보고, 겐비계곡에서 경단을 먹고, 하나마키에 가서 안개비를 맞으며 미야자와 겐지일본의 동화작가이자 시인와 다카무라 고타로일본의 시인를 추모하고, 저녁이 되어 하나마키 온천에 묵었다. 이튿날 아침은 신하나마키까지 택시로 움직였다. 전날은 여기저기 들렀다 들어간 것이었으므로 역까지의 직선거리를 의식하지 못했다. 여관에서 역까지 금방일 줄 알았는데, 이것이 꽤 멀었다. 지도에서 보면 족히 한 정거장 거리는 됐다.

겨우 택시를 잡아타고 역에 도착했다.

"차 시간 확인하고 시간 맞춰 나왔으면 큰일 날 뻔했어."

"그럴 정신 있었으면 역까지 얼마나 걸리는지도 미리 알아뒀겠지."

쇼코는 그렇게 말하고 유유자적 우유를 마셨다. 틀린 말은 아니었다. 어쨌거나 계획성 없는 행동이 운 좋게 맞아떨어져서 별로 기다리지 않고 열차를 탈 수 있었다.

"날씨가 불안한데……."

"온천에 들어가면 그만이야."

"도착할 때까지 말이야."

"어떻게든 되겠지."

마냥 해맑은 쇼코였다.

8월이 되어 겨우 조금 여름다워졌다. 하지만 요 며칠 날씨가 좋지 않았다. 하늘이 원래 파랗다는 것을 잊게 하는 날씨였다.

어쨌든 정오 무렵에 시로이시자오에 떨어졌다. 역 앞 넓은 버스 정류장에서 시간표를 보았다.

"헉."

"왜?"

"막 떠났어."

자오 정상 행 버스 발차 시간은 삼사 분 전이었다.

"다음 차는 몇 분인데?"

쇼코의 물음에 나는 한숨을 쉬었다.

"한 시간은 기다려야 해."

나는 바로 고개를 휘 돌려 시간을 때울 찻집이나 서점을 찾았다. 그런데 옆에서 줄곧 안내판을 보고 있던 쇼코는 성큼성큼 걸어서 택시 승강장으로 갔다.

"야, 기다려."

"넌 나만 따라와."

쇼코는 태연하게 말했다. 나는 황급히 쇼코를 말렸다.

"안 돼, 택시비 많이 나와."

"걱정 마, 산까지 안 가. 버스를 따라잡을 거야."

좋은 생각이라고 생각하면서도 과연 그게 가능할까 걱정이 앞섰다. 빨리 결정하는 것은 내게 어려운 일이므로, 움직이느냐 마느냐 두 가지 선택지가 있으면 나는 일단 후자를 선택한다.

초등학교 5, 6학년 때였다. 매미 소리가 쏟아져 내리던 어느 여름날, 나는 동네 공원 벤치에 앉아 있었다. 왼쪽 무릎이 간지러워서 보니 등에가 붙어 있었다. 그때 입었던 오렌지색 스커트를 지금도 기억한다. 그만큼 놀라움은 컸다. 거기서 나는 두 가지 선택지를 꺼내 들었다. ①손으로 쳐서 쫓는다. ②가만히 있는다.

그러는 사이에도 등에는 내 몸이 제 것인 양 무릎에서 다리로 쫄래쫄래 기어 다녔다. 결국 나는 이솝우화에 나오는 곰을 만난 나그네 이야기를 본보기 삼아 ②를 선택했다. 등에도 아무 짓도 하지 않는 연약한 소녀를 공격하지는 않으리라고 생각했던 것이다. 손에 땀을 쥐게 하는 일이 분이 지나고 등에는 날갯소리를 내고 날아갔다. 날아오르기 직전에 내 다리를 콕 물었다.

이제 등에 같은 것은 믿지 않겠다고 나는 분연히 집에 돌아와 씩씩거리며 약을 발랐다.

쇼코였다면 ①은커녕 손바닥으로 냅다 내리쳐서 잡았을 것이다.

"시라이시白石 역이요."

택시를 타자 쇼코는 말했다.

"시로이시거든'白石'의 '白'는 '시라' '시로' 두 가지 훈독이 가능하다."

나는 쇼코를 콕 찌르고 말했다.

"마사코쇼코의 한자 '正子'는 일반적으로 '마사코'로 발음한다."

쇼코는 이 자식! 하는 얼굴을 했다.

"시로이시까지 가게?"

내가 물었다.

"응, 버스가 시로이시 역을 지나간다고 적혀 있었잖아."

"기차역이니까 좀 오래 정차할 수는 있겠다."

"어쨌든 택시가 버스보다는 빠를 거야. 놓쳐도 어차피

지나는 길이니까 더 나빠질 건 없어."

맞는 말이었다. 놓치더라도 역 앞이면 적어도 시간이 남아돌아 주체 못하는 일은 없을 것이다.

뚫어져라 전방을 노려보던 우리는 태어나 처음 가본 시로이시 역 교차로에서 앞을 달리는 버스를 포착했다.

"저기 저 버스 앞으로 가서 세워주세요."

쇼코의 결연한 목소리에 내가 설명을 더했다.

"버스를 놓쳤거든요."

"오호라."

왜소한 택시기사는 흔치 않은 요구에 신이 난 것 같았다. 역 앞을 휙 돌았다. 그것으로 시로이시 역과는 작별. 차는 다음 정류장에서 버스를 앞질렀고 그다음 정류장에서 멈춰 섰다.

"고맙습니다."

둘이서 나란히 인사했다.

"덕분에 즐거웠어요."

택시기사도 만족스러운 듯했다.

"완전히 흥분하신 것 같더라."

버스 뒷자리에 나란히 앉아 나는 쇼코에게 동의를 구했다.

"그러니까. 놓쳤다고 하니까 아저씨 되게 신나하더라."

"그 덕에 우리도 탄 거잖아."

"됐어, 거기까지."

둘이서 웃었다. 그래도 택시를 타지 않고 그냥 버스를 기다렸다면 그때까지도 시로이시자오 역 앞에서 어슬렁거리고 있었겠지만, 결과적으로 우리는 떠난 버스에 앉아 있었다. 시간의 틀을 뛰어넘어 온 것 같은 기분이었다.

"드라마 같아."

"여행지에서는……."

쇼코는 야무진 얼굴로 대답했다.

"뭔가 사건이 없으면 재미없지."

03

도심을 빠져나오자 버스에는 영락없이 관광객처럼 보이는 승객들만 남았다.

"정상에서 연락이 왔는데……."

버스기사가 마이크를 잡았다.

"다행히 위쪽은 맑다고 합니다."

와, 하는 환성이 터져 나왔다.

"정말?"

혼자 중얼거렸다. 버스를 감싼 안개는 더욱 짙어지고 주변은 점점 어두워지고 있었다.

"구름을 뚫고 올라가는 거니까."

쇼코가 말하자 그걸 이어받듯이 때마침 방송이 나왔다.

"……정상은 완연한 여름이라고 합니다."

하지만 중간에 도갓타 온천에서는 안개비가 내리고 있었다. 젊은 남녀가 어깨를 맞대고 내려갔다. 평소라면 아무래도 상관없었을 것을, 이 둘이 굉장한 미남 미녀였기 때문에 어쩐지 자신이 초라하게 느껴졌다.

"공교롭게도 안개가 잔뜩 끼었습니다만……."

버스가 멈췄다. 고산식물의 여왕인 금낭화 군락지라고 버스기사가 설명해주었다.

"날씨가 이래서 원."

버스기사는 날씨가 궂은 것이 자기 탓인 양 미안해하면서도 경쾌하게 버스에서 내렸다. 살색이 붉고 각이 진 얼굴이었다.

혹시 몰라서 챙겨 온 라벤더색 카디건을 흰 티셔츠 위에 걸치고 뒤를 따라갔다. 쇼코는 하늘색 티셔츠 한 장만 입고 있었다.

비는 차차 멎기 시작했다. 그러나 사람들 사이에 떠 있는 미세한 안개 입자는 여전히 눈에 보일 정도로 컸다. 카디건이 금세 촉촉하게 젖었다.

목장 길 같은 울타리 사이를 우리는 초등학생처럼 줄을 지어 걸었다. 울타리 안에 금낭화가 보호되어 있는 것 같았다. 줄의 선두는 뿌얀 그림자로만 보였다.

"저건가?"

"저건 꽃이 안 피었잖아요."

우리 앞에 있던 노부부가 큰 소리로 이야기를 하고 있었다. 쇼코를 보자 입고 있는 하늘색 티셔츠가 하얀 배경 위에 떠올라 산뜻했다.

좌절을 경험한 요코미쓰 리이치는 그 좌절 때문에 내가 아주 좋아하는 작가다. 안개가 깔리면 나는 항상 그의 『침원寢園』을 떠올린다. 가루이자와의 아득한 안개와 안개를 좋아하는 아이코. 쥬뗌므…… 쥬뗌므 컴 쥬뗌므. ……사랑하는데, 사랑하는데, 이렇게도 사랑하는데.

"아, 저쪽에……."

버스기사가 선두에서 말했다. 흐릿한 형체가 오른편을 가리키고 있었다. 우리는 자갈을 저벅저벅 밟으며 그리로 걸어갔다. 한 덩어리가 된 사람들의 한 덩어리가 된 시선이 울타리 바로 너머에 모여 있었다. 젖빛을 배경으로, 야트막한 줄기 끝에 치장한 소인들처럼 연분홍 꽃들이 어깨를 맞대고 올망졸망 매달려 있었다.

04

버스가 정상에 가까워지자 안개는 띠가 되어 뒤로 물러나고 이윽고 몇 가닥 밝은 빛줄기가 쏟아졌다. 감탄할 틈도 없이 주변은 별세계가 되어 있었다.

"와아."

밤에서 갑자기 낮이 된 것 같았다. 무거운 엔진 소리마저 가볍게 들렸다.

"다행이다."

내 말에 창가에 앉은 쇼코는 말없이 고개를 끄덕였다. 눈썹이 반듯한 잘생긴 얼굴이 스포트라이트를 받은 것처럼 해사했다.

버스는 정상에 있는 넓은 주차장으로 들어갔다.

정상은 완연한 여름이라고 버스기사가 말한 대로 그곳

은 거짓말처럼 맑았다. 다만 여름날의 맑음이라기보다, 마치 한 계절을 건너뛰어 기분 좋게 맑은 가을을 맞이한 것 같았다.

버스에서 내려 나는 곧장 주차장 끝으로 종종거리며 걸어갔다.

사진으로만 봤던 운해였다. 잉크로 물들인 것처럼 파란 산이 봉우리를 몇 개 드러내놓고 있었다. 그것 말고는 끝 간 데 없는 순백의 구름이었다. 아래쪽에서는 잿빛으로 보이는 구름도 위에서 보면 이토록 순수한 색을 하고 있는 것이다. 눈앞에 펼쳐진 맑은 하늘과 대조적으로, 거대한 구름 덮개 아래로는 흐리거나 혹은 비가 내리고 있다고 생각하니 신기한 기분이 들었다.

나는 옆에 있는 쇼코에게 말했다.

"있잖아."

"응?"

"이 구름 보고 뭐가 떠올라?"

"로르샤흐 테스트잉크의 얼룩처럼 보이는 그림이 어떻게 보이는가에 따라 정신 상태를 파악하는 진단법."

쇼코는 숄더백을 바닥에 내려놓고 난간에 팔을 걸쳤다.

"구름은 구름이구나. 형태도 없이 가득 차서……."

"나는 말이야."

"어."

"······세탁기."

"뭐?"

"세탁기라고. 세제를 넣고 버튼을 누르면 돌아가잖아. 그러다가 중간에 멈춘 시점."

"뭐야, 거품?"

"응."

"느닷없이 현실로 소환돼버렸어."

"하지만 이러고 들여다보는 게 비슷하지 않아?"

"어."

우리는 잠시 눈앞에 펼쳐진 구름을 감상했다. 이윽고 쇼코가 말했다.

"······어마어마하게 큰 세탁기네."

05

휴게소 2층 식당에 올라가 꼬치 정식을 주문했다. 셀프서비스라서 표를 내고 기다리는데, 뒤에 온 초등학생이 새치기를 했다.

"이놈."

쇼코가 으르렁거리며 초등학생을 무서운 얼굴로 노려보았다.

자리에 앉은 뒤 나는 쿡쿡 웃으며 말했다.

"이상하네."

"이상할 거 없어. 원래 나 애들 싫어해."

"정말?"

"어, 밖에서 시끄럽게 굴면 짜증 나."

"그래?"

어묵 꼬치를 겨자에 찍어 입에 넣으면서 엔시 씨와 가모 교수님과 꼬치를 먹던 일을 떠올렸다. 엔시 씨의 딸은 어떤 아이일까.

다 먹고서 매점에서 그곳 명물이라는 치즈케이크를 사고 커피우유를 마셨다. 운해가 인상 깊었던 나는 일회용 카메라도 처음으로 사봤다. 밖에 나가서 구름바다를 배경으로 쇼코 한 방, 나 한 방. 계속해서 난간으로 다가가 구름을 향해 네모난 상자의 초점을 이리저리 맞추고 있는데, 휴게소에 가 있겠다던 쇼코가 다시 돌아와서 내 소매를 잡아당겼다.

"야, 흔들려."

"그만 가자."

"뭐야, 분화구도 아직 못 봤는데. 바로 저긴데 보고 가야지."

"내일 에미랑 같이 오면 돼. 내일 할 일도 남겨둬야지."

쇼지 에미는 자오 서쪽, 가미노야마에 본가가 있었다. 포동포동한 볼만큼 늘 여유가 있고 의젓한 친구다. 여름 방학이라 집에 돌아갔을 터라 전화를 했더니 반가운 목소리로 말했다. "자고 가, 기다릴게."

해서 셋째 날 숙박은 작은 선물 하나로 해결되었다. 둘째 날은 엔시 씨의 독연회가 여섯 시 반부터이고, 여행지가 자오인 만큼 우리는 당연히 온천에서 일박을 하기로 했다. "에미 너도 와" 했더니 에미는 처음에 시큰둥한 반응을 보였다.

"너무 가서 지겨운데."

"스키?"

"봄 여름 가을 겨울. 매년 여름에는 자오에서 합숙도 했어."

"왜?"

"브라스밴드. 중고교 때 클라리넷 했었어."

아무리 관광지라고 해도 바로 옆 동네인데 굳이 돈을

써가며 묵는 것이 즐겁지는 않을 것이었다.

"친목회라고 생각하고 와. 정 안 내키면 어차피 우리도 너희 집에서 묵으니까 온천은 우리가 초대하는 걸로 할게."

"나 그렇게 염치없는 사람 아닌데."

에미는 씩 웃으며 말을 이었다.

"맥주나 쏴."

에미는 술을 좋아한다.

"그럼 오는 거다?"

"응."

내친김에 주변 관광도 부탁했더니 좋다고 흔쾌히 대답하고 줄줄 늘어놓기 시작했다.

"사이토 모키치 기념관은 내부도 물론 좋지만 입구 육교에서 오우 본선을 내려다보는 전망이 끝내줘. 그리고 가미노야마에는 역 앞에 맛있는 양과자집이……."

호의는 고마웠지만 너무 들떠 있는 것 같았다.

"기대된다."

나는 말했다.

"몸이 근질근질해서."

"……근질근질?"

에미는 힘주어 말했다.

"나 운전면허 땄거든."

06

에미와는 엔시 씨의 독연회가 열리는 시민회관에서 만나기로 되어 있었다. 그 시간에만 맞추면 되는데, 쇼코가 너무 서두르는 것이었다. 하지만 시로이시자오에서 버스를 놓친 일도 있고, 누군가와 만날 약속을 했을 때는 서둘러서 나쁠 것은 없었다. 결국 우리는 진초록 화구호를 뒤로하고 그곳을 떠났다.

아니나 다를까 사람이 차지 않아서 버스가 출발할 때까지 꽤 기다렸지만, 긍정적으로 생각하면 덕분에 허둥대지 않고 온천에 일찌감치 도착할 수 있었다.

어슬렁어슬렁 걷는데 온천 입구에서 '고케시도호쿠 지방 특산물로 여자아이 모습을 한 목각 인형의 집 유선관'이라는 간판이 눈에 들어왔다.

"여기로 할까?"

"좋아."

안에 들어가 실례합니다, 하고 인기척을 내자 쇼코와 닮은 잘생긴 미인이 나왔다. 요금 이야기부터, 이용할 사람은 세 명이고 그중 한 명은 숙박만, 저녁은 일찌감치 먹을 것이고, 외출했다가 아홉 시쯤 돌아올 예정이니 간단한 술안주와 주먹밥을 준비해달라, 와인도 필요하다 등등 번거로운 요구를 친절하게 척척 처리해주었다.

아홉 시에 돌아올 때는 나머지 한 사람과 승용차로 온다고 했더니 얼른 밖으로 나가 주차장을 안내해주었다.

"직원 주차장인데, 말해둘 테니까 이쪽에 세우세요. 그 시간이면 뒤쪽 고객 주차장보다 여기가 편하실 거예요."

고마웠다. 면허를 딴 지 얼마 안 된 에미였기에 어두운 곳은 불안했다.

"쇼코, 저 사람 네 언니 아니야?"

방에 들어와서 편하게 앉으며 나는 물었다.

"닮았어?"

"응, 좀."

"어쩐지 미인이더라."

"뭐래."

호랑이도 제 말 하면 온다더니 '언니'가 차를 가지고 왔다.

"구경 많이 하셨어요?"

"히라이즈미부터 하나마키까지 둘러보고 왔어요."

'동생'인 쇼코가 말했다.

"여기는 날씨가 계속 좋았나 봐요?"

"네."

언니는 되레 다른 곳은 맑지 않았느냐고 되물었다.

"태평양 쪽은 전부 흐린 것 같더라고요."

"역시 아래 세상하고는 다르네요."

내 말에 언니가 빙긋 웃었다.

"네, 두 분도 천계에 오신 걸 환영합니다."

듣기만 해도 황송한 말이었다.

"지금은 손님이 별로 없나 봐요?"

"네, 아무래도 온천이니까 겨울에 많이들 오세요."

"봄이나 가을에도 손님이 적은가요?"

"봄이 가장 한가해요. 푸릇푸릇한 나무가 정말 아름다운데."

"가을에는 케이블카 타고 올라가면 정말 멋있겠어요."

나는 미야모토 테루의 『금수』를 떠올리며 자오의 가을을 상상했다. 금수라는 글자는 비단으로 수놓인 가을로 바뀌어 상상의 산들을, 공기를, 세계 그 자체를 장식했다.

"가을은 짧아서 잠깐이긴 하지만, 기회가 되면 꼭 한 번 오세요."

언니의 눈앞에도 아름다운 풍경이 펼쳐져 있는 것 같았다.

"욕탕은 지금 이용할 수 있나요?"

"그럼요, 온천이니까 언제든지 이용할 수 있어요. 들어 갈 때는 유황이 많으니까 시계는 빼고 들어가세요. 그리 고 세수는 안 돼요. 눈에 들어가면 안 좋거든요."

비로소 온천에 왔다는 실감이 들었다.

"참, 노천 온천도 있어요."

언니는 온천을 이용하는 순서를 자세하게 가르쳐주었 다. 우리는 고개를 끄덕끄덕하면서 들었지만, 언니가 방 을 나가자마자 동시에 얼굴을 마주 보았다.

"어떻게 할까?"

"어떻게 하긴. 당연히 가야지."

"아무도 안 보겠지?"

"볼 게 있어야 보지."

쇼코는 무릎을 치고 좋아했다.

나는 입을 삐죽 내밀었다.

"오, 귀여운데? 그 뾰로통한 얼굴. 내가 남자였다면 그냥 안 됐을 텐데."

"됐거든."

하지만 내 안의 나르시스는 내게 쓸데없는 짓을 시켰다.

결국 우리는 곧장 온천에 갔는데, 수영복 자국이 남아
있는 쇼코의 미끈한 몸이 욕탕에 들어간 후, 나는 탈의실
세면대에서 일단 얼굴을 씻었다. 젖은 얼굴이 거울에 비
쳤다. 흐트러진 짧은 머리카락이 이마와 뺨에 붙어 있었
다. 막 수영을 하고 나온 소년 같은 그 얼굴을 물끄러미
바라보다가 나는 살짝 입을 내밀어보았다.

그와 동시에 그런 짓을 하고 있는 내가 까닭 없이 애처
로워졌다.

안에서는 물 흐르는 소리가 났다. 그리고 혼자 듣기 아
까울 만큼 멋진 목소리로 쇼코가 아이돌 가수의 노래를
부르기 시작했다.

07

나는 쇼코와 함께 있으면 여자로서 압도감을 느낀다.
내가 그런 의미에서 어린아이인 것을 어떨 때는 은근히,

어떨 때는 노골적으로 깨닫게 된다. 그럴 때는 축제의 종소리가 광장에 울리고 사람들의 웅성거림이 들리는 속에 집에 홀로 남겨진 아이 같은, 초조에 가까운 슬픔을 느끼기도 한다.

여행지이기 때문에 그런 감정이 증폭되기도, 또 쉽게 소멸되기도 하는 것이리라.

온천에서 나왔는데도 저녁까지 아직 여유가 있었다. 우리는 새 속옷과 티셔츠를 꺼내 입고, 또 청바지를 치마로 갈아입고 산책을 나갔다.

길도랑에 온천물이 흐르고 있었다. 유황 때문인지 누렇게 변한 그곳을 뜨거운 물이 부글부글 거품을 내며 흘러갔다. 우리처럼 여관 슬리퍼를 신고 산책을 나온 사람들과 이제 숙소로 돌아가는 등산복 차림의 사람들이, 일상에서 해방된 평온한 얼굴을 하고 수증기 사이를 스치듯 지나갔다.

"먹고 싶다."

둘이서 얼굴을 마주 보았다. 어느 가게 앞에 '이가모치 팥소를 넣어 만든 한입 크기의 떡으로 자오 특산물이다 있습니다'라고 적혀 있었던 것이다. 하지만 이날은 여관에서 이른 저녁을 먹기로 되어 있었다. 그래서 점심도 가볍게 때운 참이었다.

"내일을 기대해야 하나?"

쇼코가 아쉬운 듯이 말했다.

"그래야지."

우리는 다시 달각달각 슬리퍼를 끌며 걷기 시작했다. 가슴에 명찰을 단 사람들이 앞에서 걸어왔다. 시원한 곳을 찾아 여름 캠프나 연수를 온 것이리라.

고케시의 고장인 만큼 무심해 보이는 계집아이 인형이 기념품 가게 안에서 이쪽을 보고 있었다. 그런 가게 앞에서는 이 또한 명물인 둥근 곤약이 냄비 안에서 먹음직스럽게 익어가고 있었다.

"또 오고 싶다. 한 이삼 일 이런 곳에서 유유자적하고 싶어."

"그러게."

"그때는 가을에 와야지. 노랗고 빨갛게 물든 산을 실컷 걷고, 온천도 하고."

"……곤약 먹자."

이 말은 현재형이었다. 쇼코가 진한 국물 안에서 푹 익어가고 있는 곤약을 보고 결국은 항복해버린 것이다.

"둘이서 하나, 어때?"

"좋아."

우리는 나란히 가게 앞 의자에 앉아 김이 모락모락 나는 꼬치 하나를 귀한 음식이라도 되는 양 반씩 나눠 먹었다. 여행지를 걷다 우연히 먹어서 그런지 소리를 지르고 싶을 정도로 맛있었다.

다 먹고 가게 안에 들어갔다. 인형은 여관에서 언니에게 설명을 듣고 추천하는 것을 살 계획이었기 때문에 그걸 빼고 나니 달리 살 것이 없었다. 마침 전화카드가 떨어지기 직전이어서 자오 분화구가 인쇄된 전화카드를 한 장 사서 나왔다.

여유가 있어서 오는 길은 일부러 먼 길로 돌아서 왔다. 고개를 넘기도 하고 샛길을 걸어보기도 했다. 하늘색이며 크림색 종이에 '엔시의 자오산 독연회'라고 적힌 포스터가 곳곳에 붙어 있었다.

08

"엄마?"

로비 의자에 앉아 둘이서 신문을 보는데 여자아이 목소리가 났다.

쇼코의 팔이 걸쳐진 의자 팔걸이 너머에 두어 살쯤 된 여자아이의 얼굴이 있었다. 가지런한 바가지 머리 아래로 조금 졸린 듯 보이는 찢어진 눈이 보였다. 고케시처럼 생긴 얼굴이었다.

"쇼코, 부르잖아."

"엄마라고 불릴 일 없다."

말은 그렇게 했지만 쇼코는 신문을 내려놓고 아이를 보았다.

"아나 봐."

"뭘?"

"자길 좋아하는 사람을."

"이 자식."

"으으, 무서워. 이 언니한테 가까이 가면 이놈 하겠다."

"이놈, 나는 도깨비다."

도깨비는 씽긋 웃고 손으로 여자아이의 머리를 쓰다듬었다. 아이는 고양이처럼 길게 찢어진 눈을 더 길게 찢고 미소 지었다.

"봐봐, 웃었어, 웃었어."

"아, 귀여워하고 있다!"

"귀여우니까."

"아이 싫어한다며?"

"그건 어린이. 얘는 아직 어린이가 되기 전이잖아. 아기와 어린이 사이."

"엉터리."

"맞아. 엉터리야."

쇼코는 아이에게 얼굴을 가까이 가져갔다.

"이름은?"

여자아이는 눈을 끔뻑거렸다.

"이, 름, 뭐야?"

쇼코가 천천히 다시 물었다.

"……유키짱."

"유키코? 유키에? 아니면 그냥 유키?"

"유키짱."

여자아이는 항의하듯 말했다.

"아아, 유키짱이구나."

반소매 라운드 티에는 소프트아이스크림이 그려져 있었다. 나도 쇼코 쪽으로 다가가 앉았다.

"집은? 여기 살아?"

손가락으로 바닥을 가리켰다. 여관집 아이인가 싶어 물었던 것이다.

"집, 저기."

작은 손이 현관을 가리켰다. 현관으로 들어왔다면 손님일 것이다.

"누구랑 왔어?"

"엄마."

"엄마랑 왔구나."

쇼코가 물었다.

"엄마 좋아?"

"좋아."

나는 그 대답이 떨어지자마자 냉큼 끼어들었다.

"당연히 좋지. 이상한 걸 묻는다, 이 언니. 나쁘다, 그치?"

"……나빠?"

유키짱은 말똥말똥 쇼코를 쳐다보았다. 쇼코는 얼른 손을 내저었다.

"아니야, 아니야, 나쁘지 않아. 언니 좋은 사람이야, 아주 좋은 사람."

유키짱은 고개를 갸웃거렸다.

"봐, 의심하잖아."

"아니지? 언니 믿지?"

쇼코가 말하자 유키짱은 아장아장 걸어서 내 무릎 앞으로 왔다.

"엄마."

"여자는 무조건 엄마인가 봐."

"진짜 엄마랑 아닌 사람을 구분은 하겠지, 물론."

"나 처음에 너더러 엄마라고 해서 언니 아이라고 생각했어."

"닮아서?"

"응."

"단순하긴."

"엄마도 엄마고, 언니들도 엄마구나."

나는 유키짱의 어깨에 손을 얹고 뺨을 머리에 대보았다.

"엄마야."

"엄마?"

"유키짱은 뭐 좋아해?"

"……푸딩."

"아, 푸딩. 푸딩 엄청 맛있지."

"있잖아……."

"응."

"유키짱, 비밀 있어."

"우아, 그렇구나."

쇼코가 감탄한 듯이 말했다.

"비밀도 있고, 다 컸네."

유키짱은 뭔가가 떠올랐는지 금세 우리에게 관심을 끊고 복도 쪽으로 종종 걷기 시작했다. 얼마 뒤에 멀지 않은 곳에서 "엄마" 하는 소리가 들렸다.

"알았어."

내가 말했다.

"뭘?"

"평서형이 엄마인 거야. 끝이 올라간 엄마는 여자 일반이고."

"그러네."

우리는 유키짱이 서 있던 자리를 바라보며 까닭 없이 빙긋 웃었다.

o9

'고케시의 집'이라는 이름에 걸맞게 여관에는 고케시가 가득 장식되어 있었다. 저녁 시간에 언니에게 듣자니,

이 집 주인이 여행 안내서에도 실려 있는 고케시 작가였다. 식사 후에 하나 사서 가방에 넣은 뒤 이번에는 신발을 제대로 챙겨 신고 시민회관으로 향했다.

알려준 샛길을 빠져나가자 걸어서 금방이었다. 여름이라 날도 아직 밝았다. 회관 앞에는 아까 본 포스터가 게시판에 가지런히 붙어 있었다. 손수 만든 포스터가 아기자기한 공연임을 짐작하게 했다.

입구 근처에 에미가 서 있는 것이 보였다.

"잘 지냈어?"

외치면서 다가가는 우리에게 에미는 두 사람 분만큼 양팔을 활짝 벌리고 어두워지기도 전에 나타난 성질 급한 별의 반짝임처럼 흔들어 보였다.

공간 가득 준비된 접이식 의자는 이미 꽤 차 있었다. 셋이 나란히 앉으려고 우리는 조금 뒤쪽에 자리를 잡았다. 엔시 씨가 말한 연극 연구회 사람들 외에 일반 손님들도 많은 것 같았다. 온천에서 막 나온 듯한 얼굴이며 지역민처럼 보이는 사람들의 모습이 여기저기에 보였다.

간단한 개막 무대가 끝나자 시작을 알리는 게키자루가락(테이프일 테지만)이 흘러나왔다.

처음 무대는 〈가가의 치요〉. 세밑에 돈을 빌리러 가는 이야기가 일반적이지만, 엔시 씨는 치요조_{하이쿠를 짓던 여류 시}인의 문장을 패러디해서 아내의 질투를 중심으로 이야기를 풀어나갔다. 최근 와카_{5구 31음으로 된 일본 고유의 정형시}나 하이쿠_{3구 17음으로 이루어진 단시}가 새바람을 일으키고 있는데 이런 풍조가 적절하게 활용되어 흥미로웠다. 이런 식의 〈가가의 치요〉를 나는 엔시 씨가 하는 것 말고는 들어본 적이 없다.

다음은 〈백인 삭발〉. 들어본 이야기였지만 엔시 씨가 하는 것은 처음이었다. 〈오오야마 참배〉라는 제목이 더 일반적인데, 오오야마는 가나카와 현 이세하라 시에 있는 산 이름이다. 그곳에 있는 오오야마 절과 아후리 신사는 에도 시대부터 유명한 참배지였다. 내용은 이렇다.

올해도 오오야마에 가고 싶은 동네 사람들. 그러나 매년 술에 취해서 싸움이 일어났던 터라 인솔자인 요시베는 내키지 않는다. 여차저차해서 소란을 피우면 회비 두 배, 난폭한 행동을 하면 삭발이라는 약속을 받아내고 결국 출발, 하지만 돌아오는 길에 묵은 여관에서 구마가 난동을 부린다. 괘씸하게 여긴 사람들은 그가 잠든 틈에 머리를 밀어버리고, 이에 화가 난 구마는 먼저 집으로 돌아와 배가 전복해서 모두 죽었다고 거짓말한다. 믿지 않던 아낙들도 삭발한 머리를 보여주자 아이고, 아이고, 눈물 바다. 남편의 명복을 빌자며 너도나도 머리를 깎는다. 돌아온 남자들이 그 꼴을 보고 노발대발하자 요시베가 하는 말. "산에서 무사히 돌아왔고 모두 털이'털이'의 일본어 발음은 상처나 부상을 뜻하는 단어와 발음이 동일하다 없으니 경사스럽지 아니한가."

소동이 벌어진 가운데 무리하게 마무리를 짓는 것이 좀 억지스럽다고 생각했던 이야기인데, 엔시 씨는 결말로 가기 전에 연장자인 남자가 아내를 꾸짖는 장면을 추가했다. "철부지 계집애도 아니고, 어찌 자네까지 이런 어리석은 짓을 했는가." 구마의 머리를 보기 전까지는 "뭘 놀라. 믿을 말이 따로 있지, 이 사람 말을 믿어?" 하고 여자들을 나무랐던 속 깊고 야무진 아내 오히카리가 완전히 풀이 죽어 있다. 거기서 요시베가 무서운 얼굴을 하고 말한다. "어리석은 건 당신이오. 남들 앞에서 마누라 허물이나 들추고, 당신 같은 못난 놈도 없을 것이오. 보시오, 아주머니" 하고 빙긋 웃고, "우리 집 할멈에 비하면 양반입니다", 이어서 "다들 생각해보시오", 이러고서 마무리 대사를 한다.

엔시 씨다운 연출이었다. 요시베는 여자들을 위해 남편

들의 격분을 일단 가라앉히려고 그 말을 꺼내는 것이다.

이 이야기를 들으면 나는 언제나 구마의 용서할 수 없는 행동에 대한 참을 수 없는 불쾌감이 남았다. 하지만 엔시 씨의 〈백인 삭발〉은 마지막에 여자들의 순진한 마음에 초점이 맞춰져서 그 뒷맛이 꽤 희석되었다. 그리고 오히카리는 머리를 깎아도 여전히 매력적이었다. "어머" 하고 수줍은 모습을 보이는 장면에서는 닭살이 돋을 정도였다.

휴식 후 막간 무대에서는 견습생이 북을 치며 견습생 생활의 영광과 비애를 비화를 섞어가며 들려주었고, 그후 기억술의 일종이라고 해야 할까, 우편번호를 듣고 지명을 맞히고, 또 반대로 지명을 듣고 우편번호를 맞히는 놀이를 했다.

그러고서 마지막이 〈다섯 손님〉. 차례로 등장하는 기녀의 다섯 손님을 제각기 개성을 살려 연기하는 것이 핵심이다. 이 또한 즐겁게 들었다.

종연을 알리는 북이 울리고 회관에서 나오자, 바깥은 마음도 비출 듯이 밝은 별밤이었다.

1o

에미는 초보답게 신중하게 차를 몰았다. 차를 소중하게 다룬다고 해야 할까.

"중고야?"

"중고는 중고지, 집 차니까."

흰색의 보통 차였다. 가장 흔한 차종. 어떤 이는 여자를 낚는(싫은 표현이다) 데는 외제차가 최고라고 하지만, 나와는 무관한 이야기다. 내 감각은 그쪽으로 전혀 발달되지 않았다. 차를 봐도 구분이 가는 것은 색깔 정도. 그리고 언젠가 면허를 따서 직접 차를 사는 일이 행여 생긴다고 하더라도 바퀴가 있고 움직이기만 하면 되므로 그 이외의 것에 연연하는 마음을 이해할 수 없다.

"벤츠 타고 드라이브나 할까" 따위의 유혹에는 내 마음은 동하지 않는다. "괜찮은 고서점이 있는데" 하고 접근하면 아마도 좋다고 따라나설 것 같다.

넓은 길을 골라 더듬듯 달려서 드디어 유선관에 도착했다. 에미는 차를 뒤로 넣는 것이 아직 익숙하지 않은 것 같았다. 언니가 바로 옆 주차장을 비워준 것이 새삼 고맙게 느껴졌다. 결국 나와 쇼코가 먼저 내려서 "오른쪽으로 좀 더" "더, 더" 하고 알려줘서 어렵게 차를 세울 수 있었다.

에미까지 차에서 내려 세 개의 그림자가 길 위에 나란히 깔렸을 때, 맞은편 여관 앞에 운명을 다한 막대 모양의 폭죽이 양동이에 던져져 있는 것이 보였다. 여관집 아이가 가지고 놀다가 그대로 두고 간 것일까. 우리가 없는 사이, 저 폭죽은 오색의 빛을 찬란하게 뿌렸을 것이다.

밤공기를 뚫고 현관에 들어서자 언니가 기다리고 있었다. 프런트 의자에서 일어나 빙긋 웃었다.

방에는 이불이 깔려 있었다. 창문 앞 테이블 위에는 주먹밥과 간단한 안주가 준비되어 있었다. 화이트 와인은 냉장고에 넣어놨다고 했다. 에미가 씻으러 간 사이 쇼코는 여관 유카타로, 나는 챙겨 온 파자마로 갈아입었다.

"아아, 기분 좋다."

씻고 온 에미의 얼굴도, 유카타 사이로 엿보이는 가슴도 발그스름하게 복숭앗빛으로 물들어 있었다. 나도 하얀 편이지만 에미는 더 하얗다. 그래서 아랫볼이 포동포동한 그 얼굴이 더욱 옛 그림 속 공주님처럼 보였다.

"일단 건배부터 하자."

쇼코가 말했다.

"좋지."

촉촉하게 젖은 검고 긴 머리카락을 흔들면서 에미는 테이블로 다가왔다. 내가 퐁 맥주를 땄다.

"고생하셨어요. 내일도 잘 부탁드립니다."

거품이 먹음직스럽게 일었다.

"건배!"

세 사람의 목소리가 합쳐지고 잔이 한곳에 모이자 쨍그랑 하고 소리가 났다.

"으음."

에미는 눈을 감고 넘어갈 듯이 고개를 뒤로 젖혔다. 곧이어 천천히 제자리로 돌아왔다.

"맛있다!"

"오래 걸리네."

"응."

에미는 행복한 얼굴로 빈 잔을 내려놓고 쇼코에게서 드라이어를 건네받았다. 이어서 들리는 윙, 하는 소리. 에미가 머리를 말리기 시작했다.

"내일은 어떡할 거야?"

에미가 머리를 말리면서 물었다.

"걸어서 분화구에 가려고."

쇼코가 자신의 잔을 채우면서 대답했다.

"뭐?"

"분화구, 오색못."

"잠깐만……."

에미가 목소리를 키웠다.

"너희, 야마가타 경유해서 온 거 아니야?"

"시로이시자오에서부터."

"그럼 분화구 보고 왔겠네."

"패스했어."

쇼코는 캐슈너트를 씹고 있었다.

산행 코스가 있길래 내일 셋이 같이 갈까 하고 안 보고 그냥 왔다고 내가 설명했다.

"흐음."

에미는 잠깐 생각한 뒤 말했다.

"걸어가면 차는 어떡해. 뭐 여기 세워둬도 되기야 하지만, 그러면 다시 돌아와야 하잖아. 걷고 싶으면 차라리……."

드라이어를 껐다.

"짐은 내가 전부 차에 실어 갈 테니까, 분화구에서 만나자."

"그럼 우리 둘이서만 가라고?"

내가 물었다.

"산 중턱까지는 케이블카로 가고, 그다음은 하이킹. 초등학생도 두 시간이면 가능한 코스야."

"괜찮을까?"

"왜, 길 잃을까 봐?"

"응."

"괜찮아, 사람 많으니까 뒤만 쫓아가면 돼. 그리고 안내 책자도 있잖아."

"일단은 알았어."

"나 같은 사람이야 새로울 것도 없지만 처음 와본 사람한테는 경치가 꽤 괜찮을 거야."

낮에 자오 정상에서 본 산행객들을 떠올렸다. 아이를 동반한 가족도 있었고 중년의 아저씨 아주머니도 많았다. 최근에는 여행을 가도 절이나 미술관 순례가 많아서 자연을 접할 일이 별로 없었다.

"그런 다음에는?"

반쯤 결정하고 나는 물었다.

"정상에서 식사. 그다음은 내 애마를 타고 자오 에코라인을 지나 내가 사는 가미노야마로. 맛있는 과자점도 있으니까 데려가 줄게."

막힘없는 이야기에 왠지 밝은 전망이 기다리고 있는 것 같아서 나는 고개를 끄덕였다. 쇼코도 싫지 않은지 적당히 찬성의 뜻을 나타냈다.

내일 일이 정해졌으므로 이다음은 자유였다. 라쿠고 이야기를 시작으로 이야기꽃이 폈다. 쇼코는 술이 들어가면 괜히 트집을 잡는 성격이다. 에미는 아무리 마셔도 변함이 없다. 쇼코가 공격적으로 말해도 고개를 약간 갸우뚱하고 생글생글 웃었다.

한편 나로 말할 것 같으면 술이 약하기 때문에 무사시에도 시대의 전설적인 검객와 고지로무사시와 라이벌 관계인 검객의 결투를 구경하는 팔자 좋은 신분이 된다. 더운 날 마시는 맥주 한 모금은 맛있지만, 딱 거기까지고 그다음부터는 솔직히 쓸 뿐이다. 이런 내가 술을 마시는 것은 순수하게 술을 낭비하는 것밖에 되지 않는다.

"하나에 집중하는 건 좋다고 생각해."

에미가 기분 좋게 말했다.

"하지만 여자가 일을 그만두고 가사에만 전념해야 할 이유는 없어."

"없지, 이유는."

"너는 그걸로 행복해질 수 있다고 생각해?"

"음, 그래도 내면의 충실함은 유지된다고 생각해."

"그렇게 말해도 결국 남자의 이기심에 져서 평생 집안 일에 파묻혀 사는 것이 결말 아닌가?"

"그렇더라도 충실하지 못하란 법은 없어. 내가 생각하는 충실함하고는 다르지만 말이야."

"거봐, 결국 만족하지 못한다는 거잖아. 패자네, 패자."

쇼코의 말은 점점 험악해졌다. 반면에 그에 반비례해서 말투는 점점 어린애 같아졌다. 꼭 말을 듣지 않는 초등학생 같았다.

"승자 패자를 가리려고 부부가 되는 건 아니잖아. 안 그래?"

대화는 평행선이었다. 쇼코는 냉장고에서 맥주와 와인을 새로 꺼내 와서 코르크 마개에 오프너를 꾹꾹 돌려 넣었다.

"꽉 잡아."

내게 와인 병을 쥐게 하고 저도 왼손을 대고 누르더니 에잇, 하고 오프너를 당겼다.

퐁 하고 좋은 소리가 나고 코르크가 빠졌다. 에미가 짝 짝 박수를 쳤다. 쇼코는 병을 기울여 잔 두 개에는 반 정

212

도, 나머지 한 잔에는 입구까지 찰랑찰랑하게 따랐다.

"자."

그 한 잔을 내 앞에 놓았다.

"이렇게 많이?"

"불평하지 마. 와인은 너를 위해 준비했으니까."

"하지만……."

오는 버스 안에서 맥주보다 목 넘김이 부드러운 것 같아, 하고 입방정을 떤 내가 잘못이었다.

"괜찮아, 졸리면 자면 되니까."

에미가 말했다.

나는 말없이 한 모금을 마셨다. 차가운 화이트 와인은 확실히 맛있었다. 그래서 오히려 겁이 났다.

화제는 음식에서 영화로, 또 일본문학을 전공하는 우리의 장래에 관한 것으로 이리저리 넘나들었다. 나도 꽤 떠들었다. 말이 많아졌음을 깨달은 것과 동시에 잔의 와인이 줄어 있음을 알았다. 언니가 준비해준 카망베르 치즈가 와인과 훌륭하게 어울렸기 때문이기도 했다. 기분이 몽실몽실해져서 자꾸만 헤실헤실 웃음이 나오려고 했다.

이야기는 다시 남녀에 관한 것으로 돌아갔다. 남자는 이기적이라고 쇼코가 말했을 때, 내 입은 의지와는 상관없이 경박하게 움직이고 있었다.

"어쨌든지 간에 유럽에서는 여자에게도 영혼이 있는 가 하는 건 공의회 의제로까지 다뤄졌고, 결국 다수결로 결정됐다더라."

"그래서 결과는?"

에미가 물었다.

"여자에게도 영혼은 있다! 해피엔드, 해피엔드."

"어디서 봤어?"

"아나톨 프랑스의 『에피쿠로스의 정원』."

쇼코가 못마땅한 얼굴을 했다.

"지긋지긋한 여자."

"뭐야, 쇼코? 이상하지 않아? 거기서 왜 여자가 나와? 자기모순이야."

나는 오히려 흥이 올라서 따져 물었다.

"여자니까 그런 말은 하면 안 된다는 게 되니까, 지긋 지긋한 인간이라고 하는 게 옳다고 봐."

"됐네. 지금 이성에서 감성으로 순간 이동했어."

"어째서 여자가 하면 지긋지긋한데?"

"남자라도 지긋지긋하기는 마찬가지야."

"그럼 왜 굳이 여자라고 했어?"

쇼코는 관능적으로 물든 얼굴로 나를 빤히 쳐다보았다.

"말한 네가 여자니까."

"과연 그럴까……?"

나는 말꼬리를 길게 끌었다.

"프랑스 운운할 거면 불문과로 가버려."

"싫은데?"

"이 자식."

쇼코가 갑자기 나를 덮쳤다. 불시의 공격에 나는 바닥에 깔린 이불 위로 굴러버렸다.

"하지 마, 미안, 내가 미안."

움직이자 머리가 핑 돌았다. 그래도 이불에서 뒹굴고 있으니 십대 시절로 돌아간 것 같아서 나쁘지 않았다. 마음이 점점 풀어졌다.

"애도 아니고, 이런 데까지 와서 파자마가 뭐냐?"

쇼코의 손아귀에 잡혀 그런 말을 들어도 웃음이 쿡쿡 새어나왔다. 쇼코는 그런 나를 보고 문득 손에 준 힘을 뺐다. 그러더니 소란을 틈타 내게 어마어마한 말을 했다.

"너도 좀, 한 번은 제대로 잡혀봐. 인생 달라진다."

나는 얼굴로 피가 쏠리는 것을 느꼈다. 그리고 그 상기된 얼굴을 남이 보고 있다는 생각에 귀까지 뜨거워졌다.

쇼코는 내게서 떨어지더니 재미있는 구경거리라도 난 듯이 말했다.

"어라, 얘도 빨개지네."

나는 일어나서 혀를 쭉 내밀었다. 그리고 잽싸게 말했다.

"세상 사람들은 남자의 페던티즘현학은 허용해줘. 노인의 추함을 인정해주듯이. 하지만 여자에게는 그 어느 쪽도 허락되지 않아."

에미가 빙긋 웃었다.

"멋있다."

나는 이불 위에서 양손을 뒤로 짚고 앉아 이야기를 계속했다. 구름 위에 앉아 있는 것 같았다.

"알베르 티보데프랑스의 비평가."

쇼코는 이야기의 주제와는 전혀 상관없이, 하지만 애정이 느껴지는 말투로 이렇게 말했다.

"지긋지긋한 여자야…… 너란 녀석은 정말로 지긋지긋한 여자야."

"쇼코."

에미가 얼굴에 미소를 띤 채 쇼코를 나무랐다. 쇼코는 입을 다물었다. 나는 두 사람의 행동이 이상하다고 생각했다. 이내 눈가가 따뜻해지는 것을 느꼈다.

……초등학생 때 이후로 눈물을 보인 적이 없는 나인데. 와인 탓이다.

'일생일대의 실수'라는 말이 머릿속에 소용돌이쳤다. 에미가 다가와 그만 자는 게 좋겠다고 말한 것은 기억한다. 응 하고 고개를 끄덕인 것도 같은데, 몸은 그대로 구름 속으로 가라앉아 버렸다.

11

"……화구호 분화구는 직경 330미터, 수심 27미터. 녹색 물이 시시각각으로 색을 바꿔서 오색못이라고도 불린다."

내가 안내 책자를 읽자 쇼코는 "아아, 그래" 하고 차를 꿀꺽 마셨다.

아침. 가장 먼저 일어난 사람은 나였다. 여행지에서는 대체로 그렇다. 이상하게 잠이 오지 않는다. 부처라도 만날 것 같은 고요한 새벽에 번쩍 눈이 떠진다. 집에서는 정오까지도 거뜬히 잘 수 있는 나인데, 역시 여행지는 여행지인 것이다.

술 때문에 머리가 아프지 않을까 걱정했는데 딱히 그

렇지도 않았다. 오히려 상쾌했다. 일어나서 테이블 위에 놓인 주먹밥도 야무지게 먹었다.

"……역시."

색색거리면서 자는 두 친구에게 경의를 표했다.

살며시 수건을 챙겨 들고 슬리퍼를 신었다.

어두운 복도를 걸어 혼자 욕탕에 갔다. 몸을 담갔다. 조용했다. 혼자라는 사실을 새삼 깨닫고 싱크로나이즈드스위밍을 하듯이 다리를 물 위로 올려보았다. 헤엄도 쳤다. 그러는 중에 점점 더 정신이 맑아졌다.

방에 돌아와 누워서 『료진히쇼』헤이안 시대의 속요집를 읽는데, 에미가 일어나 씻으러 갔다. 채비를 하느라 둘이서 부스럭거리자 드디어 쇼코도 뭐라고 중얼거리면서 이불 속에서 나왔다.

식당은 아래층에 있었다. 도안으로 보이는 알록달록한 고케시 그림이 벽 곳곳에 걸려 있었다. 식사 시간에 늦을 것 같아서 나와 에미가 먼저 와 앉아 있으니 쇼코가 졸린 얼굴을 하고 나타났다.

거기서 내가 안내 책자를 읽고 쇼코가 차를 마셨던 것이다.

"점심은 어떻게 할까?"

걸어 다니는 안내 책자에게 물었다.

"주먹밥 싸 가서 밖에서 먹자. 날씨도 좋아 보이는데. 어때?"

쇼코가 고개를 끄덕였다. 동시에 뒤쪽에서 목소리가 들렸다.

"엄마?"

"오?"

쇼코가 돌아보자 열린 미닫이문 사이로 유키짱이 얼굴을 내밀었다.

"있네."

쇼코가 장난스러운 얼굴을 하자 유키짱은 방글방글 웃으면서 손을 내밀고 이쪽으로 걸어왔다. 티셔츠에는 분홍색 물고기가 그려져 있었다.

"유키짱, 비밀 어떻게 됐어?"

내가 묻자 유키짱은 시무룩한 얼굴로 대답했다.

"유키짱, 비밀, 먹어버렸어."

얼굴에 미소가 번졌을 때 미닫이문 너머에서 인기척과 함께 알토 음의 목소리가 났다.

"유키, 가자."

고케시 같은 아이는 소리가 난 쪽을 보더니 우리에게

작은 손을 흔들었다.

"빠이 빠이."

"나왔습니다."

바통 터치를 하듯 된장국과 밥이 나왔다.

"뭐야, 비밀이란 게 과자였어?"

"아마 푸딩일 거야."

우리는 쿡쿡 웃으면서 에미에게 유키짱과 있었던 일을 들려주었다.

"좋을 때지."

내가 젓가락을 들면서 말하자 쇼코가 반박했다.

"그것도 어른들 생각이지. 아이들도 아이들대로 고민이 있을 거야."

"푸딩이 이제 없다든가?"

"그것도 대사건이지."

달관한 듯한 얼굴로 된장국을 한 입 떠먹던 쇼코가 꽥 소리를 질렀다.

"맞다!"

"왜 그래?"

"이가모치 먹어야지."

"맞다, 그렇지. 그런데 감탄스럽다, 그 집념."

"집념이 없는 곳에 성공은 없어."

쇼코가 씻고 나오기를 기다렸다가 우리는 가까운 가게에 가서 아침에 갓 만든 떡을 샀다. 떡을 정성스럽게 싸면서 가게 주인인 젊은 아주머니가 앞에서 놀던 초등학교 1, 2학년쯤 된 여자아이를 "왜 이렇게 말을 안 듣니!" 하고 나무랐다. 방학 숙제나 방 정리 정도의 문제일 것이다. 아이는 "엄마, 싫어"라고 청개구리처럼 내뱉고는 계속 놀았다. 젊은 아주머니는 손님 앞이라 그저 한심하고 못마땅한 표정을 지을 뿐이었다. 아이라고 마냥 귀엽기만 한 것은 아닌 것이다.

팩에 든 우롱차와 우유도 사서 유선관으로 돌아와 짐을 쌌다.

프런트에서 언니가 빙긋 웃으며 작은 고케시가 달린 열쇠고리를 주었다. 에미는 그 자리에서 바로 차 열쇠를 꺼내 가죽 열쇠고리 옆에 달았다.

"고맙습니다, 또 오세요."

언니의 말에 자연스럽게 "네" 하고 대답해버렸다.

밖에 나와 차 트렁크에 짐을 실은 뒤 떡과 음료수를 나눠 담았다.

"에미는 어떻게 할 거야? 바로 출발?"

"지금 가면 너무 이르니까 잠깐 친구 집에 들렀다 가려고."

고교 동창이 근처에 산다고 했다.

"자, 내가 케이블카 타는 곳까지 데려다줄 테니까 일단 타."

에미가 운전석에 앉아 몸을 비틀어 문 잠금장치를 풀었다. 우리가 타려고 하는데 건물 뒤편에서 다가온 여관 남자가 "어라?" 하고 고개를 갸웃거리더니 바로 *끄덕끄덕*하면서 현관으로 들어갔다.

"뭐지? 저거 실례 아니야?"

쇼코가 어이없어했다.

"우리가 직원 주차장에 있어서 그런가? 아직 출발한 건 아니니까 운전 때문은 아니야."

"그 말도 실례 같은데?"

에미는 킥 웃었다. 그러고 작은 목소리로 "보자, 어, 이게 클러치고……"이러고 중얼거렸다.

"장난치지 마."

"이게 의외로 헷갈려, 아직 초보라."

에미는 공주님처럼 얌전하고 차분하게 시동을 걸었다.

12

환승역이 있는 케이블카는 처음 타보았다. 중간에 있던 역 이름이 상고대고원이었다. 잠깐 설경을 상상했지만, 눈앞에는 더없이 푸른 하늘이 펼쳐져 있었다. 플랫폼에서 내려다보자 온천 마을 정경이 모형처럼 보였다.

아래로 보이는 자오산기슭 역 주변으로는 더위를 피해 캠프를 온 것으로 보이는 아이들이 곳곳에 눈에 띄었다. 케이블카 유리창을 통해서도 그 밝은 목소리가 들리는 것 같았다. 에미의 중고교 시절 모습이 저랬을까. 그러나 아이들의 모습도 녹음에 금세 묻혀버렸다.

이어서 갈아탄 케이블카는 공중으로 두둥실 떠올라 위로 위로 올라갔다.

스무 명가량의 승객과 함께 종점인 자오지장산정 역에서 내린 뒤, 일단 그곳에 진좌하고 있는 지장보살에게 절을 했다.

"저게 지장산인가?"

나는 뒤로 돌아서서 사람들이 뜨문뜨문 올라가고 있는 오른쪽 산봉우리를 가리켰다.

"그렇다고밖에 볼 수 없겠네."

"지장보살이 계시기 전에는 뭐라고 불렀을까?"

아리와라노 나리히라헤이안 시대의 귀족이자 가인가 폭포를 보러 가다가 "자일본어로 하면 '이자', 이일본어로 하면 '고노' 산에 오르자"라고 해서 누노비키 폭포 일대의 산이 '이자고노 산'으로 불리게 되었다고 한다. 지장산도 이름이 먼저고 지장보살이 나중인 것은 아닐 것이다.

"쓸데없는 걱정 하지 마. 산은 산이야."

나무와 풀이 우거진 저편 경사면에 하얀 꽃이 점점이 피어 있었다. 이리 오라고 손짓하는 것 같았다. 쇼코가 선두가 되어 우리는 실없는 이야기를 주고받으면서 산허리를 걷기 시작했다.

처음은 공기도 좋고 날씨도 좋은 데다 목재로 길이 놓여 있어서 순조로웠다. 그러나 곧 길은 여부없이 자갈길로 바뀌었다. 언덕인가 싶으면 푹 퍼낸 것처럼 움푹 팬 구렁이 나오고(기분이 그렇다는 것이지 실제로는 그 정도는 아니다), 거길 지나면 또 그 이상으로 높고 끝이 보이지 않는 언덕이 나와서 나는 눈이 휘둥그레졌다.

"쇼코, 이거 뭐야?"

쇼코는 이마의 땀을 닦더니 실로 즐거운 듯이 대답했다.

"……산이지."

이렇다 보니 쇼코와 나 사이의 간격이 자꾸만 벌어졌다. 쇼코는 보조를 전혀 맞춰주지 않았다. 혼자 저만치 가서 그제야 돌아보고는 이렇게 말했다.

"운동 부족."

나는 힘없이 손을 들었다.

"서두르지 마. 돌부리 잘못 밟으면 발목 나간다."

친절하다고 해야 할지, 아니라고 해야 할지. 그렇게 말하고 다시 경쾌하게 발길을 돌려 비탈을 올라가는 쇼코였다. 한참을 가서는 하늘에서 떨어진 창처럼 땅에 박힌 말뚝 옆에 멈춰 서서 또 내가 오기를 기다려주는 것이었다.

경사면에 길을 따라 쭉 세워둔 말뚝은 안개로 시야가 흐릴 때를 대비한 길잡이일 것이다. 그 광경이 어딘지 묘하게 다른 행성의 표면처럼 느껴졌다.

그래도 동행이 쇼코라서 다행이었던 것은 보조를 맞추려고 일부러 서두르거나 하지 않아도 괜찮았다는 것이다. 나는 꽤 남을 배려하는 편이지만, 상대가 쇼코가 되자 서두르지 말라는 말과는 무관하게 별로 서두를 마음이 들지 않았다. 결국은 기다리게 했지만, 왠지 피차일반이라는 생각이 들었다.

"짐 좀 줄이자."

나는 밑에서 음료수 봉지를 흔들었다.

"그렇지."

쇼코도 떡 봉지를 가리켰다. 비탈길 중턱에서 바위 위에 걸터앉았다. 나는 우유, 쇼코는 우롱차.

"음모야."

빨대 끝을 씹으면서 내가 투덜거렸다.

"초등학생도 두 시간 어쩌고 하더니……."

때마침 내 옆을 초등학생 형제가 발걸음도 가볍게 지나갔다. 쇼코가 품 웃음을 터뜨렸다. 그 뒤로 튼튼하게 생긴 아버지가 힘차게 걸어갔다.

"그래도 기분은 상쾌하잖아."

쇼코는 그러면서 떡 상자를 펼쳤다. 하얀 떡이 대나무 잎에 싸여 가지런히 담겨 있었다. 입에 넣자 깔끔한 단맛이 혀를 감쌌다.

땀이 난 몸에 지나가는 바람이 상쾌했다.

"뭐 이러고 있는 동안은 천국이네."

역시 한 상자는 내게는 무리였다. 쇼코가 남은 떡을 가져갔다. 상자를 납작하게 접어서 청바지 주머니에 넣자 몸이 한결 가벼워졌다. 나는 다시 기운을 차리고 열심히 올라갔다. 숨이 차서 어깨가 들먹거렸지만, 고개를 넘자

가쁜 숨도 골라졌다.

남빛으로 물든 산줄기가 길게 뻗어나가고, 산과 닿은 파란 하늘에는 수채물감으로 그린 듯 하얀 구름이 몇 조각 흐르고 있었다. 고원의 짙은 초록은 끝없이 이어져 있었다.

오르막에서 만났던 마른 아저씨와 뚱뚱한 아저씨 일행이 우리 앞을 걸어가고 있었다. 마른 아저씨는 가죽 구두를 신고 있었다. 확실히 산책의 연장으로도 못 올 것은 없었다. 그러나 자칫 길을 벗어나서 풀숲을 헤매거나 거기다 안개까지 만나면 자신이 어디에 있는지 전혀 짐작할 수 없게 될 것이다. 그런 생각을 하자 한가로운 풍경 속에서 몸서리가 쳐졌다.

발밑을 조심하면서 완만한 오르막길을 걷자, 앞쪽 산모퉁이 바위 위에 남색 폴로셔츠를 입은 남자가 마치 수행이라도 하듯이 정좌해 있었다. 그러나 엄숙한 분위기는 아니었다. 오히려 귀여운 꼬마가 미끄럼틀 위에라도 앉아 있는 것처럼 보였다.

쇼코가 말했다.

"동물원 원숭이 같다."

이미 그때는 바위 위에 있는 사람이 누구인지 나는 알고 있었다.

13

"……엔시 씨."

바로 밑에서 올려다보자 얼굴이 잘 보이지 않았다. 나는 조금 물러나서 조심스럽게 말을 걸었다.

부드러운 목소리가 들리고 엔시 씨의 흉상이 나타났다. 어쩐지 『교라이쇼』하이카이 이론서에서 읽은 '바위 끝, 여기에도 혼자 달구경하는 나그네'라는 문장이 떠올랐다.

"오오."

"이번에는 제가 발견했네요."

시부야에서 만난 일을 떠올렸다. 일행은 없는 듯했다.

"혼자 오셨어요?"

"네."

"생각 중이신데 제가 괜히 방해한 거 아닌지 모르겠어요."

"아니요, 아무 생각도 하고 있지 않았습니다."

엔시 씨는 가뿐하게 바위에서 내려왔다.

"머리가 긴 친구는 안 보이는군요?"

쇼코가 의아한 얼굴을 했다. 나는 쇼코에게 무대에서 안 보는 듯 보고 있는 엔시 씨의 눈에 대해 말해주고, 그리고 엔시 씨에게는 에미가 오지 않은 사정을 설명해주었다.

"소개가 늦었죠? 이쪽은 다카오카 쇼코."

엔시 씨가 빙긋 웃고 인사했다.

"바를 정표을 써서 쇼코라고 해요."

"이름에 예민해요. 다들 마사코라고 읽거든요."

나는 주석을 달았다.

"그런데 정작 본인은 시로이시 역을 시라이시 역이라고 읽었어요."

"이 고자질쟁이."

쇼코가 팔꿈치로 쿡 찔렀다. 엔시 씨는 부신 듯 눈을 가늘게 뜨고 우리를 보고 있었다.

"타이밍이 아주 좋았어요. 졸음이 왔는데 저대로 있었다면 굴러 떨어졌을지도 모릅니다."

"쉬고 계셨나 봐요."

"네, 완전히 풀어진 얼굴 아니던가요?"

"그랬나?"

엔시 씨가 "걸을까요?" 해서 우리는 고개를 끄덕였다. 에미를 너무 기다리게 해서도 안 될 터였다.

"유시 씨는요?"

제자에 대해 물어보았다.

"먼저 보냈습니다. 오늘 하루 시간이 나서 조금 걷다 가려고요."

분화구에서 버스를 타고 신칸센 역으로 갈 계획이라고 했다.

"혼자 다니는 걸 좋아하세요?"

쇼코가 물었다.

"이렇게 셋이 나란히 걸으면서 말하기는 좀 그렇습니다만, 마음이 편안한 쪽은 아무래도 혼자 하는 여행일 겁니다."

"가족 여행은요?"

"아아, 그것도 좋지만 이건 이것대로 또 다르니까."

내가 생각나서 물었다.

"개미귀신은 어떻게 됐어요?"

"잘 지내고 있습니다. 하고 보니 말이 좀 이상하군요. 어쨌든 덕분에 살았습니다. 아내도 처음 봐서 신기한지 아이하고 같이 관찰하고 있답니다."

"그러면 관찰 일기는 문제없겠네요?"

"네, 그림도 꾸준히 그려두고 있으니까 정리만 잘하면 모양이 나겠지요."

"그런데요……."

쇼코가 화제를 앞으로 돌렸다.

"많은 사람을 상대하는 일을 하셔서 혼자 있는 걸 좋아하시는 건가요? 아니면……."

뒷말은 혼잣말처럼 작게 들렸다.

"글쎄요."

엔시 씨는 잠시 생각했다. 대답을 궁리하는 것이 아니라, 말할지 말지 고민하는 것 같았다. 하지만 결국은 젊은 아버지와 딸이라고 봐도 무관한 나이 차이가 마음을 누그러뜨렸던 것 같다.

"많은 사람을 상대하고 있지는 않답니다."

"그러면 일부, 이야기의 내용을 아는 사람만을 상대하는 건가요?"

쇼코가 굴하지 않고 캐물었다.

"아니요. 일부도 아니고 단 한 사람, 자신입니다."

"자신?"

"네, 젊은 날의 나를 상대하는 것이지요. 한 무대 한 무대를 순수한 기대를 안고 귀 기울여 들었던 나 자신. 모든 관객을 그 시절의 나라고 생각하고 공연하고 있답니다. 그 상대는 기만할 수가 없어요. 그걸 기만한다는 것은 나 자신에게 라쿠고를 그만두라고 하는 것이나 다름없으니까."

나는 엔시 씨가 중학생 때 스승의 〈백 년째〉를 듣고 눈물을 흘렸다는 이야기를 떠올렸다. 물론 그것은 무대에 감동한 것이기도 했겠지만, 동시에 그 안에서 자신의 인생을 보고 전율한 것이 아니었을까. 그에 반해 전날 밤내 뺨을 적신 눈물은, 여러 감정이 복합적으로 작용한 결과이긴 했겠지만, 곰곰이 생각해보면 내 미래의 모습이 보이지 않는 데서 온 초조와 불안이었던 것 같다. 둘 사이에는 안개 속에서 꽃을 찾고 있는 것과 손안에 열매를 쥐고 있는 것만큼의 차이가 있다. 그리고 나는 대학생이다. 내심 창피한 생각이 들었다.

얼마간은 완만한 길이 계속되었다. 길을 벗어난 곳에서 장비를 든 두어 명의 무리가 식물 사진을 찍고 있었다. 사진작가일까. 아니면 대학 동아리 학생들일지도 모른다.

"〈백인 삭발〉이라는 제목은 별로 안 쓰지 않나요?"

내가 물었다.

"스승님이 그 제목을 써서 나도 따르고 있습니다. 〈오오야마 참배〉가 일반적이긴 하지요."

"엔시 씨의 〈백인 삭발〉은 어제 처음 들었어요."

"그럴 겁니다. 거의 십 년 만이니까."

"장소가 산이라서 선택하신 건가요?"

"내가 선택한 건 아니고, 이시카와 씨라고 공연을 기획해준 분인데 그분이 전부 정해줬습니다. 국어 선생인데, 〈가가의 치요〉는 본인이 좋아하는 이야기라 넣었고, 마지막 〈다섯 손님〉은 인물들의 개성을 차별적으로 연기한다는 의미에서 골랐다고 하더군요."

"역시 원래 취지대로 연극 연구회 사람들을 위한 공연이었던 거네요?"

"그렇습니다. 실은 어제 오후에는 '라쿠고 연기'라는 주제로 강연도 했답니다."

"아, 듣고 싶어요."

엔시 씨는 고개를 가로저었다.

"아니요, 아닙니다. 강연이라고 하니까 뭐 대단하게 들립니다만, 지극히 기본적인 것을 실례를 들어 들려준 게 전부라서 당신이 굳이 들을 필요는 없는 내용입니다."

내가 상당히 정통한 사람처럼 느껴졌다.

"그날 보니까 일반인들도 꽤 왔더라고요."

엔시 씨는 정확히 봤습니다, 하는 얼굴로 대답했다.

"무대 자체에는 목적을 두고 싶지 않았습니다. 어디까지나 온천에서의 독연회니까요. 오고 싶은 사람은 오십시오, 이런 마음이었지요. 여관에서 술을 마시고 싶은 분도 있을 테고, 그냥 푹 자고 싶은 사람도 있을 겁니다. 그것도 물론 즐거운 시간을 보내는 방법입니다."

그러고서 덧붙였다.

"비꼬는 말이 아니라 진심으로 그렇게 생각합니다."

내가 고개를 끄덕이자 엔시 씨는 이야기를 계속했다.

"대신에 오고 싶은 사람은 누구라도 올 수 있게 하고 싶었어요. 덕분에 이시카와 씨가 이리저리 뛰어다니느라 고생했지만⋯⋯."

나는 온천 곳곳에 붙은, 손으로 직접 써서 만든 어설픈 포스터를 떠올렸다. 그런 만큼 따뜻한 느낌이 전해지는 포스터였다.

"그래도 아마 즐겁게 하셨을 거예요."

"맞아요, 좋아서 하지 않으면 할 수 없는 일이지요."

"그리고 두 번째가 〈백인 삭발〉이었죠?"

"그렇습니다, 아무래도 산이 나오는 이야기니까요. 이건 짤막해서 끼워 넣기도 좋고, 아무튼 친절한 주문이긴 합니다만⋯⋯."

비탈이 조금 가팔라졌다.

"어쨌거나 내가 평소에 하지 않는 이야기입니다. 그런데 전에 들은 적이 있다고 하더군요."

"언제요?"

나는 엔시 씨가 〈백인 삭발〉은 거의 십 년 만이라고 한 말을 떠올렸다. 그렇다면 그만큼 오래된 팬이라는 얘기가 될 것이다.

"학창 시절이겠지요, 그때는 도쿄에 있었으니까. 지금은 이쪽 고등학교에서 아이들을 가르치고 있습니다. 그때부터 팬레터라고 할까요, 내 무대에 대해 이렇다 저렇다 의견을 적은 편지를 보내왔답니다."

엔시 씨에게는 고정 팬이 있기 때문에 놀라운 이야기는 아니었다.

"그러면서 이참에 이야기에 바람이나 쐬어주자고 말하는 겁니다. 그래서 하긴 했습니다만……."

"좋았어요. 항상 〈오오야마 참배〉를 들으면 불편한 느낌이 있었는데, 이번은 오히려 마음이 찡했어요."

엔시 씨는 두어 번 눈을 깜빡거렸다. 그리고 뭔가를 생각하는 것 같더니 곧 말문을 열었다.

"그렇게 말해주니 기쁩니다만, 방법이 틀린 것 같다는

생각이 들어요. 그래서 그동안 하지 않고 묻어뒀는데……."

엔시 씨는 내 눈을 보고 현재 라쿠고계의 권위자인 한 사람의 이름을 들었다.

"○○○의 〈오오야마 참배〉를 들어본 적이 있나요?"

"아니요."

나는 약간 우물쭈물하면서 대답했다.

"아마 불편한 느낌 없이 들을 수 있을 겁니다. 구마를 실감나게 묘사하고 있는데도 전혀 불쾌하지가 않아요. 내 이야기에는 여자의 생명인 머리카락을 그런 불합리한 일로 잘라버린 부인들에 대한 고민이 담겨 있어요. 그러지 않으면 나는 그 이야기를 할 수가 없습니다. 하지만 〈백인 삭발〉이라는 이야기 자체는 결코 그런 것을 요구하고 있지 않습니다. 불합리는 불합리한 대로 밝게 그려서, 관객이 불필요한 생각을 하지 않고 마지막까지 들을 수 있게 이야기를 끌고 가는 것이 진짜라고 생각합니다."

당사자가 직접 그렇게 평가했지만, 그래도 나는 엔시 씨의 〈백인 삭발〉은 그것대로 가치가 있다고 생각한다. 내가 여자이기 때문일까.

경사가 심해질수록 대화는 점점 줄어들었다. 세 사람은 그저 묵묵히 산길을 걸었다. 엔시 씨가 한 발 한 발 정성스럽게 걸음을 옮긴 것은 나에 대한 배려였을 것이다. 쇼코도 어쩔 수 없이 걸음을 늦추는 것 같았다. ……어쩌면 진짜로 지쳤던 것일지도.

위로 오두막이 보였다.

14

"와아!"

나는 주변 시선을 의식하지 않고 감탄의 소리를 질렀다.

산속 오두막 옆을 빠져나가자 눈 아래로 웅대한 풍경이 펼쳐졌다. 무서울 정도로 가파른 내리막이 끝난 곳에서 길은 구불구불 굽이치며 완만하게 휘돌아갔다. 그리고 그 끝에 녹색의 오색못이 보였다.

걸어서 여기까지 왔다는 생각이 더 큰 감동을 주었을 것이다.

알고 와서 봐도 이 정도인데, 우연히 고개를 넘다가 이런 장관과 마주하면 어떨까. 그 감동은 필설로 다 할 수 없을 것이다.

그런 의미에서는 폭포만 한 것이 없다고 생각한다. 낮

에 어두운 산길을 걷는데, 힘찬 물줄기 소리가 들린다. 그것이 서곡이다. 크기나 모양을 전혀 모른 채 덤불을 헤치고 쓰러진 잡목을 넘어가자, 소리는 귀가 먹먹해질 정도로 점점 커지고, 팽팽해진 긴장감 속에 자기도 모르게 목구멍에서 아, 소리가 나오려던 찰나, 홀연 시야가 트이고 나치노타키 폭포와카야마 현 나치 강에 있는 일본 제일의 폭포와 같은 용이 낙하하는 듯한 폭포가 나타난다.

나는 이마의 머리카락을 쓸어 올리면서 잠시 현실의 풍경에 상상의 폭포수를 포개보았다.

"내려가자."

쇼코가 말했다. 나는 손을 내리다가 바지 뒷주머니에 일회용 카메라가 들어 있는 것을 떠올렸다.

"잠깐만."

쇼코와 엔시 씨 둘이서 한 장, 나와 엔시 씨 둘이서 한 장을 찍었다. 그러고도 열다섯 장이나 남았다.

하산길에는 경치를 감상할 여유가 없었다. 돌이 데굴데굴 구르는 가파른 내리막을 오로지 발밑만 보고 걸었다. 내리막이 끝나자 다음은 콧노래가 절로 흥얼거려지는 평지였다. 분화구를 왼쪽에 끼고 걸으니 휴게소가 점점 크게 보이기 시작했다.

"점심은요?"

쇼코가 엔시 씨에게 물었다.

"아까 바위 위에서 먹었습니다."

엔시 씨는 〈신기한 주머니〉주머니에서 과자가 계속 나온다는 내용의 일본동요인 양 호주머니를 두드렸다. 접은 흰 비닐이 삐죽 나와 있었다. 우리처럼 숙소에서 만들어준 주먹밥을 챙겨 온 모양이었다.

"나는 여기서 이만 가보겠습니다."

"아, 네."

"버스도 많지 않은 것 같고."

휴게소 앞에 이르자 사람들이 꽤 많았다.

"그럼."

엔시 씨가 인사했다.

"저기, 이거 먹던 거긴 한데……."

쇼코가 이가모치 상자가 든 봉지를 내밀었다. 초면에 대담하다.

"단것이군요."

잠깐 들여다보고 엔시 씨가 빙긋 웃었다.

"안 좋아하세요?"

"그럴 리가요. 고맙습니다. 돌아가는 차 안에서 먹겠습니다."

엔시 씨와 헤어진 뒤 분화구를 보러 가는 사람들과 엇갈리듯 넓은 주차장으로 들어갔다. 운해가 걷힌 풍경은 전날과는 완전히 다른 것이었다. 초록에서 파랑 그리고 옥빛으로 켜켜이 멀어지는 산맥이 선명하게 보였다. 전날 찍은 사진과 비교하면 재미있을 것 같아서 나는 카메라를 꺼내 몇 장을 찍었다. 파인더로 몇 대의 흰 차가 보였지만 나로서는 당연히 구별이 가지 않았다.

천천히 찾아볼까, 하는데 줄줄이 세워진 차 사이에서 에미가 느긋한 얼굴을 하고 이쪽으로 다가왔다.

"미안. 마중 가려고 했는데 기다리다가 깜빡 잠들어버렸어."

바람이 시원해서 창문을 열어두면 차 안이라도 기분이 좋을 것이다. 게슴츠레한 눈이 아직 졸려 보였다.

"마실 거 사놨어. 좀 미지근해졌겠다."

우리는 분화구와 산줄기가 보이는 곳으로 가서 자리를 잡았다.

그런 곳에 앉아 있자니 엔시 씨가 바위 위에서 점심을 먹었을 때의 기분을 알 것 같았다.

산속에 비하면 바닥에 달라붙은 담갈색 풀이 군데군데

보일 뿐으로 초록의 윤택함은 부족했지만, 전망은 장대했다. 전망 좋은 곳에서 가을바람 같은 투명한 바람을 맞으며 주먹밥을 먹으니, 과장이 아니라 정말이지 열 배는 맛있었다.

우리가 엔시 씨를 만난 이야기를 하자 에미는 조금도 놀라지 않고 "나는 주차장에서 유키짱 만났는데" 하고 말했다.

"유키짱이라면 그 유키짱?"

"응, 차 안에 있는데 엄마하고 지나가더라고. 창문에서 손을 흔들었더니 방긋 웃더라."

여관에서 나와 차를 타고 분화구를 보러 온 모양이었다. 야마가타 방면에서 왔을 때는 흔한 코스이기 때문에 만나도 이상할 것은 없었다.

"재회의 여행이로군."

쇼코가 말하면서 분화구로 시선을 던졌다. 오색못이 에메랄드그린 색을 유지하고 있었다. 구름이 흐르고 빛이 바뀌면 이름 그대로 오채의 향연을 보여줄 것이다.

"찍어야지."

내가 일어서며 말하자 에미가 초 치는 소리를 했다.

"사진으로는 물웅덩이로밖에 안 보일걸."

실제로는 어마어마해도 사진으로 찍으면 원근감이 없어져서 그렇게 보일지도 모른다.

"세면대가 멋지지 않습니까?"

쇼코가 말했다.

"입 다물어."

나는 일회용 카메라를 두 사람에게 들이댔다.

몇 차례 셔터를 누른 시점에서 에미가 사뿐 일어났다.

"왜 그래?"

"아무래도……."

에미는 고개를 갸웃거렸다.

"잠이 덜 깼었나 봐."

"무슨 소리야?"

쇼코도 의아한 듯이 올려다보았다.

에미는 별로 서두르는 기색도 없이 이렇게 말했다.

"열쇠를 꽂아두고 그냥 내렸어."

15

문은 잠갔느냐, 하고 물은 사람은 쇼코였다.

"모르겠어. 아마 안 잠근 것 같아."

"누가 훔쳐가지만 않았으면 그편이 나은데. 산에서 열쇠를 꽂아놓고 잠갔으면 큰일이잖아."

그렇구나, 하고 내가 옆에서 듣고 있는데 에미가 말했다.

"괜찮아, 창문을 열어놨으니까."

그 대답에 쇼코가 난감해했다.

어쨌든 바로 주차장으로 갔다.

"있다."

에미가 멀리서 차를 발견하고 남 일처럼 말했다.

"정말로 열어놨네."

쇼코가 창문을 보고 고개를 내둘렀다. 어쨌거나 다행이었다. 그런데 가까이 갈수록 에미의 낯빛이 바뀌었다.

"왜 그래?"

"이상해."

에미는 차창 틀에 손을 얹고 안을 들여다보았다.

"뭐가?"

쇼코는 안달을 냈다. 마치 '느릿느릿 씨'와 '빨리빨리 씨'가 나오는 〈장단長短〉라쿠고 작품명 같았다. 그런 나도 마음이 살짝 조급해졌다.

"시트커버."

"어?"

"없잖아."

나는 무심결에 추궁하는 투로 물었다.

"네가 벗긴 거 아니고?"

"내가 왜 벗겨."

"······그럼 누가 훔쳐간 건가?"

"그런가?"

"또 없어진 건 없어?"

쇼코는 차 안에 고개를 들이밀었고, 에미는 차 주변을 한 바퀴 돌았다.

"없어. 액세서리나 잡지 같은 잡동사니는 모아서 조수석 발밑에 던져놨는데 다 그대로 있어."

"훔쳐갈 만큼 좋은 커버였나?"

실례되게도 이렇게 물은 사람은 쇼코였다.

"그냥 평범한 거야. 왜 커버만 가지고 갔을까?"

에미가 말했다.

이상하다고 하면 이런 이상한 이야기도 없었다.

"분화구를 보고 돌아왔더니······."

나는 무의식중에 그렇게 말하고 있었다.

"차 시트가 죄다 대머리가 되어 있었다."

쇼코와 에미는 서로 마주 볼 뿐 말이 없었다. 흰 차가 이상한 상자처럼 생각되었다. 나는 탁 트인 파란 하늘을 올려다보았다. 그대로 빨려 들어갈 것 같은 하늘이었다.

"이런 일이라면……."

그 순간 유달리 큰 엔진 소리가 들려왔다. 소리가 난 쪽을 보자, 대형차 전용 주차 공간에서 버스 한 대가 출발하려는 중이었다.

나는 다짜고짜 그쪽으로 달렸다. 쇼코와 에미가 뒤에서 얼떨떨해하는 것이 느껴졌지만 설명할 겨를은 없었다. 내가 그렇게 즉흥적으로 행동하는 것은 드문 일이었다. 거의 포물선을 그리며 뛰어서 버스 행선지를 확인했다. 시로이시자오였다.

"잠깐만요! 세워주세요!"

검은 입김을 내뿜으면서 천천히 움직이던 고래 같은 차 앞을 나는 가로막고 섰다.

16

"놀랐잖아."

아가씨가 겁도 없네, 하는 버스기사의 커다란 목소리와 엔시 씨를 남기고 버스가 떠나가자, 에미와 쇼코는 다른 사람을 보는 듯한 눈빛으로 나를 쳐다보았다.

"나도 나한테 놀랐어."

앞뒤 생각하지 않고 행동한 것이 조금 후회스러웠다. 엔시 씨는 펼친 떡 상자를 손에 들고 있었다.

"먹던 참이었습니다."

그리고 재미있다는 듯이 싱글벙글 웃었다.

"대체 왜 그런 거야?"

엔시 씨의 천리안적인 안목에 대해 아는 바가 없으니 충분히 의아할 만했다.

"차가 〈백인 삭발〉이에요."

"네?"

나는 짧게 사정을 설명했다.

"장난치고는 품이 많이 드는 장난이군요. 뭔가 사정이 있을 텐데……."

엔시 씨의 얼굴은 점점 심각해졌다.

"일단 가서 봅시다."

내가 앞장서자 에미와 쇼코도 어쩔 수 없이 뒤를 따라왔다.

엔시 씨는 이미 판단이 끝났는지, 차 외관만 멀찍이서 보고 곧 말문을 열었다.

"이 근처에서 안면이 있는 두세 살 정도 되는 아이를 만나지 않았습니까?"

내 친구 두 명은 마술을 본 것처럼 눈이 휘둥그레졌다. 매번 그랬듯 나도 눈을 크게 떴다.

"어때요, 있었습니까?"

"유키짱……."

"있었군요."

"그럼, 그 아이가, 자기네 차 시트커버를……."

입은 열었지만 적당한 말이 떠오르지 않았다. 나는 약간 얼굴을 붉히면서 이야기를 계속했다.

"더럽혀서, 그 아이 엄마가 이 차에서 벗겨내 가지고 갔다?"

"그만한 일로 남의 차에서 시트커버를 훔치는 사람은 없지 않을까요? 만일 그렇다고 해도 전부 벗겨내서 가지고 가지는 않겠지요."

엔시 씨는 사방을 빙 둘러보았다.

"어쨌든 이러고 있을 게 아니라 일단 그 아이부터 찾아봅시다. 아무 일도 없어야 할 텐데……."

그리고서 유키짱의 인상착의를 확인하더니 각자 수색할 구역을 정해주었다. 영문도 모르고 내몰린 기분이었지만, 어쨌건 정해준 대로 나는 주차장 한쪽을 둘러본 뒤, 밖으로 나가 찻길 아래쪽까지 내려가 보았다.

차들이 내 옆을 올라가고 내려갔다. 한번은 나를 향해 시끄럽게 경적을 울리는 차도 있었다.

몇 번째인가 휘어진 길을 돌다가 잠깐 멈춰 섰을 때, 산 위에서 어렴풋이 방송이 들려왔다. "세 살쯤 된 유키라는 여자아이를 보호하고 있습니다. 보호자는 지금 바로 휴게소로 와주십시오."

휴게소와 그 뒤쪽은 쇼코 담당이었다. 쇼코가 찾은 것일까.

나는 안도감에 힘이 빠졌다.

17

휴게소에 들어가자 매점 앞 긴 의자에 유키짱이 있었다. 쇼코의 무릎 위에 오도카니 앉아 있는 모습이 정말로 나무로 만든 고케시처럼 보였다. 한쪽 옆에 에미가 앉아 있었고, 엔시 씨는 의자 곁에 서 있었다.

"위층 베란다에 있었어."

나를 보고 쇼코가 마치 화난 듯이 말했다.

곁에서 에미가 엔시 씨에게 물었다.

"어떻게 된 걸까요?"

엔시 씨의 시선이 미묘하게 쇼코 쪽으로 향했다.

"양자택일을 할 때 처음부터 대상이 하나밖에 없다고 믿고 있으면 다른 것을 선택했다는 사실조차 깨닫지 못하지요."

'마사코'라고 믿고 있으면 '쇼코'라고는 생각하지 못한다. '시라이시'라는 음독에 익숙해지면 '시로이시'라고는 읽을 수 없다. 말로 표현하지는 않았지만, 그 순간 엔시 씨의 머릿속에 그런 단어들이 스쳤을 것이다.

"……시트커버를 벗기면 남는 것은 그저 시트예요. 즉 차는 개성을 잃습니다."

엔시 씨는 조용히 말을 이어갔다.

"일단은 같은 차종, 같은 급의 다른 사람 차에서 시트커버를 벗깁니다. 다시 자기 차로 돌아가서 기다리고 있던 동승자가 보는 앞에서 자기 차 시트커버를 벗겨냅니다. 그런 다음 같이 차에서 내려 다른 곳에서 잠깐 시간을 보낸 뒤, 이번에는 그 시트커버를 벗긴 다른 사람 차로 갑니다. 시트커버를 벗긴 똑같은 차가 또 한 대 있다고는 의심도 해보지 않았을 테니 차가 바뀐 것도 쉽게 알아채지 못하겠지요."

남의 차를 자기 차로 착각하게 하려고 양쪽 차에서 모두 시트커버를 벗겨냈단 말인가.

"하지만 그런 어린애……."

어린애 같은 속임수, 라고 하려다가 말을 삼켰다.

"이런 곳에서 그런 물건을 훔칠 납득할 만한 이유를 찾기는 어렵습니다. 반면에 차의 특징을 없애려고 그렇게 했다고 생각하면 어느 정도 설명이 됩니다. 그렇다면 속이려는 대상이 성인은 아니겠지요. 사리분별력이 있으니까 속이기가 쉽지 않아요. 반대로 두 살도 안 된 젖먹이면 그런 공작 자체가 필요하지 않겠지요."

그래서 두세 살 아이였던 것이다.

"시트커버를 벗기는 것만으로 차 분위기는 확 달라집니다. 주차한 위치도 주차장이 넓고 처음 와본 곳이면 어른도 가끔 못 찾아서 헤맬 때가 있습니다. 하물며 부모 손에 이끌려 온 아이라면 엉뚱한 곳으로 데려가도 의문을 품을 리가 없어요. 차에 태우고 문을 잠근 뒤 잠깐 다녀올 테니 기다리고 있으라고 하면, 누군가 올 때까지 얌전히 있으리라고 생각했을 겁니다."

"하지만 유키짱은 밖에 나왔어요."

"그래요, 뭔가 이상하다고 본능적으로 느꼈겠지요. 잠금장치를 푸는 것은 차에 익숙한 아이라면 충분히 할 수 있는 행동입니다. 문을 여는 데는 힘이 필요하지만, 요령을 알고 있는 아이가 작정하고 열면 못 열 것은 없어요. 실제로 그러다 떨어져서 사고가 일어나는 일도 있고요. 어쨌건 아이는 밖에 나왔습니다. 문은, 차 사이를 지나가는 사람이 있었다면 밀어서 닫았을 수도 있겠지요. 아이는 더욱 혼란스러워졌을 겁니다."

"오지 않겠네요, 엄마."

매점 언니가 몸을 내밀고 가라앉은 목소리로 말했다. 유키짱의 배를 감싼 쇼코의 손에 꾹 힘이 들어갔다.

……버려진 아이.

엔시 씨는 시선을 떨궜지만, 긴장된 침묵보다는 이야기하는 편을 택한 듯했다.

"우연히 같은 차종의 차가 잠겨 있지 않은 것을 보고 그런 마음을 먹었을까. 그건 아니라고 봅니다. 충동적으로 했다고 보기에는 품이 많이 드는 일이에요. 그렇다면 대상을 골랐던 것일까. 아이를 안전한 공간에 넣어두고 그 상대가 발견해주기를 바랐다, 이렇게 생각하면 그렇게 품을 들인 것도 수긍이 갑니다. 그래서 여러분이 그 아이와 안면이 있지 않을까 생각했던 겁니다."

나는 머뭇머뭇 말했다.

"여관 로비에서 이야기를 했어요. 오늘 아침에도 식사할 때 잠깐 인사를 나눴고요. 우리는 엄마를 못 봤지만, 그쪽은 몰래 지켜보고 있었을지도 모르겠네요."

젊은 여자 세 명이다. 눈에 띈다면 띌 수 있는 조합이다.

거기서 나는 문득 떠올렸다.

"맞아, 여관을 나올 때……."

에미가 눈썹을 추켜세웠다.

"나올 때 뭐?"

"건물 뒤쪽에서 온 사람이 우리를 이상하게 쳐다봤잖아."

"응."

"뒤쪽 주차장, 거기서 같은 차를 봤던 거야. 그래서 순간 멈칫했던 거지."

그런 것이 틀림없다고 생각했다.

그리고 두 대의 차는 이곳에서 다시 만났다. 에미는 친구 집에 들렀다 왔기 때문에 여관에서부터 쫓아왔을 리는 없다. 알토의 목소리를 가진 엄마는 우리보다 늦게 여관을 나와 일반적인 관광 코스대로 에코라인을 지나 분화구에 도착했을 것이다. 그리고 에미의 차를 발견했다. 인연이라고 생각했을지도 모른다. 하지만 무엇을 기대하고 우리 같은 어린 아가씨들에게 아이를 맡겼을까.

"무슨 힘든 일이 있었길래 그런 결심을 했을까요? 오히려 엄마가 걱정돼요."

주변에는 위험한 절벽이 몇 군데나 있었다. 부디 극단적인 선택은 하지 않았기를 바랄 뿐이었다.

"주차장에 도착했을 때……."

나는 일회용 카메라를 주머니에서 꺼냈다.

"사진을 몇 장 찍었어요. 흰 차도 몇 대 찍혔는데, 확률로 따지면 어렵겠지만 혹시라도 운이 좋으면 유키짱 엄마 차가 찍혔을지도 몰라요. 차 번호만 알면……."

여관 숙박부에도 실제 주소를 적지 않았을 것이다. 그러나 차 번호를 알면 신원을 알 수 있다. 엄마가 무사하게 있어만 준다면 찾을 수 있지 않을까.

하지만 쇼코는 입술을 깨물며 말했다.

"운이 좋으면? 그런 소리 하지 마. 이런 짓을 한 사람이야. 안다고 달라지는 건 없어."

그 순간 아무것도 모를 유키짱이 갑자기 손을 쳐들고
버둥거렸다. 슬픈 춤을 추듯이 허공을 휘젓던 손이 쇼코의
왼쪽 뺨을 스치듯 지나갔다. 아이의 손톱은 얇다. 쇼코의
뺨에 짧고 빨간 줄이 가고 이내 선명하게 피가 배어났다.

"……쇼코."

하지만 쇼코는 아무런 표정 변화도 없이 오른손으로
부드럽게 몇 번이나 유키짱의 머리를 쓰다듬었다. 그리
고 놀란 듯이 몸부림치는 유키짱의 귀에 주문처럼 되뇌
었다.

"……미안해, 미안해, 미안해."

유키짱의 움직임은 서서히 잦아들었다. 에미가 말없이
쇼코의 뺨에 손수건을 가져갔다.

유키짱은 먼 곳을 향해 한 마디 아련하게 외쳤다. 엄마,
라고. 이윽고 쇼코의 손의 움직임에 따라 가슴에 그려진
분홍 물고기가 위아래로 규칙적으로 움직이고 곧 고개가
꺾였다. 잠이 든 것이었다.

쇼코는 운명을 대신하여 사과한 것임에 틀림없었다.
아이는 차 안에 갇힌 것이 아니었다. 하나의 운명 안에
갇힌 것이었다.

문득 시선을 들자, 이러고 있는 사이에도 매점에서는 우유가 팔리고 콜라가 팔리고 있었다. 그림엽서를 바라보는 노부인이 보였다. 2층 식당으로 연결된 계단을 사람들이 올라가고 내려왔다. 아무 일도 없었던 것처럼 일상의 시간이 흘러가고 있었다. 그리고 아이는 경찰에 보호되면 몇 시간 후에는 우리와 헤어지게 될 터였다.

에미가 손수건을 떼어보았다. 쇼코의 뺨에 밴 피는 다행히 굳은 것 같았다.

나는 엔시 씨를 보았다. 엔시 씨는 더없이 소중한 것을 가늠하는 듯한 눈으로 자는 아이를 보고 있었다. 그리고 조용히 말했다.

"운이 좋으면…… 나는 그렇게 말해줘도 좋다고 생각합니다. 운이 좋으면 엄마와 다시 만날 수도 있겠지요. 아이 앞에는 이제부터 놀라운 일, 배울 것, 부를 노래, 걸을 길, 마실 물, 마실 공기, 많은 것들이 기다리고 있습니다. 아이 엄마는 그걸 결코 빼앗지 않았어요. 그것만으로도 나는 이 아이의 운을 믿어도 좋을 것 같다는 생각이 듭니다."

쇼코는 얼굴을 들고 천천히 고개를 끄덕였다.

그 순간 내 눈에는 쇼코와 무릎 위에 잠든 아이의 모습이 마치 성모자상처럼 보였다.

빨간 모자

01

그 이상야릇한 이야기를 들은 것은 10월의 어느 금요일 저녁 무렵이었다.

02

무엇이 원인이었는지 모르겠다. 그날 오후 학생 식당에서 카레라이스를 먹는데 문득 왼쪽 아랫니가 들뜬 것 같은 기분이 들었다. 이거 예감이 안 좋은데, 하고 생각했다. 한 달쯤 전부터 그 주변이 물을 마시면 자꾸 욱신거렸다. 당연히 병원에는 가지 않았다. 도저히 참지 못할 지경이 되기 전까지는 좀처럼 결단을 내리지 못하는 위인인 것이다.

혀끝으로 만져본 뒤 남의 시선을 의식해가면서 젓가락으로 찔러보았다.

기우뚱 흔들렸다.

씌운 것이 떨어지기 직전이었다. 어쩔 수 없었다. 그냥 두면 카레와 함께 삼킬 판이었다. 젓가락에 힘을 주자 맥없이 빠졌다. 혀로 굴려 앞으로 내보낸 뒤 잽싸게 그 은색의 물체를 티슈에 쌌다.

반대쪽 이로 그럭저럭 씹어서 남은 카레는 다 먹었지만 뭔가 허전했다.

크림색 플라스틱 컵에 물을 떠서 한 모금 머금자 못 견디게 욱신거렸다.

문학부 학생 식당 앞 너른 뜰로 학생들이 오가는 것이 보였다. 다음 수업이 시작되려나 보았다. 안뜰 건너편이 입학식이나 졸업식 같은 행사를 하는 대강당이다. 그곳에서 체육 수업도 많이 하므로 지나다니는 학생들은 문학부 학생만은 아닐 것이다.

천장까지 이어지는 커다란 유리창을 통해 오른쪽으로 왼쪽으로 이동하는 학생들의 움직임을 멍하니 바라보았다. 하지만 온 신경은 이에 가 있었다. 혀로 건드리자 더욱 욱신거렸다. 건드리지 않으면 될 것을 자꾸만 건드리게 되는 것이 나로서도 참 이상했다. 비예르 드 릴라당의 『잔혹한 이야기』 중 포틀랜드 공작 리처드가 머릿속에 떠올랐다. 무서운 전염병이 휩쓴 이 세계에서 최후의 환자를 만나 무의식중에 손을 대고 마는 미모의 청년이다.

이대로 두면 나도 『잔혹한 이야기』가 될 것 같았다.

자리에서 일어나 집에 전화를 걸었다. 어머니의 느긋한 목소리에 대고 치과 예약을 부탁했다.

"언제로?"

"오늘 저녁. 지금 바로 집에 갈게."

"오늘? 바로 예약이 되려나?"

이삼 년 전 집 근처에 생긴 치과가 내가 다니는 곳이었다. 친절하고 실력이 좋다고 소문이 나서 늘 사람이 많았다. 초진은 이 주는 기다려야 진료가 가능하다고 한다. 그래도 위급할 경우에는 예외도 있어서 일단 두드려보기로 했다.

"보통은 안 되겠지만, 너무 아파서 도쿄에서부터 날아간다고 말해봐. 그럼 해줄지도 몰라."

"그런데 아픈 목소리가 아닌 것 같은데?"

"정말, 자식이 아프다는데. 엄마라면 목소리만 들어도

아픈지 안 아픈지 알아야 하는 거 아니야?"

"그런가?"

"내가 수화기에 대고 아프다고 징징거려야겠어?"

전화를 끊은 뒤 검은 숄더백을 어깨에 걸쳐 메고 밖으로 나왔다. 본래는 나도 체육 수업이 있는 날이었다. 다음 시간이 체육이었지만 5월에 이미 포기해버렸다.

우리 학교는 다양한 체육 수업 중에서 2학점을 이수하게 되어 있었다. 나는 1학년 때 배드민턴을 했다.

이것이 상상 이상으로 움직임이 격렬해서 게임이 끝나면 녹초가 된다. 그러나 기술이 필요하다는 점에서 은근히 재미있었다. 셔틀콕을 요리조리 보내서 나보다 운동신경이 좋아 보이는 상대를 농락하며 쾌감을 느낀다. 단식으로 하면 대개 이겼다. 이리저리 휘둘리다가 코트 맨 뒤로 내몰리면 완력이 부족한 나로서는 상대 코트 뒤쪽까지 셔틀콕을 보낼 수가 없다. 도달하는 범위가 앞쪽 반 정도이기 때문에 이길 가망이 없는 것이다. 그런 약점을 간파당하기 전에 승부를 내버려야 한다.

복식이면 앞쪽에 선다. 첫 서브에서 셔틀콕을 아슬아슬하게 넘겨 보내고, 쳐서 되돌아오는 것을 있는 힘껏 스매시로 사이드에 내리꽂는다. 상대는 한 번 쳤을 뿐인데

점수를 내주게 된다. 상대편도 초보이기 때문에 패턴을 알아도 한동안은 대응할 수 없다. 두세 번 계속하면 노골적으로 불쾌함을 드러낸다. 그즈음부터 스매시를 헤어핀 샷으로 바꿔서 네트 바로 앞에 떨어뜨리거나 서브를 길게 넣거나 하면 상대의 기분은 완전히 나빠진다. 왠지 나쁜 짓을 하고 있는 것 같아서 미안해지기는 하지만 승부이기 때문에 어쩔 수 없다.

언니가 배구 주전 선수가 되는 것을 옆에서 보면서 나는 운동과는 인연이 없다고 머리로 포기하고 있었다. 하지만 배드민턴만은 체질에 맞았다. 보조 강사가 바닥에 떨어진 셔틀콕을 손으로 줍지 않고 라켓으로 건져 올리는 것이 멋있어서 집 복도에서 몇 시간이나 연습해 터득하기도 했다.

그래서 올해도, 마찬가지로 라켓을 사용하니까 비슷하겠지 하는 단순한 발상으로 테니스를 신청했다. 경쟁률도 치열했다. 믿기 어렵겠지만, 그 달그락달그락 돌아가는 물레방아처럼 생긴 추첨기로 수강자를 추렸다. 나도 행운아 중 한 사람이었는데, 이공학부 근처에 있는 코트에 가서 태어나 처음으로 테니스 라켓을 휘둘렀을 때, 어라? 하고 생각했다.

공이 라켓에 닿은 순간 묵직함이 밀려왔다. 되받아치고 못 치고의 문제가 아니었다. 공에 떠밀리지 않는 것이 최선이었다. 동그란 개구쟁이는 내 말 따위는 듣지 않았다. 엉뚱한 방향으로 퐁, 퐁, 하고 날아가 버렸다.

초등학교 미술 시간에 북엔드를 만든다고 소형 전동 실톱 한 대를 돌아가며 사용한 적이 있었다. 아이들은 판자를 눌러 잡고 밑그림을 따라 손을 움직였다. 나무 조각이 옆으로 툭툭 떨어지고 톱밥이 날렸다. 누구나 어렵지 않게 할 수 있는 일 같았다.

내 차례가 와서 연필로 그린 토끼 귀에 실톱을 대고 스위치를 켰다. 그 순간 판자는 진동으로 덜덜 떨리기 시작했다. 필사적으로 힘을 줘도 떨림이 멈추지 않았다. 간신히 눌러 잡고 판자를 밀어 넣었지만 뜻한 그림대로 될 리가 없었다. 다른 아이들에게는 수월한 일이 내 팔심으로는 통제 불능이었던 것이다. 아이들의 시선이 내게 집중된 것 같아서 얼굴이 뜨거워졌다.

북엔드는 방과 후에 선생님의 도움을 받아 그럭저럭 형태는 갖췄지만, 그날의 무력감과 굴욕감은 잊을 수가 없다.

그때의 기억이 되살아나서 암담해졌다. 그 시점에서

이미 마음은 패자였다. 그래도 하다 보면 나아지겠지 하고 몇 번은 수업에 나갔다. 하지만 전혀 나아질 기미가 보이지 않았다. 상대방 코트로 좀처럼 공이 넘어가지 않았다.

이리하여 몇 번째인가의 테니스 시간에는, 나는 간다의 고서점가를 걷고 있었다. 그 이후로 금요일 오후는 비어 있게 되었다.

지하철을 타고 자리에 앉아 나카무라 신이치로의『독서하기 좋은 날』을 펼쳤다. 올 초에 하루에 한 권 책을 읽자는 계획을 세웠다. 스프링 노트 한 장을 찢어 책상 옆에 붙여놓고 읽은 책 목록을 적고 있다. 다만『안나 카레니나』(2월에 일주일에 걸쳐 읽었다) 같은 책도 한 권으로 치므로 목표를 달성하기는 쉽지 않다. 집에서 학교까지는 한 시간 반 정도 걸린다.『굿바이 미스터 칩스』같은 책은 왕복 여섯 번은 읽을 수 있다. 그래서 속도가 안 붙기 시작하면 은근슬쩍 얇은 책을 모아서 한꺼번에 해치우게 된다.

그런데『안나 카레니나』의 충실감은 말로 다 할 수가 없다. 고전 중에서도『안나 카레니나』나『사촌 베트』같은, 분량과 더불어 스케일이 큰 작품을 읽으면 주옥같은 단편들을 모아놓은 작품집을 접했을 때와는 또 다른 의미에서 소설 속의 소설이라는 말이 자연스럽게 떠오른다. 그리고 살아 있어서 다행이라고 마음 깊이 생각한다.

모르겠는 것은, 이를테면 헨리 제임스. 다른 곳에서는 구하기 어렵다고 해서 산 낡은 전집판으로 『로더릭 허드슨』을 역시 올겨울에 읽었다. 솔직히 이 작품에는 학을 뗐다. 깨알 같은 3단 조판을 거의 오기로 끝까지 읽고 좋은 눈에 가성근시까지 왔다. 그만큼 평가가 높은 작가다. 내가 이해를 못 한 것이리라. 실제로 대학생이 되어 다시 읽고 전율을 느꼈던 릴라당의 『베라』도 고교생 때는 아무 감흥도 느끼지 못했다.

어쨌든 그런 이유로 밤에 잘 때는 반드시 머리맡 스탠드를 켜고 오른쪽으로 돌아누워 책을 펼치는 것이 나의 취침 의식(1학년 심리학 수업에서 나온 말로, 어딘지 비밀스러워서 마음에 든다)이 되었다.

그렇게 하고 누워서 책을 읽다 보면 머리가 점점 몽롱해진다. 그러면 스탠드 스위치를 찾으면서 쪽수를 확인한다. 나는 책갈피를 쓰지 않는다. 몇 쪽인지 지그시 노려보면 중간에 자든 놀든 다음에 그 책을 집었을 때 읽던 곳을 금방 펼칠 수 있다.

쪽수를 확인하고 나면 바로 불을 끈다. 이런 까닭에, 설사 한 권을 달성하지 못하더라도 책 자체를 펼치지 않는 날은 없다. 나는 어둠 속에서 내 안에 존재하는 불특정 신을 향해 이렇게 중얼거린다.

……신이시여, 저는 오늘도 책을 읽었습니다.

그러고서 눈을 감는다.

o3

나는 『독서하기 좋은 날』을 꽃밭을 거닐듯이 읽었다. 순서를 따라가지 않고 이쪽을 보다가 저쪽을 보다가 했다. 이를테면 릴라당의 풀 네임이 '장 마리 마티아스 필립 오귀스트 드 비예르 드 릴라당'이라는 대목에서 빙긋 웃거나, 『주신구라란 무엇인가』를 신랄하게 비판한 신문 비평글을 읽으면서 느꼈던 불편한 마음이 '문예 평론이라면 그 내용의 옳고 그름에 대해서는 걸고넘어지지 말아야 한다'라는 문장에서 체증이 내려가듯 후련해지거나 했다.

하지만 지하철을 갈아타고 바로, 레오폴드 쇼보의 『늙은 악어 이야기』에 대해 언급한 부분에 와서 나는 책을 덮어버렸다. 어느새 배가 무지근해졌던 것이다. 그리고 눈을 감았더니 금세 잠이 들어버렸다.

필요에 의해 머릿속 어딘가는 깨어 있는 모양인지, 늘 내리는 종착역에서 정확히 눈이 떠졌다.

사철로 갈아탄 뒤 자리에 앉아서 이번에는 처음부터 눈을 감았다. 또 잠이 들었지만 일어났을 때는 더욱 나른해져 있었다.

역 계단을 오르내리는 것이 억겁으로 느껴졌다. 강둑길을 천천히 걷는데 내 앞을 고추잠자리가 휙 가로지르고 날아갔다.

"다섯 시 반에 오라더라."

집에 도착하자 어머니가 말했다.

"네."

"고맙습니다, 해야지?"

"고맙습니다."

아직 시간이 꽤 남아 있었다.

차를 한 잔 마시고 2층에 올라가 이불을 깔았다. 타탄 체크 스커트를 벗어서 개놓고 아래만 파자마로 갈아입었다. 상의는 그대로 블라우스에 조끼. 누가 보면 민망한 그런 차림으로 멍하니 드러누워 있었다. 미열이 있는 것 같았다. 설상가상. 안 좋은 일은 몰아서 오는 법이다.

깜빡 잠이 들었다가 눈을 뜨니 네 시가 넘어 있었다. 창밖을 보자 일몰이 빨라진 것을 실감할 수 있었다. 하늘은 이제 파랗지 않았다. 엷은 남빛에 흰색을 섞어놓은 것 같았다.

일어나서 다시 스커트로 갈아입고 위에 카디건을 걸쳤다.

내려가서 이를 닦은 뒤 어머니에게 말하고 집을 나섰다.

치과는 주민센터 뒤에 있었다. 큰길에서 떨어져 있어 조용했다. 걸어가는데 마침 빨간 자동차가 주차장으로 들어가고 있었다. 쾅 문이 닫히고 차에서 내린 중년의 여자가 흘끗 나를 보았다. 그러더니 약간 빠른 걸음으로 출입구로 향했다. 먼저 진료권을 내려고 서두르는 것이리라.

접수대에서 보험증과 진료권을 내고 대기실을 둘러보자, 빈자리는 그 중년 여자 옆자리밖에 없었다. 파마한 지 얼마 안 된 듯한 머리에 또렷한 눈썹, 굳이 따지자면 미인에 속할 것이다. 눈도 크고 코도 크고 입도 큰 화려한 얼굴이었다.

나는 그 여자 옆에 앉았다.

예약 시간보다 늦어질 것은 예상하고 있었다. 그러나

무리하게 잡은 예약이라 왠지 일찍 와 있어야 할 것 같았다. 그때가 다섯 시가 조금 넘은 시간이었으니 꽤 기다려야 했다.

나는 치과나 미용실에는 거의 책을 들고 가지 않는다. 대개는 비치되어 있는 잡지를 본다. 거기서 〈검은 눈동자〉의 마스트로이안니는 역시 멋있다거나 허리를 졸라매서 몸의 굴곡을 강조하는 유행도 이제 끝날 것이라는 등의 정보를 얻는다.

하지만 이날은 크림색 의자에 등을 기대고 가만히 앉아 있었다. 이따금 혀끝으로 구멍 난 잇몸을 더듬을 뿐이었다.

웬일로 어린이 손님이 없어서 대기실은 호수 밑바닥처럼 조용했다. 호명된 사람이 진료실로 들어가고, 비슷한 비율로 입구에서 사람들이 들어왔다.

가을 해는 두레박 떨어지듯 빨리 저문다. 넓은 창으로 보이는 바깥 풍경에는 이미 어둠이 소리 없이 내려앉아 있었다.

혀의 자극에 유난히 쿡 쑤셔서 내가 얼굴을 찡그렸을 때였다.

"저기……."

옆에서 말을 걸어왔다.

보려고 해서 본 게 아니라 그냥 눈에 들어와서 본 것인데, 그 중년 여자는 처음에는 무릎 위에 여성 주간지를 몇 권 올려놓고 훌훌 넘기며 보고 있었다.

그러다 그것도 곧 흥미가 떨어졌는지 접수대 옆 컬러박스에 주간지를 도로 꽂아놓으러 갔다. 그리고 고교생이 들어오는 것을 보고 얼른 자리로 돌아왔다(고교생은 진료권을 낸 뒤 창가에 서서 영어 단어를 외우기 시작했다. 곧 시험 기간일 것이다).

앉아서 그 사람은 문화센터 안내 책자 같은 것을 꺼내 이 또한 건성으로 넘겨보았다. 이윽고 그마저도 끝나자 따분한 얼굴을 하고 멍하니 앉아 있었다.

그러다 내게 말을 걸었던 것이다.

피할 수 없는 상황에서 모르는 사람이 말을 걸어오는 것만큼 괴로운 일도 없다. 물론 사소한 이야기를 두어 마디 나누는 정도면 나쁘지 않지만, 말하기를 좋아하는 사람이거나 하면 참 당혹스럽다. 어색하게 맞장구를 쳐주는 서비스를 계속해야 하므로 나는 아주 녹초가 된다.

나는 미용실도 미용사가 말을 시키는 곳은 가지 않는 사람이다. 커트를 잘하고 못하고는 내게는 이차적인 문제인 것이다.

하물며 이날은 컨디션도 좋지 않았다.

나는 호랑이 앞의 토끼처럼 쭈뼛거리며 대답했다.

"……네."

"주민센터 쪽에서 왔죠?"

치과에 오는 만큼 립스틱은 바르지 않았지만 어딘지 화려하게 느껴지는 입술이었다. 그 바로 왼쪽에 있는 점이 수다스러운 인상을 주었다. 여고에서 한 반에 한 명은 있을 법한 그런 타입이었다.

"네."

"공원 근처에 살아요?"

주민센터 앞 주택가 사이에 작은 공원이 있다. 그네와 미끄럼틀이 있고, 아이가 앉을 수 있는 크기의 하마와 판다와 기린이 있다.

"바로 근처는 아니고……."

"어쨌든 근처?"

이상하게 공원에 집착했다.

"네, 대충."

어느 정도를 근처라고 하는지 모르겠지만 귀찮아서 그렇게 대답했다. 그러나 그 점 여사가 다음에 한 말은 적

잖이 귀를 솔깃하게 만드는 것이었다.

"그럼 본 적 있어요? ……빨간 모자."

04

"네?"

나는 순간 이가 아픈 것도 잊고 되물었다. 점 여사는 목소리를 죽이고 말했다.

"나는 봤다니까. 진짜 지난주에 나타났어요."

점점 알 수 없는 이야기를 했다. 나는 눈을 감았다가 크게 떴다. 이상한 사람인가, 하는 생각까지 들었다.

"몰라요?"

자신은 알고 상대는 모른다는 데서 오는 무의식의 우월감 같은 것을 느끼게 하는 말투였다. 손바닥 안에서 구슬을 가지고 놀듯 그 상황을 즐기고 있었다. 하지만 궁금한 것은 어쩔 수 없었다.

"그럼 소문이 아직 안 났나? 눈에 띌 만한데……."

"네?"

"그 공원 옆에 모리나가 씨 댁이라고 집이 있어요."

"아, 네."

"아나 보네? 유미코라고, 그 집 딸이 나하고 중고교 동 창이잖아요. 심지어 세 번이나 같은 반을 했어요."

그 집 유미코 씨라면 나도 잘 안다.

내가 초등학교에 들어가기 전이니까 상당히 오래전 일 이다. 지금의 공원 자리가 그때는 밭이었다. 봄날의 일로, 보리가 온통 자라 있었다. 어릴 때는 뭐든 크게 보인다. 내 눈에는 보리가 옥수수 정도로 크게 보였다. 밭에 들어 가면 안 된다는 것을 알았지만, 알면서도 저지르는 것이 아이인 터라 나는 이랑과 이랑 사이를 무릉도원으로 향 하는 어부처럼 걸어 들어갔다. 푸릇푸릇한 보리 냄새에 숨이 막힐 듯했다. 간간이 살갗을 어루만지던 바람도 첩 첩 병풍에 가로막히고, 나는 몇 번인가 이마로 흘러내리 는 땀을 닦아냈다.

그때 어디선가 이 세상의 것이 아닌 것 같은 아름다운 소리가 들려왔다.

피아노 소리였다.

나는 넋을 잃고 한동안 서 있었다. 아니, 그 자리에 못 박혔다는 표현이 맞을지도 모른다. 두려움에 가까운 쾌 감이 등줄기를 타고 내려갔다. 세상에 나와 그 소리만이 있는 것 같았다.

얼마나 지났을까, 나는 실에 묶여 끌려가듯 보리를 헤치고 앞으로 앞으로 걸어갔다.

시야가 탁 트이고 눈앞에 담장이 나타났다. 아래 삼 분의 일 정도는 벽돌이었고, 그 위는 철망으로 되어 있었다. 소리는 담장 너머로 보이는 창문에서 흘러나오고 있었다. 팔을 뻗자 손이 철망에 닿았다. 뭐였는지 모르겠지만 발판이 될 만한 것도 담장 밑에 있었던 것으로 기억한다. 나는 별로 어렵지 않게 벽돌담 위에 올라가 망을 붙잡고 설 수 있었다. 그리고 그때, 피아노를 치던 사람과 눈이 딱 마주쳤다.

훔쳐보려고 한 것은 결코 아니었다. 그저 피아노 소리에 이끌려 걷다 보니 그곳에 서 있었던 것이다. 하지만 눈이 마주치자 당황스러워서 어떻게 해야 할지 알 수 없었다. 달아나고 싶었지만 거미줄에 걸린 작은 나비처럼 몸이 움직이지 않았다.

그 사람은 빙긋 웃더니 창가로 다가와 창문을 열었다.

나는 철망을 붙잡은 채 그대로 서 있었다.

"……안녕하세요."

기억 속에는 태양만큼의 희미한 부분과 작은 섬만큼의

선명한 부분이 있다. 이때의 기억은 묘하게 선명하다.

그 사람이 모리나가 유미코 씨였던 것이다.

긴 생머리에 살짝 처진 눈이 상냥해 보였다. 눈 앞쪽에는 팔자 모양으로 주름이 있었다. 그 주름이 눈을 한층 졸려 보이게 했다.

"안녕."

유미코 씨는 미소 지으며 말했다.

"듣고 있었니?"

나는 고개를 끄덕했다.

유미코 씨는 피아노 앞으로 가서 나를 위해 처음부터 다시 연주를 해주었다. 열린 창으로 직접 흘러나오는 선율은 내 몸에 밀물처럼 밀려왔다가 썰물처럼 빠져나갔다.

나는 그 소리를 들으면서 방에 걸린 초록색 그림을 아름답다고 생각했다. 그리고 이젤 위의 그리다 만 캔버스와 뚜껑이 열린 채로 바닥에 굴러다니는 물감을 보고서는 왠지 가슴이 두근거렸다.

벌써 십오 년도 더 된 이야기다. 생각해보면 그때 유미코 씨는 지금의 내 나이 정도였을 것이다.

연주를 마친 유미코 씨는 곡명을 〈달빛〉이라고 가르쳐주었다. 나는 그날 일을 무슨 까닭에서인지 아무에게도 이야기하지 않았다. 그래서 그 곡이 드뷔시의 유명한 곡임을 안 것은 중학생이 되고 나서였다.

05

"고등학교를 졸업하고 나서는 줄곧 소식도 모르고 지냈어요. 그런데 인연이라는 게 있는지 우연히 만났잖아요."

점 여사는 이야기를 계속했다.

"한참 전 일인데, 우리 딸이 다니던 유치원에 새로운 아이가 왔어요. 잠깐 봤는데 언뜻 누굴 닮았더라고. 누구더라, 생각은 했지만 한동안 애 아빠가 애를 데리러 가게 돼서 잊고 지냈어요. 그러다가 어느 날 정말이지 우연히 유치원 앞에서 딱 마주친 거예요. 그런데……."

목소리를 낮췄다.

"이혼했더라고, 걔가."

간사이 지방으로 시집갔다가 일 년인가 이 년 만에 돌아온 일은 나도 들어서 알고 있었다. 그 후 양친까지 차례로 떠나보냈다고 들었다.

당시에 나는 이미 초등학교 고학년이었다.

아버지와 어머니가 유미코 씨 이야기를 하며 딱하다고 한 것을 기억한다. 자세한 사정은 몰랐지만, 그 상냥한, 그리고 무엇보다 자신의 세계를 가지고 있는 듯 보였던 그 사람이 불행을 겪고 있다고 생각하자 어린 마음에도 슬펐다. 그것은 내 미래에도 기다리고 있을, 산다는 것에 대한 두려움을 품은 슬픔이었다.

그 후 유미코 씨는 그 집에 딸과 둘이 살고 있었다.

어디 회사에 다니면서 생계를 꾸리고 있다고 들었다. 위자료를 받았는지 어떤지는 잘 모르지만, 아마 헤어진 남편에게서도 얼마간의 양육비를 받을 것이다.

저녁 늦게 슈퍼에 갔다가 딸의 손을 잡고 장을 보고 있는 유미코 씨를 만난 일이 있었다. 멀리서만 봤을 뿐 인사를 나누거나 하지는 않았다.

그 후 그 사람에 대한 것은 어머니에게 들은 것이 전부다. 삼사 년 전인가, 그림책을 내서 상을 받았다는 이야기를 들었다. 그때까지 몰랐지만, 유미코 씨는 미대를 졸업하고 그림책을 몇 권 냈다는 것이었다.

당장 서점에 가서 찾아보았다. 하지만 큰 출판사에서 낸 책이 아니어서인지 찾을 수 없었다. 궁금해서 결국 주문해서 받았다.

그 『잠자는 숲 속의 공주』는 푸른빛을 띤 초록색이 바탕을 이루고 있었다. 문득 생각했다. ……피아노 소리에 이끌려 창 너머로 방 안을 들여다봤을 때, 그 방을 가득 메우고 있던 것은 그 푸른빛을 띤 초록이 아니었던가.

"그래서 일을 해야 하니까 아이를 맡겼던 거지. 우리 집은 남편도 든든하고 딸이라고 예뻐해서 툭하면 둘이서 외출하니까 나야 편하고 좋지. 그 집 가서 보니까 혼자 돈 벌랴 집안일 하랴 아주 힘들겠더라고. 뭐 지금은 아이가 초등학교에 다니니까 조금은 나아졌겠지만. 아, 그렇지. 그리고 글쎄 초등학교에서도 우리 딸하고 한 반이 됐지 뭐예요. 이 정도면 인연 맞죠?"

"아아, 네."

"집은 먼데 둘이 친해요. 요전 일요일이 두 아이, 그러니까 초등학교 운동회였어요. 9월부터 줄곧 날씨가 안 좋았잖아요, 비 오면 어쩌나 걱정이었어요."

"정말 그랬겠네요."

올가을은 유난히 비가 자주 내렸다. 우산 없이 외출한 날이 손에 꼽힐 정도였다.

"그런데 애 아빠는 일요일에 비가 내려도 상관없다나, 이러고 무책임한 말을 하는 거예요. 자기가 월요일에 쉬거든. 나도 작년에 일을 그만뒀으니까, 월요일로 미뤄지면 다 같이 갈 수 있다는 생각으로 말했던 거겠지. 하지만 그러면 다른 사람들은 어쩌고. 안 그래요? 그리고 일요일 출근, 이거 진짜 마음에 안 들어요. 여자만 괴롭다니까."

"그런가요?"

"그렇다니까."

"그래도 아이 데리고 자주 외출도 하고 그러신다면서요."

점 여사는 쓴웃음을 지었다.

"속죄하는 거예요. 일요일에 같이 못 있어주니까 저녁이나 기념일에 서비스하는 거지. 직장이 가까워서 평소에는 집에 일찍 오는 편이거든요. 하지만 일요일은 아니에요. 다음 날이 쉬는 날이라고 아주 작정하고 늦는다니까. 거의 매주 밤늦게 들어와요, 정말."

"그래서……."

나는 이야기를 제자리로 돌려놓았다.

"결국 운동회는 어떻게 됐어요?"

"했어요. 도쿄에서 외할아버지 외할머니도 오셨고, 유미코도 다행히 아침부터 올 수 있었어요. 그런데 전날 온 비가 조금 남아 있어서 땅에 모래를 뿌려뒀는데, 매스게

임 때 하필 우리 애가 그 모래를 뿌려둔 물웅덩이 근처에
서는 바람에 체육복이 시꺼매져서……."

시꺼먼 건 시꺼먼 것이고, 빨간 모자는 도대체 어떻게
됐다는 것일까?

"그래도 달리기는 일등 했어요. 할아버지 할머니가 어
찌나 좋아하시던지. 스카이락_{일본의 패밀리레스토랑 체인}에서 점
심 먹고 도쿄에 데리고 가겠다고 하시는 거예요. 다음 날
이 대체휴일이잖아요. 딸도 고라쿠엔_{일본 도쿄에 있는 정원}에 가
고 싶다고 하고. 그래서 갈아입을 옷가지를 간단하게 챙
겨서 딸려 보냈어요."

진료실 문이 열리고 누군가의 이름을 불렀다. 점 여사
는 아니었다. 다행이라고 생각했다. 이렇게 되면 끝까지
듣고 싶은 것이 인지상정이다.

"다 가고 집에 혼자 있는데, 하늘이 꾸물꾸물하더니 결
국 비가 내리데요. 왠지 심심해지더라고. 그래서 유미코
한테나 가보자, 하고 나선 거지. 마침 주변에 자비로 책을
낸다는 사람이 있어서 표지도 부탁할 겸. 알아요? 걔가
그림을 아주 잘 그려요."

움칫했다. 유미코 씨는 자신의 이름을 걸고 자신의 개
성을 담아 그림을 그릴 것이다. 아무리 오래된 친구라지

만 그런 부탁을 그렇게 쉽게 해도 되는 것일까. 이 사람은 그런 것을 모르는 것일까.

"갔더니 때마침 저녁을 다 먹고 치우고 있더라고. 옆에서 거들면서 이 얘기 저 얘기 하다가 슬쩍 책 이야기를 꺼냈지. 그런데 은근히 거절하는 눈치인 거예요. 시간 날 때 짬짬이 그려주면 될 텐데."

이해할 수 없다는 얼굴이었다. 나는 해줄 말이 없었다.

"그래도 뭐, 앉아서 차 마시면서 옛날이야기 하다 보니까 시간 가는 줄 모르겠더라고."

"남편분은요?"

무심결에 물어보았다. 집에 왔는데 아무도 없으면 놀라지 않을까.

"어머, 유미코도 같은 걸 묻던데."

그러면서 쿡쿡 웃었다.

"현관 열쇠는 늘 가지고 다녀요. 물론 식탁 위에 딸과 나의 행방은 적어뒀지."

"네에."

"유미코한테도 말했어요. 내 걱정은 안 하겠지만 딸은 찾을 거라고. 그리고 일요일은 거의 매주 자정이 지나서야 들어오면서 꼭 그런 날만 일찍 들어온다니까."

흔히 있는 이야기다. 어쩌다 예습을 하지 않고 가면 꼭 걸려서 질문을 당한다.

"아주 자기 멋대로예요. 그 집에 있는데, 글쎄 집으로까지 전화해서 화를 내지 뭐예요. 운동회가 어땠는지 궁금하니까 당장 오라고. 아니, 애들 운동회가 다 그렇지 뭐가 그렇게 궁금하다고. 괜히 트집 잡으려고 그러는 거예요. 안 그래요? 그렇게 생각하죠?"

나는 몇 번째인지 또다시 애매하게 "네에"라고 대답했다.

"그런데 그 전화가, 내가 마침 화장실에 있을 때 왔거든요. 유미코가 받았는데, 내가 나올 때까지 시간을 때우려는지 그 이상한 이야기를 꺼내더라고. 그거요, 아까 말한 빨간 모자."

드디어, 나는 그렇게 생각하면서 살짝 뒤집어진 그 입술을 응시했다.

06

"화장실이 층계 바로 밑에 있어요, 현관 앞에. 화장실을 알려주고 유미코는 신발장을 정리하는 것 같더라고. 그때 전화벨이 울렸어요. 전화가 현관에 있어서 안 들으려고 해도 들려요."

약간 변명처럼 들렸다.

"전화를 받더니 '네, 여기 있어요' 해서 바로 알았지. 운동회 이야기를 하면서 '하는 동안에는 비가 안 와서 다행이에요, 지금은 비가 엄청 내리는데' 하더라고요. 그런데 그다음에 '날씨가 이래서 오늘은 빨간 모자도 무리겠는데' 이러고 혼잣말처럼 말하는 거예요. 누가 들어도 이상하다고 생각할 거예요. 그리고 이어서 '아, 빨간 모자가 요사이 일요일 밤마다 나타나거든요' 하고 뭐라고 소곤소곤 설명하데요. 뭐지? 했지. 화장실에서 나와 수화기를 건네받았는데도 통화에는 통 집중이 안 되는 거예요. 투덜투덜하면서 저녁은 밖에 나가서 먹을 거니까 됐다고 해서 건성으로 어어 대답하고 끊었잖아요. 빨간 모자가 뭔지 궁금해서 견딜 수가 있어야지."

나도 진심으로 고개를 끄덕였다. 곧 가경으로 접어들 모양이었다.

"수화기를 놓자마자 쏜살같이 부엌으로 달려가서 물어봤어요. 그랬더니 8월인가, 그때부터 집 앞 공원에 여자아이가 나타난다는 거예요. 2층 창문에서 바로 기린이 보이는데, 그 기린 앞에 일요일 밤 아홉 시 정각이 되면 늘 여자아이가 서 있대요. 오래 있지는 않고, 한 삼십 초 정도 얼음처럼 서 있다가 녹아내린 듯이 어디론가 사라진다고 하더라고요."

그야말로 동화 속에서나 있을 법한 이야기였다. 나는 지극히 현실적인 질문을 했다.

"학원 끝나고 돌아가는 길 아닐까요?"

의외의 시간에 철새처럼 떼 지어 귀가하는 초등학생을 만나는 일이 있다. 같은 날 같은 시간이면 일단 그런 것을 생각해볼 수 있지 않을까.

"하지만 혼자예요. 심지어 그런 장소에. 행여 학원에서 돌아가는 길이라고 해도 왜 얼음처럼 가만히 서 있어요? 이해가 안 돼."

그것도 그렇다. 그런데 중요한 것을 아직 듣지 못했다.

"그런데 빨간 모자라는 건 뭔가요?"

"아아, 그건 그 아이가 빨간 옷을 입고 있어서예요. 빨간 치마를 입거나, 빨간 블라우스를 입거나, 아무튼 빨간색이 꼭 들어가 있대요. 그래서 빨간 모자라고 부르게 되었다고 하더라고."

거기서 점 여사는 목소리를 낮췄다.

"딱히 기다리고 있었던 건 아닌데, 수다를 떨다가 문득 시계를 봤더니 아홉 시 직전……."

괴담이라도 들려줄 것 같은 표정이었다.

"발소리를 죽이고 2층 방에 올라갔어요. 원래는 아버지 서재로 썼던 방이래요. 큰 책장에 큰 책상, 그리고 그 책상 뒤로 초록색 커튼이 쳐져 있었어요. 유미코가 '있을까' 하고 팔을 뻗어 커튼을 조심스럽게 걷으니까 확실히 정면에 공원이 보이더라고. 가로등이 길게 서 있고, 불빛이 은은하게 바닥을 비추고 있었어요. 비가 은색으로 내리는 그 불빛 아래에 작은 기린이 목을 쭉 빼고 젖어 있는 게 보이더라고요. 그리고 말이에요……."

점 여사는 일부러 뜸을 들이듯 눈을 깜빡인 뒤 천천히 말했다.

"역시 있었어요, 여자아이가."

나는 말없이 눈빛으로 이야기를 재촉했다.

"공원 곳곳에 커다란 접시처럼 물이 고여 있었어요. 비가 꽤 많이 내렸거든요. 그 물웅덩이에 투명한 우산을 쓰고 살짝 고개를 숙인 채 비스듬히 서 있더라고요. 비가 우산에 맞아서 튀는 것이 보였어요."

"……그래서 입고 있던 건요?"

"비옷. 깜짝 놀랄 만큼 새빨간."

비옷이라면 모자가 달려 있을 것이다. 말 그대로 빨간 모자가 아닌가.

그렇게 생각했을 때, 마치 기다리고 있었다는 듯이 날카로운 목소리가 연달아 두 사람의 이름을 불렀다. 한 사람은 나였고, 또 한 사람은 점 여사인 것 같았다. 점 여사는 목소리의 여운이 채 가시기도 전에 쌩하니 일어나 진료실로 향했다.

진료실에는 치료용 의자가 세 개 나란히 놓여 있었다.

"이쪽으로 누우세요."

오른쪽 의자에 누워 하얀 천장을 쳐다보았다. "어디가 안 좋으세요?"로 시작되는 즐겁지 않은 시간. 나는 눈을 감고 배 위에 두 손을 모아 꼭 쥐었다. 윙윙, 기계 소리가 났다. "이가 아파요, 이가 아파요"라고 말하는 여자아이가 나오는 연극은 누구의 연극이었을까. 누워서 계속 생각했지만 질문만이 공회전할 뿐 답은 떠오르지 않았다.

"힘 조금만 빼세요."

어지간히 굳어 있었던 모양이다.

치료가 끝났을 때 옆에 점 여사는 없었다.

밖은 캄캄했다. 가로등이 없는 어두운 골목을 빠져나오자 나무 그림자가 마녀처럼 드리워져 있었다. 집에 돌아와 따뜻한 우유를 한 잔 마시고 바로 누워버렸다. 발열과 피로감은 심해진 것 같았다. 하룻밤 푹 자고 나면 나아지겠지, 생각하고 눈을 감았다.

꿈에 비스듬히 서서 앞을 보고 있는 빨간 비옷을 입은 여자아이가 나왔다. 얼굴은 모자에 가려져 보이지 않았다. 왜, 왜, 너는 나타나는 거니?

나는 어둠 속에서, 땀을 흘리며 그렇게 중얼거렸던 것 같다.

07

이튿날인 토요일은 열이 38도까지 올라서 집에서 쉬었다.

정오 무렵 날씨가 좋아 보여서 파자마를 입은 채 마당에 나갔다. 햇살이 뜨겁지 않고 딱 기분 좋게 따뜻했다. 벌써 그런 계절이 된 것이다.

붕 하고 큰 벌이 날아왔다. 놀라서 몸을 움츠리자 '너 따

위 상대 안 해'라는 듯이 유유히 담벼락을 넘어 날아가 버
렸다. 주변을 둘러보니 자비로운 햇살 아래에 나비도 날
아다니고 있었다. 고추잠자리도 날개를 팔랑이고 있었다.

살아 있다…….

여기서 잠깐 인식에 대해 이야기해보자. 내 친구 쇼코
와 얼마 전에 이야기하던 중 쇼코가 불행에 대해 이런 표
현을 썼다. "사랑하는 사람에게 사랑받지 못하는 것과 같
은 매우 흔한 불행." 나는 마침 마르실리오 피치노의 『사
랑에 관하여』를 읽던 중이었기에 "하지만 사랑하는 사람
에게 사랑받지 못하는 것은 죽는 것과 같다고 말한 사람
도 있어"라고 말했다. 그런 마음에 대한 약간 복잡한 동
경도 품고 있었던 것 같다.

그런데 쇼코는 그 발언을 담박하게 일축해버렸다. "이
런 바보. 죽는 것이야말로 가장 흔한 불행이잖아."

아버지가 사 온 자그마한 접이식 나무 의자에 앉아 잠
시 마당을 둘러보다가 집으로 들어갔다.

집에서 뒹굴뒹굴 책만 읽는 무사태평한 하루를 보낸
덕분에 열은 심해지지 않고 내렸다. 밤에는 묵직했던 배
도 꽤 편안해졌다.

아파도 하나 정도, 좋은 일은 있었다.

"……안녕히 주무셨어요?"

일요일 아침의 부엌 풍경.

어깨를 축 늘어뜨리고 파자마 바람으로 내가 들어갔다. 아버지가 식사를 마치고 의자에 앉아 있었다. 손에는 조간신문 사이에 끼워져 있었을 백화점 전단지가 들려 있었다.

가을 여성복 파격 세일!
유명 브랜드 정장 전 상품 초특가 15,000엔.

그런 광고 문구를 무심히 보면서 아버지 등 뒤를 지나갔다. 평화로운 아침이었다.

어머니는 마당에서 빨래를 널고 있었다. 언니는 보이지 않았다. 아마도 곱게 화장을 하고 일찌감치 나갔을 것이다.

아버지가 나를 불렀다.

"네?"

왼손에는 홍차통을, 오른손에는 스푼을 들고 아버지를 쳐다보았다.

"좀 나았냐?"

"네."

싱긋 웃어 보였다. 나와 꼭 닮은 아버지의 눈도 거울을 보고 있는 것처럼 웃고 있었다. 그 모습을 보자 기분이 좋아졌다. 나는 통과 스푼을 손에 든 채 싱크대에 등을 기댔다.

"날씨가 좋아요."

열린 창 너머로 따사로운 햇살이 비쳤다. 어디선가 새가 울었다.

"그렇구나."

아버지는 마당을 건너보다가 다시 내게로 시선을 돌렸다. 그러고서 뭔가 멋쩍은 듯이 말했다.

"너, 옷 얼마나 있냐?"

무슨 말을 하려는지 알 것 같았다. 이럴 때 아버지는 유독 귀여워 보인다.

"웬만큼 있어요."

"네 나이 때 언니한테는 옷을 꽤 많이 사줬던 것 같은데."

"저는 책을 사잖아요."

솔직한 마음이었다. 무엇보다 호강스러운 것은 나는 한 번도 아르바이트를 하지 않았다. 그래서 용돈도 언니와 달리 온전히 의지하고 있었다.

"……정장 한 벌 사주랴?"

아파서 끙끙댄 것이 부모의 본능을 자극한 것이리라.

"데려가 주실 거예요?"

"그래."

나는 스푼으로 깡통으로 된 홍차통을 뎅 내리쳤다.

"고맙습니다."

아버지는 겸연쩍어했다. 그러고서 이미 식어버렸을 차를 조금 마시고 무심하게 말했다.

"너는 아직 화장 안 하고 다니냐?"

"학생이잖아요."

"언니는 가끔 했잖냐."

언니는 지나가는 사람들이 무심결에 돌아볼 만큼 미인이다. 전교에서 2, 3등을 하면 1등을 하고 싶어지는 것이 사람 마음이다. 그것과 비슷한 것이리라. 물론 그런 미인의 동생인 나도 잘 뜯어보면 꽤 귀염성이 있다. 적어도 나는 그렇게 생각한다.

언니에 대한 이야기에는 "흐음" 하고 그냥 넘겨버렸다.

"이제 곧 스무 살이다. 립스틱 정도는 바를 줄 알아야지. 언니한테 배워둬."

거짓말이다. 일반론으로서는 어떻든 아버지의 마음으로서는 확실히 거짓말이다.

장난으로 어머니의 립스틱을 바르거나 한 것과는 별개로, 언니가 처음으로 화장을 한 것은 언제였을까. 나는 확실하게 기억하고 있다. 고교 2학년 가을이다. 학교 축제에서 공연을 한다고 했다. 그때 아버지가 보인 얼굴을 나는 또렷하게 기억하고 있다.

의지에 대해 말해보자.

아버지의 마음이 정말로 그것을 허락할 때까지 나는 죽어도 립스틱을 바르지 않을 것이다.

08

셰퍼드 체크에 투 버튼, 멀리서 보면 황토색으로 보이는 정장을 샀다. 꽤 시크하다고 생각한다.

옷을 산 일 말고도 일요일에 일이 하나 더 있었다. 저녁 여덟 시 반이 넘어서자 나는 도저히 가만히 있을 수가 없었다. 당연한 일이었다. 재킷을 걸치면서 "잠깐 책 좀 보고 올게" 하고 어머니에게 말했더니 기가 막혀했다.

"지금 시간이 몇 신데" 하는 소리를 얼렁뚱땅 들어 넘기면서 "금방 올게, 금방"을 연발하고 밖으로 나왔다. 별이 거의 없는 밤이었다. 차가운 자전거를 끌고 대문을 나섰다. 목적지는 물론 그 공원이었다. 조금 앞에서 내려 자전거를 끌고 앞을 지나가 보았다. 희끄무레한 땅바닥에 그네며 판다, 기린의 그림자가 마치 종이를 오려 붙인 것처럼 드리워져 있었다. 그것뿐이었다. 손목시계를 보자 아홉 시 정각이었다.

바로 앞 서점에 들어갔다. 어머니를 의식해서가 아니라 나 자신에 대한 변명이었다.

그런 시간에 동네에서 서점에 간다는 것은 고교 시절에는 상상도 못 했던 일이다. 지난해 겨울 국도변 주유소 옆에 비디오 CD 대여점 겸 당구장 겸 서점이 개업해서 심야 영업을 시작했다. 한쪽 옆은 주민센터 주차장이고, 국도를 끼고 건너편은 카스텔라 공장이다. 이날 밤처럼 유난히 캄캄한 밤에는 차분하게 가라앉은 그 풍경 속에서 점멸하는 극채색의 네온사인은 마계의 성처럼 보인다.

밝은 가게 안에는 의외로 아이들이 많았다. 두어 명씩 무리 지어 장난을 치고 큰 소리로 떠드는 초등학생들도 있었다.

……빨간 모자는 어떻게 된 것일까.

가지런히 꽂힌 문고본의 책등을 눈으로 좇으면서 나는 생각했다. 그 이야기가 점 여사의 창작이라고는 생각되지 않는다. 너무나 구체적이다. 입에서 나오는 대로 말한 것이 아니다. 그렇다면 왜 오늘 빨간 모자는 나타나지 않은 것일까?

집에 돌아와서도 의문은 계속되었다. 지금까지의 '왜 나타나는가'에 더해 숙제가 또 하나 늘어난 기분이었다.

하지만 다음 일요일은 공원을 찾지 않았다. 엔시 씨의 독연회 초대장을 받았기 때문이다.

자오에서 헤어질 때 엔시 씨는 내게 연락처를 적어주었다. 뭔가 진전이 있으면 엽서라도 보내 달라고 했던 것이다. 그 후 유키짱은 무사히 엄마와 재회했는데, 그 사실을 나는 짧게 한 줄만 써서 엔시 씨에게 알렸다. 그러고 보내온 답장이 10월 독연회 초대장이었다. 초대장 여백에 '시간이 허락된다면 이야기를 자세하게 듣고 싶군요'라고 적혀 있었다. 천하의 이야기꾼에게 이야기를 들려 달라는 말을 들은 것만으로도 영광이었다.

이런 답신을 받고 나서 새삼 돌이켜보면, 내가 최소한의 내용만을 적어 엽서를 보낸 것도 어쩌면 나중에 다시 만날 여지를 무의식중에 남겨놓았던 것인지도 모른다.

초대장에는 '오실 때는 좋은 자리를 마련하겠사오니 미리 연락해주십시오'라고 인쇄되어 있었다. 무의미한 공석을 만들지 않기 위해서이리라. 전화를 걸자 여자가 받아서 내 이름을 메모한 뒤 "그럼 기다리고 있겠습니다" 하고 말해주었다. 어쩐지 VIP가 된 것 같아서 기분이 좋았다.

새로 산 정장은 일단 그곳에 입고 가기로 했다.

09

장소는 하마마쓰초에 있는 생명보험회사 홀이었다. 평소에는 거의 내릴 일이 없는 역이었다. 빌딩 사이를 골짜기를 건너는 여행자처럼 지나 약도의 화살표가 가리키는 장소에 도착했다.

접수처에서 이름을 말하자 표와 팸플릿 그리고 엔시 씨가 남긴 메모를 건네주었다. 얼른 펼쳐서 읽어보니 '공연이 끝나고 사십 분 후에 바로 앞 찻집에 갈 예정이니 혹시라도 시간이 된다면 들러주십시오'라고 정갈하게 적혀 있었다. 조심스러운 말투였다. 시간이 늦어서일 것이다. 길어야 한 시간. 확실히 빠듯하긴 했다. 그러나 마음은 어떻게든 엔시 씨와 이야기를 나누고 싶었다. 나는 망설이지 않고 그 찻집에서 기다리기로 했다.

홀로 들어갔다. 새로 지은 듯한 내부는 세련되고 편안한 분위기였다. 밀크커피색 의자는 앉아서 졸아도 부드럽게 몸을 지탱해줄 것 같았다. 바닥에 깔린 카펫도 가부좌를 틀고 차를 마셔도 될 만큼 깨끗했다.

셋째 줄 가운데, 미안할 정도로 좋은 자리에 앉아 팸플릿을 펼쳤다.

첫 번째 순서인 〈외눈국〉이라는 세 글자가 내 마음을 사로잡았다.

엔시 씨의 〈외눈국〉은 마치 그림자극을 보는 것 같아서 무섭지만 좋아한다.

곡마단 단장이 외눈박이 여자아이를 봤다는 소문을 듣고 북쪽으로 길을 떠난다. 소문대로 들판이 나오고, 소문대로 여자아이가 있다. 얼씨구나, 하고 데려가려는데 어디선가 사람들이 나타나 길을 막는다. 관아에 끌려간 단장. "얼굴을 들라." 그 소리에 얼굴을 들자 주위는 온통 외눈박이. 그의 눈이 두 개인 것을 보고 관아의 우두머리가 말한다. "신문은 나중에 하고, 일단 무대에 세워라."

엔시 씨는 이 이야기의 포인트를 '별세계의 존재'라는 데 둔 것 같다.

싸리, 참억새…… 가을 하면 떠오르는 일곱 가지 풀을 나열하면서 들판에 들어서는 장면도 좋다. 그러나 뭐니 뭐니 해도 가장 인상 깊은 것은 외눈국 마을 안에 들어 갔을 때다. 단장이 끌려가면서 곁눈질로 보자, 집들의 지 붕도 기둥도 담장도 특별히 다른 점은 없다. 어디가 어떻 다고 콕 집어 설명할 수도 없다. 그렇지만 늘어선 집들은 분명히 이 세상의 것은 아니다.

나는 여기서 소름이 끼쳤다. 엔시 씨가 그 공포를 의도 한 것인지 어떤지는 모른다. 이야기는 오히려 담담하게 전개된다. 하지만 적어도 나는 이 부분에서 전율했다.

이윽고 자리는 보조 의자까지 다 채워지고, 그 〈외눈 국〉으로 공연이 시작되었다. 그리고 나는 이번 무대를 보고 이전과는 또 다른 지점에서 몸을 떨었다.

들판 참억새 속에서 상반신만 드러내고 서 있던 여자 아이는, 빨간 기모노를 입고 있었던 것이다.

10

과연 사십 분 만에 빠져나올 수 있을까 걱정했지만, 엔시 씨는 정확하게 그 시간에 문을 밀고 들어왔다. 무대에서와는 완전히 다른 분위기의 은은한 하늘색 블루종을 입고 있었다. 엔시 씨는 나를 발견하고 상냥하게 미소 지었다.

"와줬군요, 무리한 부탁을 했는데."

"아니에요."

엔시 씨는 코코아를 주문한 후 재떨이를 자연스럽게 옆으로 밀어놓았다. 그러고 보면 이 사람이 담배를 피우는 것을 본 적이 없다.

"여름에 보고 처음이군요."

"네."

"올해는 가을도 이르고, 겨울도 빨리 찾아올 것 같습니다."

형식적인 날씨 인사를 나누면서 나는 자오의 여름 햇살을 꿈처럼 떠올렸다. 이제 제법 아침저녁으로 선선해졌다.

"어제 전차에서 고등학교 때 친구를 만났어요. 센다이

에서 학교를 다녀서 주말에 잠깐 다니러 왔는데, 그쪽에
서는 벌써 스웨터가 없으면 살 수 없다고 하더라고요."

"흠, 그렇군요."

그러나 옆길로 샐 시간의 여유는 그 정도밖에 없었다.
나는 바로 이어서 자오 주차장에서 찍은 사진에 유키짱
엄마의 차가 찍힌 일을 이야기했다.

"그런데 신원을 파악한 것과 거의 동시에 엄마가 경찰
에 출두했어요. 남편이 직장에서 젊은 여직원하고……."

나는 약간 눈을 내리깔았다. 코코아가 나왔다.

"그래서 이혼하자고 했는데, 거기다 아이도 떠맡게 될
상황이어서 어떻게 해야 할지 앞이 캄캄했나 봐요. 죽을
생각밖에 안 들었다고 하더라고요. 그날 죽을 작정으로
아이를 버리고 갔는데, 막상 그러고 돌아서니까 아이를
두고 도저히 죽을 수가 없더래요."

봉투를 꺼내 엔시 씨에게 건넸다. 받는 사람은 쇼지 에
미. 가미노야마의 에미다. 물론 에미도 지금은 개강을 해
서 도쿄에 있다. 이 편지는 엔시 씨를 만난다고 했더니
가지고 나가라고 해서 들고 나온 것이다.

"읽어봐도 되겠습니까?"

"그럼요."

아이 엄마가 보낸 편지였다. 편지지 석 장 정도로 그다지 두툼하지는 않았다. 미안하다는 말과 함께 지금까지의 일과 앞으로의 결심이 담담하고 간결하게 적혀 있었다.

……이 일을 계기로 내가 가야 할 길을 알았습니다. 이제 무슨 일이 있어도 쓰러지지 않고 살아가겠습니다.

그렇게 끝맺고 있었다. 우리같이 인생 경험이 적은 젊은 여자들에게 보내는 글이 아니다. 자기 자신을 향해 말하고 있는 것이다.

다행이다, 라고는 말할 수 없다. 어디까지나 방관자일 수밖에 없는 처지에서 속 편하게 그런 말을 할 마음은 들지 않는다. 그러나 어쨌든 유키짱이 자기 앞에 놓인 긴 계단을 한 칸 오르는 것을 지켜보았다는 아련한 느낌은 있다.

엔시 씨는 다 읽은 편지를 정성스럽게 접었다. 그 동작에 엔시 씨의 마음이 담겨 있었다.

모차르트의 곡이 담담하게 흐르고 있었다.

돌려받은 편지를 나도 정성스럽게 봉투에 넣었다.

얼굴을 들고 멜로디를 바꾸듯이 화제를 돌렸다.

"이거 새로 샀어요."

왼손으로 옷깃을 잡았다. 선생님에게 보고하는 학생

같은 말투였다.

엔시 씨는 빙긋 웃었다. 나에게서 자기 아이의 미래의 모습을 보고 있는 것 같았다.

"세일해서 싸게 산 거지만."

"잘 어울립니다. 살 때 횡재한 기분이었겠어요."

"네, 횡재한 기분이었어요."

엔시 씨는 코코아를 한 모금 마셨다. 따뜻한 것 같았다.

"앓아누운 덕분에 얻어 입었어요."

"음?"

"열이 났었거든요. 그랬더니 아버지가 사주셨어요."

"저런, 그래서 이제 괜찮습니까?"

"네, 열은요."

엔시 씨는 고개를 갸웃거렸다.

"또 어디가 아픈가요?"

"이 치료 중이에요."

"아아……."

엔시 씨의 손이 자연스럽게 입가로 갔다.

"고통스럽겠군요."

나는 쿡 웃었다.

"그게 끝이 아니에요. 뒤에 더 엄청난 게 있어요."

내 경쾌한 말투에 맞춰 엔시 씨도 경쾌하게 대꾸했다.

"만신창이군요."

"맞아요, 만신창이 여대생이에요. 그래서 말인데요, 하나는 마음의 병이니까 엔시 씨가 해결해주셨으면 해요."

"내가요?"

"네."

"의사 노릇까지는 못 합니다."

"아니요, 이게 말했다시피 마음의 병이에요. 왜일까 병. 고칠 수 있는 사람은 엔시 씨밖에 없어요."

농담이 아니었다.

"뭔가 또 특별한 일이 있었습니까?"

"네."

나는 손목시계를 슬쩍 보았다. 아홉 시 반이었다.

"이야기해도 될까요?"

"물론입니다. 얼른 듣고 싶군요."

"지금 유키짱 이야기가 나왔는데, 저희 집 근처에도 이혼하고 딸이랑 둘이 사는 분이 계세요."

나는 모리나가 유미코 씨와의 만남부터 점 여사의 이야기까지 장황하게 설명했다. 기억력에는 자신이 있었다. 경험한 것이나 읽은 책의 내용을 파노라마처럼 머릿속에 재생하는 것은 내 특기 중의 특기다. 엔시 씨가 특별할 것 없는 재료로 연금술사와 같이 답을 이끌어내는 것을 봐왔기 때문에 불필요해 보이는 하찮은 부분까지 빠뜨리지 않으려고 노력했다.

엔시 씨는 이야기가 끝나자 복잡한 표정을 지었다. 그 표정의 의미를 알 수 없었다.

"어떤가요?"

"글쎄요."

애매한 대답이었다. 고운 손가락이 테이블 위를 문지르고 있었다.

"빨간 모자의 정체, 아시겠어요?"

뭔가 그림이 보이기 시작한 것일까. 나는 가만히 히나인형여자아이의 행복을 기원하는 3월 3일의 히나마쓰리 행사 때 장식하는 인형 같은 그 갸름한 얼굴을 쳐다보았다. 엔시 씨는 천천히 입을 열었다.

"빨간 모자는…… 세 명이 아닐까요?"

어떤 말을 하건 놀라지 않겠노라 다짐했건만, 이 말에는 역시 놀라지 않을 수가 없었다.

"곧 마감인데 더 필요한 거 있습니까?"

마른 체형의 어딘지 젊은 무사 같은 분위기를 풍기는

종업원이 잔에 물을 채워주면서 빠르게 말했다. 폐점 시간이 다 된 것 같았다.

"아니요, 괜찮습니다."

엔시 씨가 부드럽게 말하자 종업원은 예의를 갖추고 옆 테이블로 옮겨갔다. 같은 말투로 같은 말을 반복하고 있었다.

······세 명? 하고 되물으려고 했을 때 엔시 씨가 먼저 질문을 해왔다.

"이야기는 이걸로 끝인가요?"

나는 당황했다. 왜 그런 것을 묻는지 알 수 없었다.

"네."

"그렇단 말이지요."

실망한 듯한 말투였다.

"왜요?"

"아니요, 그 모리나가 씨라는 분은 그림책을 그린다고 했지요?"

"네."

"『빨간 모자』도 그렸을까 해서요."

"아."

나는 작게 탄성을 질러버렸다. 거기까지는 생각하지

못했다.

옆 테이블에서 노트북을 들여다보며 뭔가 논의를 하는 것처럼 보였던 두 사람이 자리에서 일어났다. 남아 있던 손님들이 하나둘 나가기 시작했다.

나는 조심스럽게 물었다.

"관계, 있을까요?"

"모르겠습니다만, 만약 있다면 그 책을 한번 봤으면 싶군요."

"제가 그분이 그린 『잠자는 숲 속의 공주』랑 『백설공주』를 가지고 있거든요. 둘 다 그림 형제 책이니까 어쩌면 『빨간 모자』도 그렸을 수도 있어요."

"음, 만약 그렇다면 구하는 것도 가능할까요?"

엔시 씨는 잃어버린 장난감을 찾은 어린아이와 같은 얼굴을 했다.

"간다에 있는 큰 서점에 가면 있을 거예요. 없으면 출판사에 연락해볼게요."

"그러면 구할 수 있습니까?"

"아마도요."

"그럼 답례로 내가 점심을 대접하겠습니다."

"아니, 그러시면……."

"괜찮습니다, 어차피 비싼 건 못 삽니다."

그러면서 엔시 씨는 웃었다.

"학생이니까 일요일이 좋겠지요? 마침 나도 다음 주 일요일은 저녁까지 시간이 비어 있는데, 어떤가요, 괜찮겠습니까?"

"네."

"오늘 저녁 식사는 어떻게 했습니까?"

"휴식 시간에 로비에서 도시락 먹었어요. 오사카 초밥 네모난 틀에 초밥을 찍어내듯 만들어 칼로 썬 것. 오는 길에 사 왔거든요."

"흐음."

"원래는 자리에서 먹고 싶었는데, 안 된다고 해서……."

약간 원망하는 투가 되었다.

"저런, 내가 미안해지는군요."

"저 말고도 먹는 사람이 있어서 그래도 괜찮았어요. 혼자면 창피했을 텐데. 옷도 옷이고."

"아아, 정장……."

"네, 그 순간 정말 후회했어요. 그냥 청바지나 입고 올 걸, 하고요."

일요일에 만날 장소와 시간을 정하고 찻집을 나왔다. 어둠을 등진 역 앞 키다리 빌딩이 낮에 봤을 때보다 한층 커 보였다.

11

이튿날 수업이 끝나자마자 간다 서점가에 갔다.

없으면 연락해보려고 유미코 씨의 책을 내고 있는 쓰기쿠사라는 출판사의 연락처도 적어 왔다. 그런데 의외로 쉽게 그림책 코너에서 유미코 씨의 『빨간 모자』와 상봉할 수 있었다.

B4 크기의 책이었다. 발행일을 보니 올 7월로 되어 있었다. 비교적 최근에 낸 책이라 쉽게 구할 수 있었던 것이다. 『잠자는 숲 속의 공주』나 『백설공주』는 눈에 띄지 않았다. 큰 출판사에서 낸 책이 아니면 어느 정도 지난 책은 구하기가 쉽지 않다.

찻집이라도 들어가 천천히 읽고 싶었으나 경제적인 압박으로 바로 포기하고, 평소대로 정기승차권이 있는 히비야 선을 타려고 아키하바라까지 걸었다.

지하철을 타고 자리에 앉자마자 『빨간 모자』를 펼쳐 들었다.

역시 이 이야기에도 숲이 나왔다. 숲이든 달이든 그 의미가 일본과 서양에서 꽤 차이가 있다고 들었다. 일본의 옛날이야기에는 으레 산이 나온다. 서양만큼 숲이 한없는 신비와 공포를 담고 있지 않기 때문일 것이다.

유미코 씨의 성이 모리나가인 것은 정말이지 우연이지만모리나가의 '모리'는 수풀을 뜻하는 한자 '森'을 쓴다, 이 책을 특색 지우는 것이 숲의 푸름을 띤 깊은 초록인 것은 확실했다. '유미코의 초록'이라고 말하고 싶을 정도였다.

『빨간 모자』의 첫 장에는 바구니를 들고 서 있는 여자아이가 정면으로 그려져 있다.

> 옛날 옛날에
> 빨간 모자가 잘 어울리는 귀여운 여자아이가 살았어요.
> 어느 날 엄마가 말했어요.
> "빨간 모자야, 할머니께 포도주를 가져다 드리렴."
> "네."

서점에서 대충 슥 봤을 때도 막연하게 유미코 씨의 이전 그림책과는 느낌이 다르다고 생각했다. 그런데 앉아서 차분히 보니 그 차이점이 눈에 들어왔다. 글이었다.

『잠자는 숲 속의 공주』 같은 것은 문장이 친절했는데 이것은 그렇지가 않았다. 예를 들어 빨간 모자의 대답 전에 '빨간 모자는 대답했어요'라는 설명도, 그 뒤에 '빨간 모자는 씩씩하게 집을 나갔어요'라는 서술도 없는 것이다.

계속해서 책장을 넘기자 이번에는 한 면 전체가 온통 '유미코의 초록'이었다. 하늘에서 내려다본 숲의 모습. 그 사이를 걸어가는 빨간 모자는 어깨까지만 보인다. 아주 작은 빨강이 전체에 긴장감을 주고 있다. 그리고 우측 아래에 비스듬히 바위산 같은 것이 있다. 거기서 숲을 살피고 있는 짐승, 한쪽 다리만 드러내놓고 있다. 글은 딱 한 줄.

앗, 늑대다!

이전 책들과는 분명히 달랐다. 앞으로 넘겨서 표지를 다시 보고, 반은 놀라고 반은 그렇구나 하고 생각했다.

……글 그림 : 모리나가 유미코

이어지는 내용은 이렇다.

늑대는 빨간 모자를 앞질러 가서 할머니 집에 먼저 도착한다. 그런데 집에 할머니도 없고 문도 잠겨 있다. 늑대는 굴뚝을 타고 몰래 집 안에 들어가 할머니의 나이트캡을 쓰고 침대에 눕는다. 그리고 그곳에 아무것도 모르는 빨간 모자가 찾아온다.

그러고서 그 유명한 대화가 시작된다.

빨간 모자는 고개를 갸웃거렸어요.

"할머니, 귀가 왜 이렇게 커요?"

"그야 네 목소리를 잘 듣기 위해서지."

뒤집어쓴 이불과 나이트캡 사이로 갈색 털이 난 귀가 삐죽 튀어나와 있다. 다음 장에서 빨간 모자는 대담하게도 침대를 들여다보고 있다.

"할머니, 눈이 왜 이렇게 커요?"

"그야 너를 잘 보기 위해서지."

빨간 모자의 눈도 커졌다. 호기심으로 가득한 눈이다. 다음 장면에서는 그 빨간 모자를 이불 밑에서 나온 두꺼운 팔이 잡고 있다. 빨간 모자는 간지러운 표정이다.

"할머니, 손이 왜 이렇게 커요?"

늑대는 두근두근하면서 대답했어요.

"그야 너를 꽉 껴안기 위해서지."

이어지는 장에서는 늑대의 뾰족한 입이 빨간 모자의 얼굴 앞까지 와 있다. 빨간 모자는 천진난만하게 작은 손으로 그 입을 만지려고 한다.

"할머니, 입이 왜 이렇게 커요?"

"그건, 너를……

그림은 전신상에서 사 분의 삼, 반신, 얼굴, 이렇게 서서히 클로즈업된다. 한 장 넘기자 한 면 가득 늑대의 입이다. 엄니가 테두리처럼 빙 둘러져 있다. 쩍 벌어진 구멍 안으로 빨간 모자는 빨려 들어가기 직전이다. 그리고 거기에 적힌 활자는 놀랄 만큼 커다랗다. 까만 바탕에 번쩍이는 질감의 금색 은색 빨강 파랑 노랑이 마블링처럼 뒤엉겨 채색되어 있다.

……잡아먹기 위해서지!"

깜깜한 배 속에서 빨간 모자는 씩씩거리고 있다. 이윽고 들리는 큉큉 하는 바람 소리. 코 고는 소리다. 배부른 늑대가 잠이 들어버린 것이다. 빨간 모자는 씩 웃고 주머니에서 작은 상자를 꺼낸다. 나뭇잎, 사탕, 그리고 앙증맞은 반짇고리가 나온다.

빨간 모자는 그 안에 든 작은 가위로 늑대의 배를 싹둑싹둑 자르고 밖으로 나온다. 그리고 입을 떡 벌리고 자는 늑대의 배에 돌을 잔뜩 채워 넣고 다시 꼼꼼하게 꿰맨다.

잠에서 깬 늑대는 배를 문지르며 얼굴을 찡그린다.

"아이고, 배야.
여자아이를 먹은 게 탈이 났나?"

비참한 얼굴의 늑대가 쭈그리고 앉아 초록색 풀을 씹고 있는 것이 다음 장면이다.

늑대는 배가 아파서
풀밖에 먹을 수 없게 되었어요.

숲의 짐승들은 덕분에 편안하게 살았지요.

그리고 마지막 장에서는 첫 장면과 마찬가지로 빨간 모자가 정면을 보고 서 있다.

그리고……
빨간 모자는 늑대를 조심하게 되었고,
늑대는 여자아이를 조심하게 되었답니다.

물론 그림 형제의 『빨간 모자』와는 다른 데가 많다.

유미코 씨의 빨간 모자는 속수무책으로 당하고 있지 않는다. 사냥꾼이 구해주기를 기다리는 것이 아니라 말 그대로 스스로 길을 개척한다. 그 지점에 유미코 씨가 글을 쓴 이유가 있을 것이다.

빨간 모자가 사용한 가위와 바늘과 실, 이 도구들도 생각해보면 여자아이를 상징하고 있다고 볼 수 있다. 여자 아이가 이 세 가지 도구를 사용해서 늑대와 대결하는 것은 아주 자연스럽다.

또 결말도 자신의 주제도 모르고 여자라는 입장에 선 인간을 고압적으로 대하고 우습게 여기는 어리석은 무리에 대한 통렬한 풍자가 아닐까.

물론 이것은 내 개인적인 감상일 뿐, 이『빨간 모자』를 보고 어린아이들이 느끼는 것은 또 다를 것이다. 어쨌든 이런 의미를 빼도, 유미코 씨의『빨간 모자』는 어린아이들이 마음 졸이며 읽을 수 있는 재미있는 책임에는 틀림 없다.

다만 어린아이는 의외로 보수적이기 때문에 할머니나 사냥꾼이 나오지 않으면 속았다고 생각할지도 모른다. 그런 의미에서는 출판사가 이 책을 낸 것은 용기 있는 결단이었고 모험이었다고 할 수 있다. 그것을 가능하게 한 것은 무엇일까. 당연히 그때까지 쌓아온 유미코 씨의 실적이 크게 작용했을 것이다.

……즉 유미코 씨의 책은 사람들에게 읽히고 있는 것이다.

그렇게 생각하자 왠지 기뻤다.

사철 플랫폼에 내려, 책을 가방에 넣으려다가 손을 멈췄다. 무엇을 위해 이 책을 샀는지 문득 깨달았다. 멍청한 이야기다.

전차를 기다리는 동안 선 채로 다시 한 번 처음부터 책을 읽어보았다. 그러나 빨간 모자의 수수께끼를 해결할 만한 재료는 찾아낼 수 없었다.

이윽고 요란한 소리를 내며 쾌속 전차가 플랫폼에 들어왔다.

13

월말 재정 압박의 주된 원인은, 신문 평을 보고 예매한 볼쇼이드라마극장 공연에 있었다. 아무튼 비쌌다.

다카다노바바에서 글로브 극장으로 가서 〈아마데우스〉를 보았다.

그리고 흥분된 마음을 안고 밤길을 터벅터벅 걸어 집으로 돌아왔다. 연기가 약간 과장된 느낌은 있었다. 하지만 무대에 있던 것은 인간의 근원적인 슬픔이었다. 이것이 가장 절실하게 느껴졌던 것은 살리에리가 처음으로 모차르트의 음악을 듣는 장면이었다. 바로 운명의 일격.

있는 그대로 만족하며 살 수 없는 것이 인간이다. 아담과 이브가 금단의 열매를 먹었다는 것은 얼마나 슬픈 일인가.

이런 날은 예외지만, 보통 저녁은 집에서 먹는다.

메뉴 선정은 전적으로 어머니의 몫이다. 재료를 사는 것부터가 시간상 불가능하기 때문에 그것은 어쩔 수 없다……라는 것은 물론 핑계. 그저 게으른 것일 뿐이다.

저녁 전에 서둘러 귀가했을 때는 어머니의 지휘 하에 굽거나 볶거나 튀기는 일을 할 때가 있다. 올겨울 어머니가 산 달라붙지 않는 만능 프라이팬이 아주 물건이라 그 덕을 톡톡히 보고 있다. 쉬운 길을 택하는 것이 인간인지라 이제 전에 쓰던 프라이팬에는 손이 가지 않는다.

그리고 식사가 끝나면 알아서 설거지를 한다. 중학생 때 이후로 내가 집에 있는 한은 저녁 설거지는 내 담당이다. 아침에는 일어나서 나가기 바쁘기 때문에 이 정도도 하지 않으면 하늘이 노할 것이다.

〈아마데우스〉를 보고 온 다음 날, 부엌에서 설거지를 하는데 뒤에서 어머니가 틀어놓은 텔레비전 소리가 귀에 들어왔다. 〈마운틴고릴라의 생활〉이라는 다큐멘터리를 하고 있었다.

거품이 묻은 수세미를 손에 쥔 채 무심코 돌아보았다. 네모난 화면에 아프리카 오지의 밀림 풍경이 비치고 있었다. 그리고 그 안에 고릴라의 그 거칠고 투박한 얼굴이 있었다.

생김새는 우락부락해도 성질은 꽤 온순한 편이라고 한다. 주식은 나뭇가지. 그것을 끌어안고 우물우물 마냥 씹는다. 먹고 자고, 먹고 자고, 그러다 날이 저문다.

사실 싱크대 앞에 서서 대충 흘려 볼 가벼운 내용은 아니었지만, 기쁨도 슬픔도 초월한 담담한 시간이 그곳에 흐르고 있는 것 같은 기분이 들었다.

문득 내가 한 마리의 마운틴고릴라가 되어, 나무 그늘에 앉아 어제도 내일도 없는 하루하루를 보내고 있는 모습이 머리를 스쳤다. 그리고 왠지 모르게 정신이 아득해지는 것을 느꼈다.

14

일요일은 날씨가 좋았다.

약속 장소는 긴자의 서점이었다. 엔시 씨는 근처 건물로 나를 안내했다.

"일식으로 하겠습니까, 양식으로 하겠습니까? 아니면 중식?"

건물 전체가 음식점이었다. 각 층마다 다른 음식점이

들어와 있어서 취향에 따라 고를 수 있었다.

"일식을 좋아해요."

"왠지 그럴 것 같았습니다."

엘리베이터를 타고 위층으로 올라갔다. 테이블 자리였지만 각각의 자리에서 신발을 벗도록 되어 있었다. 바닥에는 카펫이 깔려 있었다.

엔시 씨가 가이세키 도시락일본식 정찬인 가이세키 요리를 도시락에 담아내는 것을 두 개 주문한 뒤 먼저 운을 뗐다.

"동화는 좋아합니까?"

"좋아했죠. 그런데 일찌감치 몽고메리나 캐스트너로 갈아타서 안데르센이나 그림 형제 책을 읽은 건 이제 까마득한 옛날 일 같아요."

엔시 씨는 차를 한 모금 마셨다.

"종종 말하지요, 여자아이들은 동화 속 백마 탄 왕자님이 나타나기를 기다린다고. 그랬나요? 그런 장면을 보고 동경했었나요?"

나는 기다리고 있었다는 듯이 냉큼 대답했다.

"저는 그 왕자님이라는 존재 자체가 정말 이상했어요."

"이를테면?"

"이야기 마지막에 뿅 나타나거나 동물이 왕자가 되거

나 하잖아요. 그런데 주인공은 너무 쉽게 결혼해버려요. 왕자라는 것 말고는 아무것도 모르면서요. 주인공한테는 어느 정도 감정 이입이 돼요, 그런데 그런 주인공이 어디서 굴러먹던 개뼈다귀인지도 모르는 왕자와 사랑에 빠지는 건 정말 이해할 수 없었어요."

"아주 신랄합니다."

엔시 씨는 후후 웃었다.

"어디서 굴러먹던 개뼈다귀라는 표현이 재미있군요. 이게 라쿠고면 〈해골〉이 됩니다 〈해골〉의 내용은 이렇다. 해골에 공양하고 명복을 빌었더니 해골의 혼령인 미인이 밤에 찾아왔다는 이야기를 듣고 주인공은 해골을 찾아간다. 오늘 밤 자기 방에 와달라고 간청하는데, 옆에서 광대가 그 소리를 엿듣고는 돈벌이를 할 셈으로 주인공의 집을 찾아간다. 주인공은 그 광대를 해골의 혼령으로 착각한다."

"정말 그러네요."

나도 웃어버렸다.

"상대가 왕자인데도 이렇게 까다로워서는 사랑하는 사람을 찾는 것도 쉽지 않을 거예요."

"그래서 늘 혼자……인 건가요?"

라쿠고 공연을 보러 갈 때 나는 거의 혼자이거나, 가끔 동행이 있어도 여자 친구들이었다.

"아이고, 괜한 걸 물었군요."

엔시 씨는 미안해했다. 나는 웃으면서 자발적으로 대

답했다.

"고등학교도 여고였고, 줄곧 주변에 남자가 없었어요."

가족이나 친구가 아니어서 부담 없이 말할 수 있었던 것 같다.

"남들처럼, 아니 어쩌면 남들 이상으로 아, 나도 좋아하는 사람하고 거리를 걷고 싶다, 이런 생각 하거든요. 그런데 그런 상대를 못 만났어요. 내가 마음에 들어도 그 사람이 나를 마음에 안 들어 할 수도 있고. 그래서 저, 연애에 대해서는 좀 비관적인 편이에요. 그리고 솔직히……."

말하지 않아도 될 것을 주저리주저리 늘어놓았다.

"길에서 커플을 보고 아름답다고 생각해본 적이 없어요. 부러워서 그런 걸 수도 있겠지만, 뭐랄까, 너무 절제 없이 대놓고 반짝인다고 해야 하나? 나도 저렇게 보일까, 생각하면 별로 연애하고 싶은 마음이 안 들어요."

주문한 음식이 나왔다. 국은 따로 그릇에 담아 나왔다. 칠기 안에 가지런히 놓인 각각의 그릇이 새초롬한 아이처럼 깜찍했다.

"아, 맞다, 『빨간 모자』."

음식이 나온 직후라 타이밍이 좋지 않았지만 일단 꺼내서 엔시 씨에게 건넸다.

"고맙습니다."

엔시 씨는 푸른빛을 띤 짙은 초록색 표지와 투명감이 있는 빨간색 제목을 잠깐 응시했다.

"보고 먹을 테니 먼저 드십시오."

"네."

먹는 속도가 유난히 느린 나인지라 오히려 잘됐다고 생각했다.

엔시 씨는 책을 펼쳤다. 그런데 책장을 넘길수록 표정이 좋지 않았다. 지난번 찻집에서 보았던 복잡한 표정이었다.

"당신은, 이분에게 좋은 감정을 품고 있지요?"

드디어 책을 내려놓고 엔시 씨가 물었다.

"네."

망설임 없이 대답했다. 어린 날 마치 천사의 방을 훔쳐본 것 같았던 그 강렬한 첫 만남의 기억 때문도 있었을 것이다. 그리고 무엇보다 고난에 굴하지 않고 자신만의 세계를 구축해서 업적을 쌓아가는 유미코 씨에게 내가 동경에 가까운 호의를 품고 있는 것은 당연한 일이었다.

"그렇다면 내가 하는 이야기가 좀 괴로운 것이 될지도 모르겠군요."

엔시 씨는 담담하게 말했다. 나는 잘못 들었나 생각했다. 하지만 내가 되물으려고 했을 때 엔시 씨는 벌써 젓가락을 들고 식사를 시작한 상태였다. 그리고 먹으면서 이렇게 말했다.

"머리가 아주 좋은 사람 같습니다. 자기주장도 강하고요."

"저도 그렇게 생각해요."

"실은 그때 헤어지고 나서 그림 형제의 『빨간 모자』를 샀습니다. 딸아이한테 주려고요."

"아아, 네."

"당연히 읽어봤는데, 이분 책은 그 원작하고 다른 구석이 꽤 있군요."

"네."

"우선 원작에서는 할머니 집에 포도주와 과자를 들고 갑니다. 하지만 이 책에서는 포도주뿐입니다."

나는 엔시 씨를 보았다. 기억에 의지했을 뿐으로 완역판과 대조한 것은 아니었다.

"왜일까요?"

무심결에 그렇게 물었다.

"색감 때문일 겁니다."

"색감?"

"네, 바구니 안에 빨간 모자와 색이 같은 빨간 포도주만 넣어서 불필요한 색을 없앴어요. 그편이 그림의 완성도가 높아지니까요."

나는 젓가락을 쥔 채 고개를 끄덕였다.

"그리고 이 그림책에서는 늑대가 높은 곳에서 빨간 모자가 걸어가는 것을 발견하고 내려다보고 있습니다. 원작에서는……."

"숲 속에서 만나요."

"그렇습니다. 그리고 꽃도 꺾어다 드리면 좋아하실 거라고 꾀어서 빨간 모자가 꾸물거리게 만들지요. 그러는 사이에 늑대는 할머니 집에 먼저 갑니다."

"네."

엔시 씨는 국을 마신 뒤 가만히 그릇을 내려놓았다.

"왠지 공감이 돼서 한편으로 쓸쓸하기도 하더군요."

"네?"

"라쿠고 무대를 연출하는 것도 이와 비슷합니다. 이야기를 자신의 것으로 한다는 점에서."

"그렇게 말하니 그러네요."

"그렇게 되면 논리에 너무 치우쳐서 이야기가 작아집

니다. 그런데도 나같이 소심한 사람은 작은 것에 집착하게 되지요."

"아아, 네."

"예를 들면…… 〈쥐구멍〉이라는 이야기가 있는데, 압니까?"

"네."

형만 믿고 고향을 떠나온 다케지로에게 주어진 것은 고작 돈 서 푼. 그는 그 서 푼으로 장사를 시작해서 돈을 차곡차곡 모아 재산을 눈덩이처럼 불려가는데…… 대충 이런 내용의 이야기다.

"나는 그 이야기를 들으면 서 푼으로 재산을 늘리는 사이에 생활은 무슨 돈으로 했을까 하는 생각이 먼저 들어버립니다."

"아아, 그럴 수도 있겠네요."

"허점을 찾자는 게 아닙니다. 아주 자연스럽게 그런 생각을 해버리는 겁니다. 서 푼이 여섯 푼이 되고, 열두 푼으로 불어가는 사이에도 먹기는 할 겁니다. 여윳돈이 있으면 서 푼으로 시작할 까닭도 없겠지요. 이것은 단지 이치입니다. 그런데 알면서도 일단 그런 식으로 생각해버리면 생활비는 따로 가지고 있고, 형에 대한 오기로 일부러 서 푼으로 장사를 시작한 것이라는 식의 납득할 만한 답을 내놓고 싶어집니다. 하지만 이렇게 되면 이야기는 이미 작아지기 시작한 것이나 다름이 없습니다."

"무슨 말인지는 알 것 같아요."

"이분이 사고하는 방식에도 비슷한 데가 있습니다."

"예를 들면요?"

"늑대와 빨간 모자를 숲에서 만나게 하지 않은 것은, 왜 그 자리에서 잡아먹어 버리지 않는가를 생각했기 때문일 겁니다."

나는 눈을 깜빡거렸다.

"그러네요."

"물론 거기서 빨간 모자가 잡아먹혀서는 이야기가 되지 않습니다. 그러나 늑대 입장에서 보면 잡아먹어서는 안 될 필연성은 없어요. 두 사람 다 잡아먹을 생각이면 할머니 집으로 바로 갈 게 아니라 우선 빨간 모자를 잡아먹고 그다음에 할머니 집에 가면 됩니다. 이러면 아주 깔끔합니다."

"즉물적이네요."

"그렇기 때문에 이분은 늑대와 빨간 모자를 떼어놓았어요. 하지만 그것은 늑대와 빨간 모자가 보여주는 숲에서의 매력적인 장면을 하나 버렸다는 말이기도 합니다."

엔시 씨는 약간 쓸쓸한 얼굴을 했다.

"아마 그런 사실은 본인도 알 겁니다. 하지만 한번 마음에 걸린 이상에는 거기에 이유를 붙이지 않으면 앞으로 나아갈 수가 없어요. 머리로 감정을 통제할 수는 있는데, 그 반대는 불가능한 것이지요. 이것이 머리로 움직이는 인간의 슬픔 아니겠습니까? 그런 의미에서 머리는 영원히 감정을 질투할 수밖에 없는 것이지요."

나는 당연하다는 듯이 미소를 지었다. 그러나 그때, 다리가 떨리고 있음을 나는 느꼈다.

"어쨌든 원래 내용과 가장 큰 차이점은, 말할 것까지도 없이 빨간 모자와 늑대밖에 나오지 않는다는 점입니다."

엔시 씨는 나를 보았다.

"이 이야기의 빨간 모자를 어떻게 생각합니까? 성인의 시선에서."

엔시 씨는 내가 열아홉인 것을 새삼 상기했는지도 모른다. 또는 나이에 비해 어린아이 같다고 생각했는지도 모른다. 순간 그 얼굴에서 '좀 심했나?' 하는 표정이 분명히 보였다. 엔시 씨는 자신의 질문에 직접 대답했다.

"공정한 눈으로 봤을 때, 이렇게까지 도발하는 것이면

빨간 모자는 잡아먹혀도 어쩔 수 없다고 생각합니다."

침대 위의 빨간 모자가 눈앞에 어른거렸다. 가장 보편적인 비유로써 빨간 모자와 늑대가 어떻게 될까 나도 모르는 바가 아니었다. 지극히 자연스러운 의견이다. 그러나 이 사람의 입으로 그런 이야기는 역시 듣고 싶지 않았다.

"페로의 『빨간 모자』는 남과 여의 관계를 비유적으로 그리고 있다고 합니다. 이분 작품에서도, 할머니 집에서 이야기를 주고받는 부분이 마치 음악이 절정을 향해 달려가고 있는 것처럼 긴장감이 돌아서 무의식중에 그런 느낌을 받게 됩니다. 빨간 모자와 늑대만 등장시킨 것이 더욱 그런 분위기를 조성하고 있지요. ……그리고 이 책은 7월에 나왔습니다. 이분이 초가을에 빨간 모자에 대해 이야기하면서 자신의 그림책을 언급하지 않았을 리가 없어요. 그런데 당신 설명에서 이 책은 나오지 않았습니다. 점 여사인가요? 그분이 책 이야기를 들어서 알고 있었다면 틀림없이 당신에게 말했을 것이라고 생각합니다. 그만큼 분명한 이야기입니다. 더욱이 이야기의 재미로써는 이 이상 없을 우연의 일치이지요."

나로서는 논리의 방향을 파악할 수 없었다.

"모르겠습니까? 그림책 이야기는 일부러 꺼내지 않았

던 겁니다."

"……그게 무슨 말인가요?"

"마치 동화와도 같은 빨간 모자 사건. 그것도 이분의 창작이었다고 생각하면 앞뒤가 맞습니다."

엔시 씨의 나긋나긋한 손가락은 『빨간 모자』 책을 가리켰다.

"하지만……."

"실제로 여자아이가 서 있었다고 말하고 싶은 것이지요? 그건 간단합니다. 아닌가요?"

나는 엔시 씨를 응시하고 천천히 대답했다.

"아니, 맞아요."

여자아이라면 한 지붕 아래에 살고 있다. 살짝 귀띔해서 집 앞 공원에 오 분만 나가 있으라고 하는 것은 간단한 일이다.

"빨간 모자 이야기를 급조한 후에, 아이에게 빨간 코트를 입혀서 실제로 나가 있게 했을 겁니다."

"……그렇다고 해도 두 명이잖아요."

"네?"

"유미코 씨와 딸, 이렇게 두 명이에요. 지난번에 빨간 모자는 세 명이라고 하셨잖아요?"

"아아……."

엔시 씨는 아무렇지 않은 듯 예사롭게 대답했다.

"또 한 명은 당신입니다."

나는 놀라서 숨을 들이쉬었다.

"그렇잖습니까. 창문 너머에 여자아이가 있다. 그 이미지의 근원은 먼 옛날의 당신이라고 생각할 수밖에 없지 않을까요?"

그 봄날의 햇살이 순간 내 몸을 감싼 것 같은 기분이 들었다.

15

"그런데 도대체 왜 그런 장난을……."

엔시 씨의 표정이 침울해졌다.

"순서대로 설명하자면, 내가 가장 먼저 이상하다고 생각한 것은 신발장 이야기였습니다."

"신발장?"

"네, 그 점 여사라는 분을 화장실에 안내한 후에 바로 옆쪽에 있는 신발장을 정리하기 시작했다는 것은 아무리 생각해도 이상합니다."

나는 또 뻥하니 입을 벌렸다.

"사람이 화장실에 들어가면 보통은 자리를 피해줍니다. 더구나 여자입니다. 그런데도 그 곁을 떠나지 않은 것은 왜일까. 그때 무슨 일이 있었던 것일까."

"전화……."

"맞습니다. 마침 그때 전화가 걸려올 것을 알고 있었다고 하면 어떨까요? 화장실에서 나오면 바로 전화기가 있어요. 점 여사라는 분은 벨이 울리면 자신이 받아서 네, 누구누구 집입니다, 바꿔드리겠습니다, 하고 거리낌 없이 말할 수 있는 성격으로 생각되더군요."

"그건 그런데요, 하지만 어떤 전화가 걸려올 줄 알고……."

엔시 씨는 조용하게 말했다.

"걸려온 전화는 어디서 온 전화였지요?"

나는 어리석게도 반박했다.

"그게 답이라면 이상해요. 점 여사 남편분이 전화를 할지 어떨지 어떻게 알며, 또 그런 전화라면 점 여사가 직접 받아도 문제될 것 없잖아요."

엔시 씨는 가만히 나를 보았다.

이윽고 나는 내 입술이 떨리기 시작한 것을 느꼈다. 나는 양손으로 얼굴을 덮었다.

침묵의 시간이 흘렀다.

숨결을 고르고 손바닥에 가려진 눈을 뜨자 좁은 손가락 틈새로 엔시 씨의 얼굴이 보였다. 어딘지 모르게 아버지 같은, 그리고 애처로워 보이는 얼굴이었다.

나는 천천히 손을 내렸다.

"죄송해요."

이야기를 끊은 것에 대한 사과인지 어떤지는 나 자신도 잘 알 수 없었다.

"······그래서 빨간 모자와 늑대 이야기를 꺼내셨던 거군요."

엔시 씨는 가만히 고개를 끄덕였다.

"점 여사 남편분은 일요일에도 출근을 한다고 했습니다. 일을 끝내고 마음이 여유로워졌을 때 전화를 한다는 것은 어떤 의미일까. 게다가 일요일마다 남편은 밤늦게 귀가한다고 했어요. 그렇다면 그 모리나가 씨라는 분의 딸이 깊이 잠든 후에 그 집에 점 여사의 남편분이 찾아오는 것이 아닐까. 나로서는 그렇게밖에 생각되지 않았습니다. 전화는 그 약속을 잡기 위한 것이었겠지요."

"너무 대담한 거 아닌가요? 한 동네 안에서."

"그건 그럴 수밖에 없을 겁니다. 엄마는 저녁밥도 챙겨
줘야 하고 숙제도 봐줘야 하니 아이 곁을 한시도 떠날 수
가 없습니다. 일도 하고 아이까지 어리면 여유는 더더욱
없지요. 더구나 그분은 일과 가사에, 집에서 그림도 그리
고 있습니다."

확실히 아이가 있으면 엄마는 밤까지 짬이 나지 않는
다. 낮에는 둘이 맞춰서 휴가를 내는 것 말고는 밀회의
방법은 없을 것이다. 하지만 그것도 계속할 수는 없다.

"사정이 그렇다면 당연히 아내인 점 여사를 혼자 전화
기 근처에 둘 수는 없습니다. 혹시라도 점 여사가 받는
다면 당황한 남편이 무슨 말을 주절일지 알 수 없으니까
요. 수화기를 들고 네, 여기 있어요, 한 첫마디는 점 여사
가 들으라고 한 말이자 그 남편에 대한 경고였을 겁니다.
그렇다면 아내가 집에 와 있다는 것을 에둘러 말한 후에,
날씨 탓을 하면서 오늘은 빨간 모자도 무리겠다고 한 말
이 무엇을 의미하는지도 명백해집니다."

'빨간 모자'와 '늑대'는 두 사람만의 암호였으리라. 그
말의 의미가 뒤죽박죽되어 귀에 맴돌아서 나는 얼굴을
찡그렸다. 고기 기름을 입에 가득 머금은 것 같은 기분이

었다.

하지만 그림책 『빨간 모자』에 대한 평가는 변함이 없었다.

유미코 씨가 '잡아먹힌' 것은, 좀 더 심하게 말하면 '잡아먹게끔 한' 것은 이 그림책을 기획하기 전인지 후인지는 알 수 없다. 그러나 두 사람의 관계가 책에 투영된 것은 명백하다. 그것을 나는 떠벌리기 좋아하는 악취미를 가졌기 때문이라고는 생각하지 않는다.

그 안에 있던 것은 틀림없이 자신을 걸고 한 표현이었다.

엔시 씨의 이야기는 계속되었다.

"빨간 모자가 요사이 일요일 밤마다 나타난다고 한 것은, 아내 앞이라는 것을 생각하면 아주 짓궂은 말입니다. 그러고는 거기에 맞춰서 자유롭게 상상의 날개를 펼쳤겠지요. 완성된 것은, 현실의 풍경이라는 캔버스에 딸이라는 물감을 써서 그린 한 장의 그림이었습니다."

나는 길게 한숨을 쉬었다. 유미코 씨도 일의 아귀를 맞추느라 고생했을 것이다.

"공연히 빨간 모자라는 말을 꺼내서 일을 성가시게 만든 꼴이 되었네요."

이것으로 이제 끝이라는 심정으로 나는 막을 내리듯이

말했다.

"그런데 아무리 생각해도 이해할 수 없는 게 하나 있어요. 두 사람을 어떻게 연결한 거죠? 점 여사의 남편분도 그림을 좋아할 수는 있겠죠. 하지만 제가 한 이야기만으로는 그런 사실은 알 수 없잖아요."

말하면서 나는 엔시 씨의 표정이 굳는 것을 보았다. 엔시 씨는 낮은 소리로 대답했다.

"아니요."

그 대답이 '아니, 알 수 있습니다'라는 의미임을 나는 바로 알아채지 못했다. 해면에 물이 흡수되듯이 천천히 그 의미를 깨닫게 되자 그 놀람의 정도는 더욱 컸다.

"뭔가 연결고리가 있었나요?"

"물론입니다."

복잡한 표정이었다. 말을 더 해야 할지, 말아야 할지 망설이는 기색도 비쳤다. 그러나 결국 모든 것을 내게 말하고 받아들이게 하자는 생각이 이긴 것 같았다.

"점 여사입니다."

테이블이 치워지고 새로운 찻잔에 차가 나왔다.

나는 엔시 씨가 괴로운 이야기가 될지도 모르겠다고 말한 진짜 의미가 여기에 있음을 깨달았다.

거리에서 보이는 남녀의 절제되지 않은 모습을 나는 아름답지 않다고 말했다. 아름답지 않은 남과 여. 여기에 있는 것은 그 무엇보다도 추악한 남자와 여자가 아닐까.

"기껏해야 한 시간 정도 함께 있었던 당신이, 가능한 한 객관적이고 완곡하게 말하면서도 결국은 점 여사의 방자함과 무신경함을 질책했습니다. 하물며……."

그 이상 말해주지 않은 것이 고마웠다. 유미코 씨는 중고교 동창에다, 부모가 되어 아이의 인연으로 다시 만났다. 한쪽은 말할 것까지도 없이 매일 얼굴을 맞대고 사는 남편.

두 사람이 아내이고 친구인 여자를 조롱과 혐오를 양념으로 해서 서로 시시덕거리며 쾌락의 열매를 먹고 있었던 것이라면…….

나는 이제 손으로 얼굴을 가릴 기운도 없었다.

단순히 상황을 모면하기 위해서였다면 좀 더 간단히 전화를 끊을 수도 있었을 것이다. 유미코 씨는 빨간 모자라는 말을 실수로 내뱉은 것이 아니다. 우월감에 젖어 일부러 그런 것이다.

유미코 씨는…… 그 상황을 즐긴 것일까.

소름이 끼쳤다. 아득한 가을 들판 저편에 있는 이인의

나라를 보고 있는 듯한 기분이 들었다.

"계속 숨길 생각일까요? 당당하게 밝히고 결혼할 마음은 없는 걸까요?"

"글쎄요."

"그러지 않으면 마음이 외로울 것 같아요."

"외롭겠지요. 그리고 그런 생각이 들기 시작하면 더욱 외로워지겠지요."

"그냥 그대로 괜찮은 걸까요?"

"괜찮다 안 괜찮다 대답할 수는 없습니다. 말할 수 있는 것은, 두 사람은 외로움에 질 만큼……."

엔시 씨는 잠시 침묵했다. 그러고서 말했다.

"머리가 나쁘지는 않을 겁니다."

나는 입술을 깨물었다. 그 왜곡된 관계도 사랑이라 부를 수 있을까 묻고 싶었다. 하지만 묻는 것도 대답을 듣는 것도 무서워서 끝내 묻지 못했다.

16

가을도 막바지다.

감이 영그는 시기가 되었다. 저녁에 일찍 집에 돌아왔더니 어머니가 감을 받아 오라고 했다.

동네 아는 집에서 매년 이맘때면 감을 준다. 그 집에서 올해도 가져가라는 연락이 왔다.

어머니는 감을 좋아한다. 그 집 감이 특히 맛이 좋다고 말한다.

답례로 드릴 배를 흰 슈퍼 비닐봉지에 담아 자전거에 올라탔다.

"아이고, 되레 미안하네."

이것도 매년 있는 인사로, 그 후 집 뒤꼍으로 안내받았다. 마당이 넓어서 감나무만도 네다섯 그루나 되었다. 땅은 온통 낙엽으로 덮여 있었다.

계절 과일을 가지에서 직접 딸 때면 괜스레 마음이 설렌다.

"새들이 많이 쪼아놨어."

너무 익어서 땅에 떨어진 것도 있었다. 가지를 가볍게 살짝 당기자 감이 톡 떨어졌다. 마치 나를 기다리고 있어준 것 같은 기분이 들었다.

가을의 색채를 봉지에 담아 돌아오는 길에는 서쪽 하늘이 노을로 아름답게 물들어 있었다.

골목을 빠져나오면 약간 넓은 찻길을 건너야 한다. 신호가 녹색이었고 차가 거의 다니지 않는 길이라 그대로 내달렸다.

그 순간 가슴이 철렁했다. 오른쪽에서 빨간 차가 신호를 무시하고 돌진해왔던 것이다.

나는 양손으로 브레이크를 잡았다. 자전거는 옆으로 미끄러졌고, 코앞으로 빨간색이 지나갔다. 굉음이 들렸다. 브레이크를 밟아 차가 미끄러지는 소리였다. 상대도 당연히 브레이크를 밟았던 것이다. 차는 꽤 떨어진 곳에서 길을 가로지르듯 멈췄다.

나는 발로 버텨서 가까스로 넘어지는 신세는 면할 수 있었다. 감 몇 개가 길바닥에 떨어져서 말랑한 것은 퍽 터졌다. 심장이 쪼그라들고 온몸에서 피가 빠져나간 것 같았다. 그대로 잠시 움직일 수 없었다.

이윽고 자전거를 바로 세우고 터진 감을 보자 새삼 소름이 끼쳤다.

빨간 자동차도 앞뒤로 움직여 방향을 바꿨다. 그대로 떠나려는 것 같았다.

아무래도 상관없었다. 단지 나는 터진 감을 어떻게 할까 생각하고 있었다. 옆에 밭이 있었다. 흙에 버려서 나쁠 것은 없으리라. 그러면 행인의 신발이나 차바퀴를 더럽히는 일은 없을 것이다.

자전거를 세워놓고 터지지 않은 감부터 줍기 시작했을 때, 가려던 차가 후진해 왔다. 차의 움직임에는 표정이 없건만, 왠지 마지못해 되돌아오는 것처럼 보였다.

차가 바로 앞까지 와서 멈췄을 때 나는 감을 손에 든 채 굳어버렸다.

······점 여사였다.

얼굴을 감추려는 듯 운전석에서 먼 하늘을 보고 있었다. 하지만 그 파마 머리와 전체적인 모습이 점 여사가 틀림없었다.

뒷자리에는 중년 남자와 여자아이가 타고 있었다. 남자는 차가 멈추자 여자아이의 귀에다 몇 마디 속삭이고 바로 문을 열고 내렸다.

점 여사의 남편이었다.

나는 달아나고 싶었다. 엔시 씨와 그 이야기를 나눈 후였기 때문에 화제의 당사자와 얼굴을 마주하는 것이 두려웠다. 내게는 확실히 괴로운 이야기였다. 그나마 위안이 된 것은 그것이 결국은 추론일 뿐이라는 점이었다.

증거는 없었다. 확인할 수 있는 종류의 것이 아닌 것

이다.

그 사람은 시원스럽게 이쪽으로 걸어왔다. 보통 체격에 보통 키, 평범해 보였다. 내 앞까지 오자 다시 흘끔 차 안의 아이를 돌아보았다. 아이를 위해 차를 돌린 것이 틀림없었다.

이런 상황에서 달아나는 모습을 보여서는 안 된다고, 그 전신이 말하고 있었다.

주변에는 신기할 정도로 인기척이 없었다.

점 여사는 홱 돌아앉은 것처럼 꼼짝도 하려 하지 않았다.

"미안합니다. 다친 곳은 없습니까?"

그 사람을 둘러싼 배경은 어스름 속에 녹아 있었다. 가로등 불빛이 정면에서 그 사람을 비췄다.

"……왜 그러세요, 괜찮습니까?"

목소리가 하늘에서 울려 퍼지는 것처럼 아득하게 들렸다. 나는 감을 손에 든 채 우뚝 서 있었다. 그 사람의 넥타이 색깔은 푸른빛을 띤 짙은 초록색이었다.

하늘을 나는 말

이

융융하는 바람 소리가 납빛 하늘에서 쉴 새 없이 들려왔다.

나는 대학 부속고등학교 앞을 지하철역 방향으로 걷고 있었다. 인도에서는 흙모래가 어지럽게 흩날렸다. 학교 운동장에서 날아온 것일까. 황금색 은행나무 잎이 보도블록 위에서 빙글빙글 왈츠를 췄다. 우울한 풍경 속에서 그것만이 화사했다.

바람은 내 머리카락도 장난꾸러기처럼 가지고 놀았다.

귓가에서 머리카락이 살랑살랑 흔들리는 것이 내 눈으로도 보였다. 황량한 분위기가 묘하게 기분 좋았다.

돌풍이 불어와 멈칫 걸음을 멈추고 눈을 가늘게 뜨면서 흘러내린 가방을 어깨에 고쳐 멨을 때였다.

"야, 기다려."

쇼코였다. 나는 눈을 가늘게 뜬 채로 돌아보았다.

"점심 먹을 거지?"

에미도 나란히 웃고 있었다. 긴 머리카락이 바람에 펄럭였다.

"응."

"가자, 가자."

이대로 걸으면 와카쿠사라는 가게가 나온다. 셋이서 종종 식사를 하는 곳이다. 먹을 때마다 쿠폰을 주는데, 열 개 모으면 커피가 서비스로 제공된다.

"신호등 앞에 서 있길래 따라갔는데 그냥 건너버리더라."

"아이고, 몰라봬서 미안합니다."

"뒤통수에도 눈 좀 달고 다녀."

"말도 안 되는 소리 하지 마."

오렌지색 문을 밀었다. 잽싸게 안으로 들어갔다. 따뜻한 공간에 들어서자 안심이 되었다.

"어서 오세요."

안면을 튼 안경 쓴 아주머니가 물을 가지고 왔다.

가방을 의자 밑에 밀어 넣고 세 사람 모두 '삼겹살 생강

구이 정식'이라는 느낌상 젊은 아가씨에게는 어울리지
않는 메뉴를 주문했다.

"이번에는 많이 짧네."

에미가 말했다. 내 머리 이야기다. 원래 쇼트커트인 것
을 더욱 짧게 잘랐다.

"응."

"곧 겨울인데 목덜미가 춥겠다."

"춥지."

"적어도 이 정도까지는 길러. 그렇게 짧으면 뒤에서 볼
때 구분이 안 가잖아."

쇼코가 자신의 어깨까지 오는 머리카락을 어루만지면
서 말했다.

"뭐가?"

"물론 성별이지."

"흠."

"재킷에 청바지, 머리까지."

"엉덩이도 작고."

에미도 공주님처럼 생긋 웃으며 거들었다.

"좋아, 좋아, 다 들어줄 테니까 얼마든지 말해봐."

"그래도 앞에서 봤을 때 구분이 안 가는 것보다 낫잖아."

"고맙다."

"앞에서 봐도 뭔가 유럽의 불량소년 같지 않냐?"

쇼코가 타바스코 병을 만지작거리면서 말했다.

나는 입을 삐죽거렸다.

"유럽은 뭐고 불량은 또 뭐야?"

"글쎄."

무책임한 쇼코다.

"스무 살에 어깨에도 닿지 않는 검은 머리라니."

정식이 나왔다. 젓가락을 탁 잘라 들고 일제히 미역 된 장국을 꿀꺽 들이켰다.

뭔가 떠올랐다는 듯이 쇼코가 말했다.

"12월이지? 네 생일."

"그런데? 선물 주게?"

"안타깝게도 겨울방학이네."

"늦게라도 받을 의향은 있습니다만?"

나도 먹으면서 대꾸했다.

"그렇게는 안 되지."

쇼코는 큰 눈으로 나를 응시하며 진지하게 말했다.

"모두 성인이 되는 거네."

"거창한데?"

에미가 눈을 깜박거렸다.

쇼코는 그 진지한 목소리 그대로 계속해서 말했다.

"나 어릴 때 안데르센을 엄청 싫어했어."

나는 얼굴을 들었다. 에미는 고개를 갸웃거렸다.

"「미운 오리 새끼」가 백조가 되다니, 인정할 수 없었어. 진짜로 백조라면 애초에 그런 미움 따위 받을 리가 있겠어? 말도 안 되는 소리라고 생각하니까 화가 나서 못 견디겠더라. 나는 그 새끼 오리가 어딘가에서 진흙투성이가 되어 불쌍하게 죽었다고 생각해. 마지막에 백조가 되는 건 그냥 죽기 직전에 꾼 꿈일 뿐이야. 한순간의 환상."

"……쇼코, 멋있다."

에미는 천진난만하게 감탄했다.

"「성냥팔이 소녀」도 구원받는 것처럼 끝이 나는데, 결국은 망상이야. 「인어공주」도 물거품으로 변했을 뿐이지 하늘에 올라갔다는 건 엉터리야."

"흐음. 그럼 쇼코, 좋아하는 동화는 없어?"

"좋아한다고 말할 만한 건 없어. 하지만 가장 강렬하게 기억에 남는 동화가 뭐냐고 묻는다면, 이것도 역시 그 싫어하는 안데르센 동화야. 「눈의 여왕」 알지?"

"응."

"한 번밖에 안 읽어서 제대로 기억하고 있는지는 모르겠지만, 눈에 거울 조각이 들어가잖아. 그런 설정부터가 아주 감각적이고 색다르다고 생각해. 피부로 느껴지는 그 서늘한 분위기는 지금도 잊을 수가 없어."

"묘하게 기억에 남는 이야기라면 나도 있어."

끼어들 마음이 들어서 나는 젓가락질을 멈췄다.

"오가와 미메이일본의 아동문학 작가 작품인데, 아주 짧아. 제목은 잊어버렸고, 내용은 어린아이가 아름다운 새를 잡으려고 나무 위에 올라가는데, 새는 결국 못 잡고, 아름다움? 꿈? 뭐 그런 걸 좇으려다가 아이는 나무에서 떨어져 평생 팔인가 다리인가를 못 쓰게 돼."

"그걸로 끝?"

"그랬던 것 같아. 내용이 동화 같지가 않잖아. 오싹했다니까. 잊히지가 않아."

"순수할 때였으니까 받은 충격도 컸겠지."

에미가 말했다.

"지금도 순수해."

"암, 순수하지."

"뭐야?"

"어머, 순수하게 안 들려?"

에미는 장난스럽게 말한 뒤 다시 하던 이야기로 돌아왔다.

"나한테 그런 동화는, 그림 형제."

가슴이 철렁했다. 에미는 이야기를 계속했다.

"「하늘을 나는 목마」 이야기 알아?"

쇼코와 나는 고개를 가로저었다.

"왕의 생일에 하늘을 나는 목마를 선물로 받아. 왕자가 그걸 타고 하늘을 날아다니다가 탑에 있던 예쁜 여자아이를 만나 친해져."

"꼭 퍼맨^{평범한 소년이 마스크, 망토, 배지를 장착하고 초인적인 능력을 갖춘 퍼맨으로 변신하여 정의를 위해 싸운다는 내용의 일본 애니메이션} 같네."

쇼코가 말했다.

"둘이서 목마를 타며 즐겁게 놀다가 숲에서 잠깐 쉬는데 악당들이 나타나. 여자아이와 목마는 빼앗기고, 왕자는 이교도의 나라에 노예로 팔려가."

"비참하네."

쇼코는 '비참'을 '비이차암' 하고 길게 늘여 말하고 컵에 든 물을 꿀꺽 마셨다.

"맞아. 행복한 두 사람을 느닷없이 불행의 나락으로 떨어뜨린 것은 악마도 마녀도 아닌 단지 난폭한 무법자들이었어. 그 사실이 너무나 현실적이어서 왕자와 여자아이가 더 가엾게 느껴졌어. 허구의 세계라고 생각하고 읽었는데 그 안에서 무서운 현실과 맞닥뜨린 느낌이었지."

"그래서 그 둘은 어떻게 됐는데?"

"몇 년 동안 떨어져서 힘들게 지내다가 마지막에는 둘이서 목마를 타고 도망쳐."

어두운 전개 끝에 구원이 있는 장대한 이야기라고 나는 생각했다. 비록 목마일지라도 하늘을 나는 말은 가련한 연인을 태우고 힘차게 날아가는 것이다.

"그럼 좋아하는 동화는?"

"「주먹밥이 데구루루」_{할아버지의 주먹밥을 먹은 쥐들이 은혜를 갚는다는 내용의 일본 전래 동화.}"

에미가 공주님 같은 얼굴로 방긋 웃었다.

쇼코가 바로 이어 말했다.

"주먹밥이 데구루루, 퐁."

그러고는 내 쪽을 보았다.

"그런 너는 무슨 동화 좋아하는데?"

"오스카 와일드."

나는 앉은 자세로 허리를 곧추세웠다.

"「행복한 왕자」."

o2

그날 돌아오는 전차에서 모퉁이집의 구니오 씨를 보았다.

모퉁이집은 집 근처에 있는 상점이다. 원래는 술을 파는 집인데, 웬만한 식료품은 다 갖춰놓고 있다.

구니오 씨는 그 가게 젊은 사장이다. 젊은 사장이라고 해도 벌써 마흔 살 가까이 됐을 것이다. 초등학생 때 아이스크림을 사러 가면 싱글벙글 웃으면서 맞아주었다. 모퉁이집에서는 죽방울이며 요요, 여름이면 폭죽도 팔았다. 그 죽방울로 '로켓'이나 '세계 일주' 등의 묘기를 멋지게 보여주기도 했다.

"호이, 호이."

몸을 붕붕 띄우면서 추임새를 넣어가며 공을 자유자재로 가지고 노는 모습이 어제 일처럼 생생하다.

사오 년 전에 신문에서, 일본의 젊은이는 탄탄한 가업이 있어도 도쿄의 이른바 일류 기업에 평사원으로 고용되는 쪽을 택한다는 내용의 기사를 읽은 적이 있다. 미국에서는 그 반대라고 한다.

그 기사를 읽은 날, 내가 학교에서 돌아오니 어머니가

튀김 요리를 준비하고 있었다. 옆집 아주머니에게 교토 특산물인 매실 설탕절임을 받았다고 했다. 매실이 단 것은 익숙하지 않지만, 튀겨서 먹으면 맛있다는 것이었다. 나는 신이 나서 서둘러 옷을 갈아입고 부엌에 들어갔다.

함께 튀길 고구마와 당근에 튀김옷을 입히는데 "매번 고맙습니다" 하는 우렁찬 목소리가 들렸다.

부엌 뒷문을 열자 구니오 씨가 발밑에 맥주 박스를 내려놓고 서 있었다. 나를 보더니 쓰고 있던 쑥색 모자를 얼른 벗었다. 사람 좋아 보이는 넙적한 얼굴이 빙긋 웃었다.

"고맙습니다, 매번. 이거 가지고 가면 되죠?"

"네, 고생 많으세요."

구니오 씨는 꾸벅 인사하고, 내놓은 빈병 박스를 들어 올렸다.

"으쌰."

그 정도로 무거울 것 같진 않았지만, 툭하면 기합 소리를 넣는 것이 구니오 씨의 버릇이었다. 그대로 건장한 어깨는 어둠 속으로 사라졌다.

저녁식사 때 젤리처럼 몰캉한 매실절임을 먹으면서, 화제는 신문기사에서 구니오 씨 이야기로 이어졌다.

어머니가 결혼해서 이 동네에 왔을 당시 구니오 씨는

중학교를 졸업하자마자 부모님의 가게 일을 도왔다고 한다. 부모가 강요해서 한 것이 아니었다. 자신의 뜻이었다.

그때부터 줄곧 구니오 씨에 대한 동네 사람들의 평판은 제법 좋았다. 그는 물건의 종류를 계속해서 늘리고, 전단지를 만들어 나눠주곤 했다. 가게 앞에는 늘 손으로 쓴 광고가 붙어 있었다. 무엇보다 잘 아는 모퉁이집 아들이 젊은이답게 열심히 사는 모습이 호감을 주었을 것이다.

아닌 게 아니라 구니오 씨의 순박한 웃음은 사람을 끄는 매력이 있었다.

그리고 죽방울 이야기에서 알 수 있듯이 그는 아이들을 좋아한다. 이 또한 동네 아주머니들에게 좋은 인상을 심어준 요인 중 하나일 것이다.

그날 저녁 우리의 평가는 '구니오 씨는 신문기사에서 말하는 요즘 젊은이들하고는 다르다'라는 것으로 낙착되었다.

그런데 최근 그 모퉁이집 앞에 어디서 들여왔는지 목마 하나가 놓여 있었다. 진짜 나무로 된 것은 아니고, 목마처럼 생겨서 백 엔짜리 동전을 넣으면 앞뒤 상하로 움직이는 놀이기구다.

그렇다고 구니오 씨가 돈을 벌 셈으로 들여놓은 것은

아닌 듯했다. 손님이 어린아이를 데리고 오면 공짜로 태워주기 때문이다.

마요네즈 하나를 사도 목마 때문에 모퉁이집에 오는 아이 엄마도 있을 것이다. 홍보라고 하면 홍보, 상술이라고 하면 상술이었다.

나는 언젠가 구니오 씨가 세 살 정도 된 아이를 그 말에 태워주는 모습을 보았다. 모퉁이집에서는 십 엔에 복사도 해주고 있어서 리포트 자료를 가지고 들렀을 때였다. 구니오 씨는 행여 떨어질까, 새끼 새를 지키는 어미 새처럼 뒤에서 팔을 벌리고 서서 "쿵덕 쿵덕" 하고 이상한 추임새를 넣고 있었다.

보고 있는 사람의 뺨까지 느슨해지는 광경이었다. 구니오 씨 자신이 그런 것을 좋아하는 것이다. 잇속만으로 떠올릴 수 있는 발상이 아니다.

내가 초등학교에 다닐 때 이미 대형 마트가 이 동네에도 진출하기 시작해서 경영상으로 한창 곤란했을 것이다. 그 시기를 극복할 수 있었던 것은, 여전히 정정한 주인아저씨와 구니오 씨가 이인삼각으로 열심히 노력했기 때문일 것이다.

03

그 구니오 씨가 지하철 의자에 앉아 있었다.

나는 바로 알아보았다. 네모난 얼굴이 행복한 듯 상기되어 있었다. 옆에 한 여자가 있었다. 아담하고 동그스름한 얼굴이 귀여운 인상을 주었다. 멀리서 봐도 기분이 좋아질 만큼 잘 웃었다. 웃음소리는 작았지만, 모든 근심 걱정을 어딘가에 놓고 온 듯한 진솔한 웃음이었다.

그 자리에서 피어난 소박한 행복감이 차 안에 퍼지는 것 같았다.

왠지 덩달아 즐거워졌다. 그 순간 나는 이상한 기분이 들었다. 연인을 보고 그런 기분이 든 것은 처음이었다.

허허, 하고 속으로 탄식하며 나는 문 앞에서 잠시 두 사람을 바라보았다. 그리고 스탕달의 『카스트로의 수녀원장』을 꺼내 읽기 시작했다.

문득 고개를 들었을 때 바로 앞에 구니오 씨가 있었다.

눈이 마주치자 곧 마흔인 사람의 얼굴이 마치 나쁜 짓을 하다가 들킨 어린아이처럼 바뀌었다. 그가 꾸벅 고개를 숙였다. 나이 차이가 확 줄어든 것 같았다. 전차는 우에노 역으로 들어가는 참이었다. 정차하기까지 짧은 시간 동안 구니오 씨는 입을 꾹 다문 채 머쓱하게 있었다. 아마 그에게는 그 시간이 굉장히 길게 느껴졌을 것이다.

여자는 구니오 씨를 따라 나를 보고 생긋 웃었다. 하얀 쇼트 코트가 잘 어울렸다. 나이는 서른 즈음일까.

역에 내리자마자 구니오 씨는 여자의 귀에 뭐라고 속삭였다.

……단골손님 따님이에요.

아마 그 정도의 말을 했을 것이다.

두 사람의 뒷모습은 JR로 향하는 인파 속으로 사라지고, 내가 탄 전차는 다시 달리기 시작했다.

모퉁이집에 가려면 내리지 말아야 한다. 여자를 집까지 데려다주는 것임에 틀림없었다.

구니오 씨는 아직 독신이었다. 일과 결혼했다, 라고 한 엘리자베스 1세처럼 평생 혼자 살 마음은 아닐 것이다. 아마도 그 여자가 구니오 씨의 배필이 되리라. 그런 느낌이 들었다. 내년에는 포동포동한 아기에게 볼을 비비대는 구니오 씨의 모습을 모퉁이집 앞에서 볼 수 있을지도 모르겠다.

04

'입욕을 하는 것은 간단한데, 그것을 문장으로 표현하는 것은 참으로 어렵다'라고 말한 이는 아쿠타가와 류노스케였다. 글로 쓰는 것이야 어쨌건, 집에서 가장 간단하게 입욕을 하는 사람은 나다.

반대로 가족 중에 가장 시간이 오래 걸리는 사람은 4월생인 언니다.

언니는 따뜻한 봄에 태어나서 느긋하게 씻는 것이고, 겨울 아이인 나는 추워서 서두르는 것이라고 어머니에게 말한 적이 있다. 하지만 추우면 좀 더 충분히 몸을 담그고 있으라는 소리만 들었다.

현실적인 이야기를 하자면, 목욕 시간은 응당 머리 길이와도 비례한다. 안 그래도 짧은 머리를 더욱 짧게 잘랐으니 씻는 시간도 적게 든다.

얼른 린스까지 끝내고, 머리에 수건을 두르고, 밖으로 손을 뻗어 급탕 스위치를 켰다. 땅이 울리는 것처럼 지르르 소리가 나고 불이 붙었다.

깨끗해진 열아홉 살의 몸을 욕조에 담갔다.

가만히 눈을 감았다.

앞에서 더운물이 나와서 쉴 새 없이 춤을 추듯 양손을 휘저어 뒤섞었다. 그 기계적인 동작을 반복하면서 내년 이맘때는 무엇을 하고 있을까 생각했다.

대학 입시를 앞둔 고교 3학년 연말에도 종종 이렇게 턱 밑까지 몸을 담그고 눈을 감은 채 알 수 없는 일 년 후의 일을 상상했었다.

그때가 결과가 어떤 형태건 확실한 변화가 내 앞에 기다리고 있었다. 열아홉이 스물이 된들 앞에 기다리고 있는 것은 평범하기 그지없는 일상의 반복에 지나지 않을 것이다.

손의 움직임에 따라 나도 모르게 상반신을 자연스럽게 흔들고 있었다. 달릴 때만큼은 아니지만, 흔들림과 함께 이제 몸이 어린아이가 아님을 느꼈다. 욕조 안에서 자신의 몸을 사랑하지 않을 여자가 있을까. 그렇게 생각하면서 가만히 눈을 떴다.

급탕 돌아가는 소리가 멎었다.

손을 위에서 아래로 움직이자 연분홍으로 물든 손톱 끝에서 작은 거품이 일었다.

나는 두 손을 엇갈려서 봉긋한 가슴을 감쌌다.

수증기에 싸인 채 자오 온천의 자욱한 안개를 떠올렸

다. 스키에는 전혀 관심 없는 나이기에 지금쯤 자오가 어떤 모습일지는 알 수 없었다. 유선관의 그 언니는 지금도 바쁘게 일하고 있을까. 나는 새하얀 눈으로 덮인 온천 마을을 그려보았다.

"추워, 추워."

속옷만 입고 몸을 목욕 수건으로 두른 뒤 파자마를 챙겨 들고 부엌 난로 앞으로 갔다. 아버지는 서재에 있었다.

추위도 한동안은 전기난로로 버텼지만, 12월이 되자 역시 석유난로 없이는 안 되겠어서 묵은 먼지를 털어내고 꺼내 놓았다. 아이스크림이 생각날 정도의 체온이 되었다. 몸이 따뜻해지자 긴장이 풀어지면서 자세가 조신하지 않게 흐트러졌다.

목욕 수건으로 속옷만 입은 몸을 다시 닦고 있는데, 어머니가 말했다.

"맞다, 비디오."

내 얼굴을 보고 말하고 있었다.

"비디오?"

"찍을 수 있지?"

비디오카메라를 다룰 줄 아느냐는 말인 것 같았다. 목욕 수건을 머리에 뒤집어쓰고 벅벅 문질러 닦으면서 "응"

하고 고개를 끄덕였다.

몇 년 전에 아버지가 비디오카메라를 샀다. 대학생이었던 언니와 고교생이었던 나를 비디오테이프에 담았지만, 아이가 성장하는 모습을 기록한다는 의미에서는 시기가 한참 지났다. 가족의 모습을 짧게 찍고 그 이후로는 상자에 담긴 채 방치되어 있었다.

"고마치 씨 댁 손자 크리스마스 행사가 다음 주에 있거든."

"아아."

옆집 이야기였다. 매실 설탕절임을 준 사람이 그 집 아주머니다.

"작년에는 아들이 시간이 돼서 비디오를 찍었대."

"올해는 안 된다 이 말이네?"

파자마를 입으면서 대답했다.

"그래그래."

어머니는 빙긋 웃었다.

"며느리가 해보겠다고 카메라를 만졌는데, 망가졌는지 어땠는지 작동이 안 돼서……."

"흠."

드라이어를 켰다.

"괜찮다면 비디오카메라를 좀 빌려 달라더라고."

나는 머리를 말리면서 말했다.

"거기다 빌려주는 김에 딸까지 빌려달라고 했겠고?"

"말 안 해도 척척 알아듣네."

"응."

"21일이라니까 어차피 방학 때잖아?"

"그렇지."

17일부터 대학은 겨울방학에 들어간다.

"어쩔래?"

"나야 뭐. 도코짱이 어떻게 하는지 보고 싶기는 하네."

도코짱이라는 것은 우리 집에서 마음대로 붙인 그 집 손자의 애칭이다.

남의 집 아이가 크는 것은 이상하게 빠르게 느껴진다. 얼마 전에 태어난 것 같은데, 어느 날 보니 대문 앞을 엄마와 함께 새빨간 볼을 볼록하게 하고 아장아장 걸어가고 있었다. 나는 놀람과 일종의 감동을 담아 화제에 올렸고, 그 이후로 우리 집에서는 도코짱이라고 부르게 되었다.'아장아장'이 일본어로 '도코도코'이다.

어수선한 분위기 속에서 춤추고 노래하는 아이들의 순진무구한 모습을 보고 오는 것도 나쁘지 않으리라. 더구나 도코짱이 다니는 곳은 언니도 다니고 나도 다닌 유치원이다. 안에 들어가본 지가 십 년이 훌쩍 넘었다.

가면, 하나의 시간 여행이 될지도 모르겠다.

05

21일은 날이 화창했다.

고마치 씨 댁 며느리가 유치원까지 경자동차로 태워다주었다. 도코짱은 조수석에 앉아 재잘거리고 있었다. 내 옆에는 아주머니가 앉았다.

창밖에는 파랗게 펼쳐진 하늘에 솜을 작게 떼어놓은 듯 구름이 드문드문 떠 있었다.

도착해서 유치원을 보고 이렇게 변하지 않을 수도 있구나 하고 새삼 생각했다. 역과는 방향이 반대이고 일부러 들를 일도 없었다. 어쩌다 한번 앞을 지나가도 유심히 보지 않았다.

그 시절은 이미 아주 먼 옛날로, 과장되게 이야기하면 내게는 아스카 시대나 마찬가지다. 그런데 건물은 예전 그대로이고, 정글짐 같은 놀이기구야 바뀌었지만 개중에는 남아 있는 것도 있었다. 다만 모든 것이 마법의 가루라도 뿌린 것처럼 작아 보였다.

행사 시작까지는 조금 시간이 있었다.

카메라를 한 손에 들고 어슬렁어슬렁 걸었다. 넓었던 뜰도 정말로 여기서 운동회를 했고 달리기를 했나 싶을 만큼 좁았다.

수도꼭지가 나지막이 달린 발 닦는 수돗가를 신기한 것이라도 보는 양 바라보고 있는데 누가 내 이름을 불렀다. 깜짝 놀라서 돌아보자 생각지도 못한 얼굴이 창가에서 나를 보고 있었다.

"미나미 선생님."

반사적으로 그 이름이 나왔다.

유치원 때의 담임선생님이었다. 서로 기억하고 있고, 또 상대가 기억해주었다는 뿌듯함이 통했던 것 같다.

"하나도 안 변하셨어요."

"안 변하긴. 나이가 벌써 몇인데."

그럴지도 모른다. 하지만 내 눈에는 놀라울 만큼 예전 모습 그대로였다.

"그때 계시던 선생님들 중에 지금까지 남아 있는 사람도 나밖에 없어."

어린 눈에 선생님들은 전부 '어른'으로 보였다. 미나미 선생님은 우리 바로 아랫반에 아이가 다녔으니 당시에 서른 즈음이었을 것이다. 그렇다면 지금은 마흔다섯 정도일까.

"결혼해서 그만둔 선생님도 계시고 초등학교로 간 선생님도 계셔. 그건 그렇고⋯⋯."

선생님은 눈이 부신지 눈을 살짝 찡그렸다.

"많이 컸구나."

뜻밖의 말을 들은 기분이었다. 지금의 모습을 당연하게 여기고 있었기 때문일 것이다.

선생님은 곧 행사가 시작된다며 안으로 들어갔다.

나도 현관으로 들어가 크고 작은 신발들이 놓인 한쪽에 스니커즈를 벗어놓았다. 2층짜리 콘크리트 건물 내부는 예전과 변함이 없었다. 바로 옆에 커다란 방 두 개가 이어져 있는데, 그곳이 보통 행사장으로 쓰였다. 나는 문을 열었다.

널따란 유리창에 까만 종이를 붙이고, 별 모양 꽃 모양으로 오려낸 셀로판종이를 대서, 그곳만 노랑 빨강 파랑 초록으로 빛나고 있었다. 어두컴컴한 방에 신비한 스테인드글라스.

기억은 순식간에 십여 년의 시간을 뛰어넘었다.

　신비한 방 한가운데에 쳐진 아코디언커튼 너머에 설렘 가득한 아이들이 있었다.

　흥분한 나머지 쿡 웃어버릴 것 같은 아이는 남자아이보다 힘이 센 미사짱이다. 감기 기운이 있는 욧짱은 콜록콜록 기침을 하고 있다. 멋쟁이 마키짱은 양말과 옷깃을 매만지고 있다. 케이짱은 북채로 어깨를 팡팡 두드린다. 그리고 맨 끝에 입을 꾹 다문 채 고개를 숙이고 있는 여자아이가 보인다…….

　고마치 씨 댁 며느리가 나를 손짓해 불렀다.

　나는 몸을 구부려, 앉아 있는 사람들 사이를 지나 그쪽으로 갔다.

　앞쪽은 방석, 뒤쪽은 의자였다. 우리가 앉은 자리는 의자석 맨 앞자리라 촬영에는 최적의 위치였다. 앙증맞은 의자가 유치원다웠다.

　"미안하구나."

　내가 카메라를 꺼내자 아주머니가 새삼스럽게 말했다.

　"이제부터 크리스마스 행사를 시작하겠습니다."

　아이들의 우렁찬 목소리와 함께 커튼이 양옆으로 열렸다.

06

처음은 노래였다. 크리스마스 고깔모자를 쓰고 나란히 나비넥타이를 단 아이들이 "울면 안 돼, 울면 안 돼"를 목청 높여 불렀다.

도코짱은 「혹부리 영감」의 영감 중 한 사람이 되어 등장했다. "그럼 한숨 자볼까" 하고 내레이션이 나오자 그대로 쓰러지듯 뒹굴 드러누웠다. 유치원생 연극이라 나쁜 영감은 나오지 않는다. 두 영감은 처음부터 함께 산에 온다. 둘 다 좋은 영감인 것이다.

자고 있는데 꼬마 도깨비들이 나타났다. 도깨비들의 두목은 선생님이다.

도깨비들은 두 영감을 일으켜 춤을 추게 하고 구경한다. 그런데 두목인 선생님만이 "아아, 재미있다, 재미있다" 하고 열심히 손뼉 치며 외치고 꼬마 도깨비들은 흥미 없는 듯 멀뚱히 있어서 객석이 한바탕 뒤집어졌다. 또 한 편의 연극은 「피리 부는 사나이」로, 이것도 해피엔드였다. 이외에 도코짱은 연주에서 실로폰을 담당했다. 그렇다고 멜로디가 있는 것은 아니었다. 중간 중간 채를 미끄러뜨려 또로롱 또로롱 소리를 냈다.

공연이 끝나자 불이 꺼지고, 불의 정령이 된 여자아이
가 흰 의상을 입고 등장했다. 그리고 촛불을 아이들에게
나눠주었다. 카메라에 광량이 부족하다는 표시가 떴지만
흐릿하게나마 형체 정도는 찍혔을 것이다.

이윽고 촛불이 꺼지고 조명이 켜지자 드디어 아이들이
기다리고 기다리던 순서가 되었다.

"자, 여러분!"

젊은 선생님이 탁 손뼉을 쳤다.

"오늘 여러분을 위해 멋진 손님이 와주셨어요. 여러분
도 잘 아는, 북쪽 나라에서 오신 산타클로스입니다!"

그러자 반바지를 입은 얼굴이 긴 남자아이가 친구들에
게 이렇게 말하기 시작했다.

"거짓말이야. 선생님이 거짓말하는 거야."

진지하게 설득하려는 아이의 말투가 무척 우스웠다.

"자, 산타 할아버지, 나와주세요!"

선생님이 큰 소리로 외치고 문을 열자 빨간 옷을 입은
사람이 싱글벙글 웃으면서 걸어 나왔다. 붙인 흰 수염이
가슴 위에서 흔들렸다.

그런데 어라!

산타클로스가 선생님에게 마이크를 넘겨받더니 약간

수줍은 듯이 이야기를 시작했다.

"모두 일 년 동안 착하게 지냈나요?"

아이들이 씩씩한 목소리로 "착하게 지냈어요" 하고 입을 모아 대답했다. 자리에서 펄쩍 뛰어오르며 소리를 지르는 아이도 있었다.

"내년에도 착하게 지낼 건가요?"

"지낼 거예요" 하고 합창이 터져 나왔다. 어떤 아이는 산타클로스의 옷자락을 살짝 잡아당기기도 했다.

"그러면 산타 할아버지가 여러분에게 선물을 나눠줄게요."

산타클로스는 커다란 보따리를 열고 아이들에게 선물을 나눠주기 시작했다. 도코짱이 선물을 받는 순간 나는 촬영하던 손을 멈췄다.

"저분 모퉁이집 구니오 씨 아니에요?"

다른 사람들과 함께 의자를 정리하면서 나는 작은 소리로 고마치 씨 댁 며느리에게 물어보았다.

"네, 맞아요."

"매년 하고 있어요?"

"그럴걸요, 작년에도 구니오 씨가 했으니까."

옆에서 우리가 하는 이야기를 들었는지 한 아주머니가

의자를 뒤쪽 벽에 붙이면서 끼어들었다.

"칠팔 년 전에 음료수를 배달하러 왔다가 크리스마스 행사를 봤나 봐요. 다음에는 자기가 직접 산타를 하고 싶다고, 그래서 그 후로 쭉 하고 있다네요."

"아아."

우리 때는 산타클로스는 등장하지 않았던 것으로 기억한다. 구니오 씨가 의견을 내서 바뀐 것인지, 이전부터 그랬는지는 알 수 없었다. 어쨌거나 산타클로스를 하게 해달라는 주문은 정말이지 구니오 씨다워서 좋았다.

간사인 모양인 학부모와 선생님들이 바닥에 모조지를 붙였다. 식탁 대용이었다.

"……그럼 저는 이만 가볼게요."

가족이 아니므로 슬슬 빠지려고 하는데, 가지 말라고 붙잡았다.

"아유, 그럼 안 되지. 우리 가족 수에 넣었으니까 먹고 가."

그렇게 해서 내게도 초밥과 닭튀김 따위가 든 도시락과 캔 주스가 건네졌다. 도코짱은 할머니와 어머니 사이에 앉아 한껏 신이 나 있었다. 나도 나란히 카펫에 앉았다.

검은 종이가 창문에서 차례로 떼어지고, 눈부신 햇살

이 안으로 쏟아져 들어왔다. 웅성거림이 빛과 함께 방에 가득 찼다.

"자, 여러분, 식사하기 전에 한 가지 알려줄 게 있어요."

차분한 미나미 선생님의 목소리였다. 마이크를 잡고 크리스마스트리 옆에 허리를 곧게 펴고 서 있었다.

"올해는 산타 할아버지가 우리에게 또 하나 특별한 선물을 주고 가셨어요."

순간 조용해졌다. 다들 호기심에 가득 찬 눈빛으로 미나미 선생님을 쳐다보고 있었다.

미나미 선생님은 천천히 말했다.

"바로, 목마예요."

07

생각해보면 말과 인연이 깊은 연말이었다.

에미의 하늘을 나는 목마 이야기에 이어서 또 목마가 나왔다.

돌아가다 보니 현관 밖에 모퉁이집에 있던 목마가 놓여 있었다. 아직 제자리를 찾아주지 못한 모양이었다. 작지만 유심히 보니 꽤 훌륭했다. 하얀 말로 안장은 파란색이었다. 눈이 진짜 말처럼 정다웠다.

나는 나도 모르게 손을 뻗어 갈색 갈기를 쓰다듬었다.

그런데 두 번 일어난 일은 세 번도 일어날 수 있는 법. 이튿날 정오 무렵 내 앞으로 책 한 권이 도착했다. 뭔지 몰라 의아해하며 열어보니 컬러 사진이 주로 실린 잡지였다. 신년 특집 주제는 '결혼'. 책갈피에 '근정謹呈'이라고 적힌 종이가 끼워져 있었다.

……누굴 바보로 아나.

던져버리려고 했다.

어디서 어떻게 알았는지 올해 들어 '성인식 때 입을 기모노 저렴하게 구입하세요'라는 러브레터 아닌 러브레터가 내 앞으로 쇄도했던 것이다.

그런데 다시 생각해보니 그런 것과는 잡지의 성격이 달랐다. 무엇을 팔려고 하는 것은 아닌 것 같았다.

다시 한 번 목차를 보았다. 혼인의 변천사, 일본 문학에 나타난 혼인, 이혼의 희비극, 무가의 혼례 등등 이미지와 함께 주제가 알기 쉽게 소개되어 있었다. 그리고 필자의 이름을 차례로 읽어 내려가는 중에 보낸 이가 누군지 짐작할 수 있었다.

나라에혼 「비사문 이야기」 가모 요시히코

내가 가르침을 받고 있는, 그리고 엔시 씨와 알게 된 계기를 만들어준 가모 교수님이었다.

얼른 그 페이지를 펼쳤다. 이럴 수가. 화려한 색채의 그림 한복판에 떠가는 구름과 함께 날아가는 말이 있었다. 말 위에는 똑바로 앞을 응시하고 있는 젊은이가 있었다.

불초한 제자라고 말하기도 죄송스럽지만, 전공 지식이 한참 모자란 나로서는 나라에혼이 어떤 것인지 알 듯 말 듯 이미지밖에 떠오르지 않았다.

내 방에 콕 박혀 에조시(삽화가 들어간 에도 시대의 대중소설)와 관련된 책이며 잡지를 꺼내 벼락치기로 공부를 해서 '무로마치 시대에서 에도 시대에 걸쳐 만들어진 삽화가 들어간 육필 소설로 주로 오토기조시(무로마치 시대에 성행한 동화풍 소설)를 소재로 한다. 조잡함의 대명사지만 볼만한 작품도 많다'라는 정보를 얻을 수 있었다. 하지만 이 정도 내용은 가모 교수님이 쓴 글에 나와 있는 것 같았다.

나는 홍차와 쿠키 봉지를 옆에 준비해놓고 본격적으로 읽기 시작했다.

쇼와 19년1944 6월, 「비사문 이야기」를 읽고 곤지키 태자의 더없이 애절한 이야기에 가슴을 쳤다.

글 첫머리는 이랬다. 다만 쇼와 19년이라고 해도 나로서는 숫자로만 보일 뿐 실감은 나지 않았다.

이어서 이 세상 사람이 아니게 된 첫사랑 공주를 구하러 천상으로 떠나는 태자의 이야기가 소개되어 있었다. 태자가 탄 말의 이름은 '건척'이었다. 어디서 본 것 같아서 이번에는 『료진히쇼』헤이안 말기에 유행하던 노래를 수록한 가요집를 펼쳤다. 2권에 있었다.

태자의 행차에는 건척을 타시어, 하인 차닉에게 고삐를 잡게 하고 단특산으로 가시었다

여기서의 태자는 싯다르타 태자. 즉 석가가 출가하는 극적인 장면을 노래한 것이다. 이때의 말과 이름이 같은 것이다.

그리고 곤지키 태자의 고행도 석가 못지않았다. 우선 그 고독한 여행의 시간이 월등히 길었다. 천상에서 무수한 별들을 만나, 그때마다 앞으로 몇 년 혹은 몇십 년 더

가라는 말을 듣는 것이다. 까마득히 오랜 편력 끝에 그는 도솔천 내원에 이르고, 황금 우물 근처에서 공주와 재회한다.

그런 이야기를 써내려간 교수님의 필치는 신선하고 서정미가 넘쳤다. 나이가 전혀 느껴지지 않았다. 사랑에 빠진 수줍은 소년의 문장 같았다.

태자와 공주가 비사문천, 길상천이 되어 구라마산에 들어가 중생을 구한다는 종교적인 내용에 대해서는 더욱 언급되어 있었다.

마지막은 주제에 걸맞게 이렇게 되어 있었다.

그 옛날 처자들이 마음속에 간직한 연인은, 곤지키 태자처럼 첫사랑의 약속을 지키기 위해 홀로 외롭게 여행을 떠나는 '방랑의 기사'였을 것이다.

혼수품인 「비사문 이야기」는 (책장 장식용일 뿐만이 아니라) 어머니의 마음이 담긴 선물이었다.

비사문천과 길상천은 결국에 천상에서 맺어진 행복한 연인이었으니까.

다 읽었을 때 어머니가 아래층에서 불렀다.

계단 밑에서 "이런 것도 있더라" 하고 엽서를 건네주었다. 가모 교수님이 보낸 것이었다.

'원고 청탁을 받았습니다. 쓰는데 학생 얼굴이 떠올라서 한 권 보냅니다'라고 적혀 있었다.

굵은 만년필로 쓴 운치 있는 필체였다.

이런 로맨틱한 글을 쓰면서 왜 나 같은 매력 없는 여자아이를 떠올렸을까. 이상하기도 하고, 또 왠지 기쁘기도 했다.

08

23일, 고마치 씨 댁 며느리가 감사 인사 겸 비디오를 보여주러 왔다.

그날은 테이프를 그대로 넘겨주었다. 도코짱이 바로 보고 싶어 했기 때문이다.

그냥 건네주긴 했지만 역시 텔레비전 화면으로 어떻게 찍혔는지 확인하고 싶었다.

어머니와 셋이서 식탁에 앉아 전병을 먹으며 감상회를 시작했다.

"뭘 해도 귀엽네."

도코짱을 본 어머니의 감상이다.

"봐. 너도 예전에는 저랬어."

"봤어. 내가 직접 찍었는걸."

"그것도 그러네."

실내에서 찍은 것치고는 깨끗하게 찍혔다. 클로즈업으로는 거의 촬영하지 않아서 초점도 흐리거나 하지 않았다. 일단 임무는 완수한 것 같았다.

"요즘은 비디오 촬영을 하는 집이 많더라고요."

고마치 씨 댁 며느리가 말했다. 목이 가늘어서 꼭 〈뽀빠이〉에 나오는 올리브 같았다.

"정말?"

어머니가 나를 보고 물었다.

"말했잖아, 아빠들이 열심히 촬영하더라고."

어머니는 감탄스러운 듯이 고개를 끄덕이고, 화면 속에서 이쪽을 향해 브이를 하고 있는 도코짱에게 눈길을 주었다.

"흠, 이렇게 움직이는 모습을 커서 보면 그립다기보다 뭔가 기분이 묘할 것 같아."

"그러게요. 나이 들어서 이런 비디오를 보면 정말 기분이 이상할 것 같긴 해요."

고마치 씨 댁 며느리가 대꾸했다.

"예전에는 정말 사진뿐이었는데. 비디오카메라가 흔치 않았으니까."

어머니의 이야기를 들으면서 나는 빠작 전병을 쪼갰다. 어머니는 말했다.

"그것도 첫째 때는 앨범에 넘칠 만큼 찍었는데, 둘째가 되니까 시들해지더라고."

"……맞다, 목마는 어떻게 됐어요?"

내가 말했다. 화면에는 산타클로스로 변신한 구니오 씨가 비치고 있었다.

"아아."

고마치 씨 댁 며느리는 눈을 깜빡였다.

"왜요? 무슨 일 있었어요?"

"아니……."

잠깐 멈칫거리는 눈치였다.

"유치원 뜰에 세워져 있어요."

나는 어머니에게 모퉁이집의 목마가 유치원에 기증된 이야기를 해주었다.

"아니 굳이 왜?"

고마치 씨 댁 며느리는 사정을 선생님에게 들었다고
하며 말했다.

"고장이 나서 움직일 수 없게 되었대요. 원래가 어디서
필요 없게 된 걸 싼값에 들여놓은 건데, 일부러 돈 들여서
고치기도 그렇고 해서 유치원에 가지고 왔던 것 같아요.
외관은 멀쩡하니까."

"그렇구나."

"네. 유치원 선생님하고 구니오 씨가 의논해서 뜰 장식
물 겸 의자로 쓰기로 했다고 해요. 그래서 그다음 날 오후
에 구니오 씨하고 아버지가 와서 공사를 해버렸어요. 저
도 아이를 데리러 갔다가 봤는데, 목마만 보이게 받침 부
분을 땅에 묻고 시멘트를 발라 굳히더라고요. 아이들이
멀찌감치 서서 신나서 구경하고, 구니오 씨도 아버지도
싱글벙글 무척 즐거워 보였어요."

영상이 꺼지고 텔레비전에서 치직 소리가 났다. 나는
일어나서 전원을 끄고 테이프 되감기 버튼을 눌렀다.

"목마도 정착할 땅을 찾은 거네요."

"네. 겨울방학 때 목마 이름을 각자 생각해오기로 했대
요. 그중에서 골라 이름을 결정한다고."

"좋은 생각이네, 그거."

그때 등유 가게 아저씨가 와서 어머니는 자리에서 일어났다.

나는 테이프를 빼 고마치 씨 댁 며느리에게 건넸다. 그런데 받아들면서 뭔가 머뭇거리는 듯이 보였다.

"왜 그러세요?"

"아니에요."

이야기할까 어쩔까 고민하다가 내 말에 결심이 선 것 같았다.

"좀 이상한 이야기인데…… 남편도 밖에 나가서 그런 이야기는 하고 다니지 말라고 하면서 전혀 믿어주지 않는 눈치더라고요."

그렇게 말하면서 스스로도 의아한 듯이 올리브 같은 목을 갸웃거렸다.

"크리스마스 행사가 있었던 그날 저녁에 가족이 다 친정에 갔었거든요."

친정은 에도 강 근처로, 차로 삼십 분 정도 걸린다고 했다.

"녹화한 비디오를 보면서 저녁을 먹은 후에, 남편이 오빠하고 술자리를 벌이더니 당최 일어날 생각을 안 하는 거예요. 저는 아이 때문에 일단 먼저 집으로 돌아왔어요.

씻겨서 재운 다음에 시어머니한테 부탁하고 다시 친정으로 갔는데, 글쎄 그때까지도 허허거리면서 술을 마시고 있더라고요. 겨우 일으켜서 남편을 뒷자리에 태우고 출발했는데…….”

나는 고개만 끄덕이고 있었다. 어머니는 빨래라도 걷는지 좀처럼 돌아오지 않았다.

“도중에 4번 국도를 타면 신호가 많이 걸리기 때문에 곧장 가로질러서 뒷길로 갔어요. 그러면 그 유치원 앞을 지나게 돼요. 왕복 두 번이니까 총 네 번을 그 앞으로 지나간 셈이죠. 마지막에 남편을 태우고 지나갈 때는 밤이 아주 깊었는데, 그래도 현관 앞에 밤새 작은 등을 켜놔서 주변이 약간 밝거든요. 그 앞을 지나는데 어라? 싶더라고요. 뭔가가 이상한데 뭐가 이상한지 모르겠는 거예요. 물건을 깜빡하고 어디다 두고 온 것 같은 느낌이랄까? 그러고 집에 와서 남편한테 오차즈케녹차를 우린 물에 밥을 말아 먹는 일본 음식를 만들어주고 하느라 그 일은 잊어버렸죠.”

아내라는 역할도 참 힘들구나 생각했다. 하지만 그 생각도 다음 말을 듣고 날아가 버렸다.

“그런데 자려고 누웠을 때 문득 떠올랐어요. 마지막으로 지나올 때 말이 없었어요.”

09

"남편한테 말했더니, 목마가 산책이라도 갔느냐, 아니면 하늘을 나는 것이라도 봤느냐면서 바보 취급을 하는 거예요. 남편은 잘못 본 거라고 하는데, 그렇게 눈에 잘 띄는 물건이 불빛 아래에 있으면 안 보려고 해도 눈에 들어오잖아요. 그러니까 세 번 왔다 갔다 하면서 눈에 익었는데, 그게 사라지고 없으니까 어딘가 구멍이라도 뚫린 것처럼 허전한 기분이 들었던 거예요. 분명히 마지막에 지나갈 때는 없었어요."

"하지만……."

나는 당연한 질문을 던졌다.

"다음 날은 있었다는 거죠?"

앞에서 들은 이야기로는 그렇게 되는 것이다. 고마치 씨 댁 며느리는 마지못해 대답했다.

"네에."

괜한 말을 한 것 같은 기분이 들었다.

"아침마다 아이를 데려다주니까, 가서 제일 먼저 목마부터 찾았어요. 그런데 찾을 것도 없었어요. 보란 듯이 원래 있던 자리에 있지 않겠어요? 저도 모르게 눈을 비볐다니까요. 저녁에 남편이 퇴근해서 말은 어떻게 됐냐고 놀리듯이 묻더라고요. 중요한 건 잘도 잊어버리면서 그런 건 꼭 기억한다니까요."

웃음보다도 의아함이 앞섰다. 나는 차를 새로 따르면서 말했다.

"훔쳐가도 쓸데가 없을 것 같은데……."

"내 말이요, 그런 걸 어디다 쓰겠어요. 그러니까 영문을 모르겠는 거예요. 더구나 다음 날 아침에는 다시 제자리에 돌려놨어요."

"아이를 위해 가지고 갔다, 이럴 일은 없겠죠?"

"움직이지도 않는 그냥 목마예요, 더군다나 한밤중이고."

늦은 밤이면 가끔 큰 소리로 노래를 부르면서 집 앞을 지나가는 사람이 있다. 그 언저리쯤으로 생각하면 설명이 되지 않을까.

"……취객이 장난으로 옮긴 건 아닐까요?"

"하지만 받침대가 있어서 꽤 무거워요. 회전목마처럼 크지는 않지만, 그래도 가지고 올 때 구니오 씨하고 아버지가 둘이서 들고 왔거든요. 지나가다가 장난으로 그랬다고 보기는 어려워요."

"그러면 여럿이서 그랬다고 생각하면 어때요? 분위기에 휩쓸려서 그랬을 수도 있잖아요."

"분위기에 휩쓸려서 그런 짓을 했다면 굳이 목마를 도로 갖다 놨을까요?"

"아침에 술이 깨고 나니까 아이들한테 미안한 마음이 들어서 갖다 놨을지도 모르잖아요."

고마치 씨 댁 며느리는 웃으면서 말했다.

"우리 집에도 종종 취해서 들어오는 사람이 있는데, 이튿날 아침에 보면 그렇게 멀쩡하지 않더라고요. 거기다 다음 날이 평일이었으니까 일하는 사람이라면 출근해야 하잖아요. 유치원이 시작되기 전에 갖다 놓는 건 무리예요. 전날 밤 그 정도로 마셨으면 아침에 일어나서 출근하기도 바쁠걸요."

좀처럼 틈이 없었다.

"하지만 그 정도 선에서밖에 생각할 수 없을 것 같은데⋯⋯."

나는 포기해버렸다. 잠깐의 침묵 후 고마치 씨 댁 며느리는 말했다.

"결국은, 내가 잘못 봤다는 얘기네요."

"괜찮겠어요? 그냥 그렇게 생각하고 넘어가도?"

"아니요, 목마는 틀림없이 없었어요."

고마치 씨 댁 며느리는 단호하게 말하고 집으로 돌아갔다. 어머니의 인사 소리가 마당에서 들렸다. 역시 빨래를 걷고 있었던 것이다. 이불이며 옷가지가 집 안으로 날라져 들어왔다.

나도 밖에 나가 두툼해서 덜 마른 빨래를 해가 드는 곳으로 옮기는 것을 거들었다.

10

크리스마스이브가 되었다.

초등학생 때는 이날을 손꼽아 기다렸다. 나이가 들수록 그런 빛나는 날들이 점점 줄어드는 것은 당연한 일일 것이다.

이번 크리스마스이브도 특별히 음식을 차리거나 하지는 않았다. 언니도 모임이 있어서 늦는다고 했다.

"케이크 정도는 사자."

그냥 말해봤는데 어머니가 자금 지원을 해주었다. 날이 저물 무렵에 나는 자전거를 타고 가까운 상점가로 향했다.

바람이 강했다. 다리 위에서 익숙한 후루토네 강을 내려다보자 흰 물결이 날아오르듯 이쪽으로 달려왔다. 크게 벌린 V자를 그리며 상류에서 하류를 향해 물이 밀려왔던 것이다.

가죽 장갑 안의 손가락이 오그라드는 그런 광경이었다.

자주 가는 케이크 가게에 들어가자 초등학교 5, 6학년쯤 돼 보이는 여자아이가 나왔다. 땋은 머리에 하얀 스웨터를 입고 있었다.

"어서 오세요, 크리스마스 케이크 찾으세요?"

마침 주인이 일손을 놓을 수 없는 상황이었을 것이다. 진지한 얼굴로 암송하듯 말하는 모습이 무척 귀여웠다.

"아니, 쇼트케이크 사러 왔어요."

"아, 쇼트케이크라면……."

아이는 눈을 깜빡거리면서 말했다.

"바바루아 어떠세요? 아이들도 어른들도 다 좋아하는 케이크예요."

미소가 절로 지어졌다. 결국 계획에 없던 바바루아까지 봉투에 담았다.

"고맙습니다."

내가 오히려 고맙다고 말하고 싶은 기분이었다. 나는 흐뭇한 마음으로 밖으로 나왔다.

돌아오는 길은, 멀리 돌아서 한밤중에 하늘을 날았다고 하는 말을 보러 갔다. 유치원은 오전 중에 끝나므로 이미 겨울밤의 깊은 잠에 빠져 있었다. 납빛에 감싸인 건물이 쓸쓸해 보였다.

작은 목마는 정글짐 옆에 오도카니 서 있었다.

……너에 대해서도 그분에게 이야기해봐야겠다.

이튿날은 25일, 내 생일이었다.

그리고 시부야에서 열리는 올해 마지막 명인회의 마지막 무대를 엔시 씨가 장식하는 날이었다.

11

12월의 탄생석은 터키석이다.

메이지 시대의 세태를 그린 책에 의하면, 신바시의 게이샤들 사이에서 푸른 터키석 색상이 유행한 적이 있다고 한다. 열아홉 살 올해는 엔시 씨를 만난 해였고, 또 여러 가지로 놀라움에 가득 찬 해였다. 지금 생각해보면 가모 교수님 수업에서 후카가와의 게이샤에 대해 대답한 것이 그 일련의 사건들의 발단이었다.

흰색 핀턱 바지를 입었다.

거울 앞에 서서 앞에 있는 '유럽의 불량소년'을 응시했다.

원래 허리는 가는 편이다. 게다가 꽉 조이는 바지 때문에 허리가 더 강조돼 보였다. 다만 가슴과 엉덩이가 풍만하지 않아서 그다지 여성스러워 보이지는 않았다.

살찔 염려만은 나와는 무연하다고 생각한다. 그래서 이브 날 갔던 과자점이 올가을 개점 5주년을 맞아 여러 가지 쿠키를 담은 팩을 오백 엔에 팔았을 때는 세 팩이나 사서 책상에 모셔두었다. '한 달 안에 드셔야 맛있게 드실 수 있습니다'라고 적혀 있었으니 적어도 한 달까지는 괜찮다는 말이므로, 홍차와 함께 조금씩 음미하며 먹을 생각이었다.

그런데 개미와 베짱이 이야기와는 다르게, 겨울을 대비해 비축해둔 개미의 식량은 어느새 봉투가 뜯겨지고, 내가 좋아하는 바삭바삭하고 고소한 막대 쿠키가 사라져 있었다.

"너무한 거 아니야?"

언니를 잡고 힐문하자 "아직 애구나" 하며 웃었다. 돈을 버는 사람은 역시 달랐다. 이튿날 밤 호화로운 프랑스 과자 상자가 내 책상 위에 놓여 있었다.

득을 본 것 같기도 하고 밑진 것 같기도 한 복잡한 심경이었으나, 이틀 연속으로 맛있는 과자를 제대로 먹을 수 있었다. 물론 가족들도 한 입씩 거들었지만 대부분은 내가 책임을 지고 해치웠다. 한동안은 단것을 쳐다보고 싶지도 않을 정도였다.

그래도 허리둘레에는 조금도 영향이 없었다.

쇼코는 그런 나를 "너 정도면 봐줄 만하지. 지금 상태에서 조금만 여성스러우면 곱게 자란 규수로 보일 텐데" 하고 평가해준다. 단, 그것은 다음에 "거기서 더 마르면 빈티 나는 규수고, 아하하" 하고 말하기 위한 복선이지만.

추위를 많이 타는 체질이라 나는 도톰한 스웨터 위에 보온성이 좋은 짙은 남색 점퍼를 걸쳤다. 그러자 잘록해진 허리도 감청색 바다 밑으로 가라앉아 버렸다.

밖은 납빛 겨울이었다. 옆집의 파초잎이 잎이 아니라 살을 발라낸 생선 가시 같은 모습으로 요란하게 허공을 긁어대고 있었다. 그 소리가 묘하게 귀에 거슬렸다.

살을 에는 바람을 맞으며 걸은 탓에 전차를 탔을 때는

기지에 도착한 탐험대처럼 안도의 한숨이 절로 새어 나왔다.

작년 생일에는 그해 마지막 고서점 순례를 했다. 올겨울이 작년보다 추운 것 같다.

지하철로 갈아타려고 우에노에서 내렸다. 여유가 있어 잠깐 서점이나 둘러볼까 하고 지하와 연결된 백화점으로 들어갔다. 점퍼 주머니에 양손을 찔러 넣고 걷는데, 얼마 가지 않아 앞에서 누군가가 방긋 웃으며 고개 숙여 인사를 했다.

반사적으로 나도 고개를 숙였다.

상대는 그 자리에 서서 이쪽을 보고 있었다. 나도 걸음을 멈췄다.

"요전에……."

목소리가 어린아이 같았다.

그 사람은…… 구니오 씨의 연인이었다.

12

"어때요? 가타쿠라 씨, 늘 활기가 넘치죠?"

순수한 표정으로 그녀가 물었다. 가타쿠라는 구니오 씨의 성이다.

상대의 강인한 권유에 이끌려 나는 백화점 지하 찻집에서 그녀와 마주 앉게 되었다.

"네."

"매사에 의욕적인 사람인 것 같아요."

다무라라고 자신을 소개한 그 사람은 비스듬히 고개를 숙이고 말을 이었다.

"미안해요, 붙잡아서."

"아니에요, 아니에요, 바쁜 것도 아니고."

"아는 분을 만나니까 가타쿠라 씨에 대해 물어보고 싶어져서……."

커다란 짐을 가지고 있었다.

"어디 다녀오셨나 봐요?"

"네, 일 때문에 4박 5일 일정으로."

"와, 꽤……."

"길죠?"

"네."

"무슨 일 할 것 같아요, 저?"

"모르겠어요."

"간호사예요."

"아아."

이해가 갔다. 응급 상황에 대비해 단체 여행에 동반했던 것이리라.

"지금 대학생이죠?"

"네."

"고등학교 수학여행 때 간호사도 함께 가지 않았나요?"

"잘 기억은 안 나는데, 아마도요."

"잘 기억 안 나는 게 좋은 거예요. 무사히 다녀왔다는 얘기니까."

다무라 씨는 말했다. 어디서 본 듯한 얼굴이라고 생각했는데, 그제야 겨우 떠올랐다. 그림책에서 본 긴타로일본 민담에 등장하는 전설 속 인물였다. 동그란 얼굴이 귀여웠다.

"역시 단체 여행에 동반하셨던 건가 봐요?"

"네, 고등학교요."

"이맘때가 여행 시기인가요?"

"스키요, 나가노에 갔었어요."

우리 학교는 가장 일반적인 코스인 교토 나라였지만, 스키 여행을 가는 학교도 있다는 말은 몇 번 들어봤다.

"JR 타고요?"

"아니요, 버스를 대절했어요. 학교에서 내려줘서 거기서 오는 길이에요."

"큰일은 없었나요?"

"자잘한 부상이 꽤 있었어요. 그래도 큰 사고 없이 다녀와서 다행이라고 생각해요."

"피곤하시겠어요."

"조금."

"기념품은 사셨어요?"

서로 구니오 씨에게 호의를 가지고 있다고 생각한 탓인지, 아니면 다무라 씨의 반짝반짝하는 행복감이 영향을 준 것인지 거리낌 없이 그런 것까지 물었다.

"마땅한 것도 없고 시간도 없고 해서, 실은 여기서 스웨터를 샀어요."

"따뜻한 선물이네요."

"나도 받았으니까……."

유리로 된 원탁 가장자리를 문지르면서 다무라 씨는 솔직하게 말했다. 주책없다는 생각은 전혀 들지 않았다. 다무라 씨는 얼굴을 들고 말했다.

"어땠어요, 산타클로스가 된 가타쿠라 씨?"

뜻밖의 질문이었다. 나는 조금 놀랐다.

"네?"

"미안해요."

다무라 씨는 뺨을 가볍게 두드리고 말했다.

"질문이 갑작스러웠죠? 앞뒤 설명도 없이. 가타쿠라 씨가 유치원에서 산타클로스를 한다는 얘기는 들어서 알고 있었어요. 그런데 어제 그 사람이 전화를 해서 말하더라고요. 요전에 전차 안에서 만났던 아가씨가 비디오를 찍었다고."

그제야 나는 다무라 씨가 나를 붙잡은 까닭을 이해할수 있었다. 나는 재빠르게 말했다.

"굉장히 좋은 산타였어요."

좋은 산타, 라는 표현이 이상하다는 생각도 들었지만여과 없이 말했더니 그렇게 되었다.

다무라 씨에게는 그걸로 충분했던 것 같다. 그것이 그녀가 듣고 싶은 말이었던 것이다. 얼굴에 발그레하게 홍조가 떠올랐다.

다무라 씨는 천천히 말했다.

"산타클로스 모자 봤어요?"

이상한 질문이라고 생각했다.

"……네."

다무라 씨는 잠깐 뜸을 들이고 나서 말했다.

"그거, 내가 만들었어요."

그러고서 눈을 내리깔았다.

나는 어떻게 반응해야 좋을지 몰라서 멀뚱히 있었다. 그러자 다무라 씨는 조용한 목소리로 이야기를 시작했다.

"뭐라고 해야 할까, 그 사람과 나, 이제 조금만 더 가면 될 것 같은 곳까지 왔다고 해야 할까요. 그런데 그쪽에서 결혼 이야기를 좀처럼 꺼내지 않는 거예요. 그 사람, 그런 일로 실망한 일이 전에 몇 번인가 있었던 것 같아요."

어린애 같은 모습은 이제 조금도 보이지 않았다. 앞에 있던 사람은 나보다 한참 성숙한 연상의 여자였다.

"그래서 그 유치원 행사를 기회로 산타클로스 모자를 선물하기로 했어요. 천을 구해서 급하게 만들었죠. 직접 건네주고 싶었지만, 그건 제 욕심이고, 결국 며칠 여유를 두고 택배로 보냈어요. 거기에 이렇게 썼어요. 산타클로스 님, 이 모자를 쓰고 아이들에게 목마를 선물해주세요. 그리고 가능하다면 저도 선물을 기다리고 있겠습니다."

어색하거나 과장된 느낌은 없었다. 오히려 엄숙하게 느껴졌던 것은 그녀의 눈동자에 진심이 담겨 있었기 때문이었을 것이다.

　"……그런데 스키장에 도착한 날 바로, 그 사람이 전화를 해주었어요."

　바람 부는 간토 평야의 모퉁이집과 눈 덮인 나가노의 고원을 이은 한 통의 전화.

　그 내용은 들을 것까지도 없었다. 구니오 씨는 선물해야 할 말을 선물했던 것이다.

13

　객석은 연말 특유의 흥분된 분위기로 가득했다.

　나는 뒤쪽 빈자리에 겨우 앉을 수 있었다.

　올해는 꽤나 엔시 씨를 쫓아다녔다. 이야기를 나눈 것은 두 달 전 긴자에서가 마지막이지만, 무대 위의 엔시 씨와는 그 후에도 몇 번인가 만났다.

　남자 동기 중에는 주니치 드래건스일본의 프로야구팀에 열광해서 고라쿠엔, 메이지진구, 요코하마, 멀리 나고야까지 찾아다니는 아이도 있으니 나는 귀여운 편에 속할 것이다.

　중간 휴식 시간이 되어, 오다가 산『가세이기 라쿠고

모음집』을 꺼내 천천히 읽고 있는데 누가 내 이름을 불렀다. 자오에서 만났던 엔시 씨의 제자였다. 공손하게, 그리고 어딘지 수상쩍어하는 눈빛으로 나를 보면서 "끝나면 로비에서 기다려주시겠습니까?" 하고 말했다. 듣던 중 반가운 소리였다.

이번 목마 건도 엔시 씨에게 물어볼 수밖에 없겠다고 생각하고 있었지만, 어떻게 이야기를 꺼내야 좋을지 알 수 없었다. 분장실에는 한 번도 가본 적이 없고, 또 곧 무대에 오를 사람을 붙잡고 이야기를 늘어놓는 것도 예의가 아닌 것 같았다. 그런데 그 고민이 아무런 수고도 없이 가장 자연스러운 형태로 해결되었다.

그건 그렇고 어디서 보고 있었는지 눈도 참 좋다.

프로그램이 진행되고 게키자루와 함께 무대에 오른 엔시 씨의 얼굴에도 한 해를 정리하는 사람의, 평소와는 다른 특유의 빛이 감도는 것 같았다.

"샤미센줄이 세 개인 일본의 발현악기이라고 하면……."

엔시 씨의 단골 메뉴, 〈샤미센 구렁말〉의 첫머리다. 연말 마지막 공연에서 엔시 씨는 이 이야기를 즐겨 한다.

엔시 씨의 말소리에 맞춰 무대 왼쪽에서 샤미센이 울렸다. 그 기교에 이끌려 현의 음률에 귀를 기울고 있는 중에, 객석에 즐겁고 흥겨운 분위기가 차올랐다.

거기서 엔시 씨는 사카이 집안의 셋째 아들인 가쿠사부로 이야기를 시작했다. 그는 아버지의 눈 밖에 나서 별저에 살고 있다. 어느 날 그곳에 안마사인 니시키기가 불려온다. 계절은 겨울, 음력 동짓달일까.

"밖은 추우냐?"

"네, 피리 소리도 얼어버릴 것 같은 밤입니다."

이어서 "도련님의 골상은 다이묘헤이안 시대 말기에서 중세에 걸쳐 각 지방의 영토를 다스리고 권력을 행사했던 봉건영주가 되실 상입니다"라는 말에, "그리 된다면 내 너를 겐교안마사의 최고 직위에 올려주마"라는 약속이 오간다. 병에 걸린 니시키기. 병상에서 일어났을 때는 연말이다. 니시키기는 가쿠사부로가 아악원 관리가 되었다는 소식을 듣는다. 날아갈 듯 한달음에 달려온 니시키기. 언뜻 묘사된 효과적인 연말의 풍경.

문전박대를 당한 설움, 시종과의 우연한 재회와 환희. 아악원 관리와의 대면. 이리하여 니시키기는 겐교가 된다.

이 이야기의 배경이 원래 연말인지 어떤지는 모르지만, 엔시 씨의 〈샤미센 구렁말〉을 들으면 계절적인 배경이 바뀌어서는 안 될 것 같은 기분이 든다. 완결의 시기인 연말이 이 이야기에서 느껴지는 충족감과 잘 어울리기 때문일 것이다.

특히 귀 기울여 들어야 할 대목은 마지막 부분에도 있다.

겐교가 된 니시키기가 등장한다. 말투며 행동이 예전과 너무나 달라져서 민망스럽다. 아악원 관리가 밤색 준마를 구했다는 이야기를 듣고 그는 이름을 묻는다. 아악원 관리는 '샤미센'이라고 대답한다.

"옛날 촉한의 관우가 탔던 말이 적토마"라고 니시키기는 고금의 명마를 거론하며 조금 더 다이묘의 애마로서 어울리는 이름을 붙이라고 충고한다. 아악원 관리는 말한다.

"아니, 좋지 않으냐. 아악이다, 아악. 그 수장이 타니까 샤미센. 탈 때는 당기고, 멈출 때는 둥."

다른 사람이 하는 것은 들어보지 못했지만, 좋아하는 이야기이라서 라쿠고 모음집을 사서 읽은 적이 있다. 책에서는 니시키기가 "시종들이 타면?" 하고 묻고, 아악원 관리가 이렇게 대답한다.

"벌을 받지_{일본어에서 '벌'은 현악기를 탈 때 쓰는 물건인 '발목'과 발음이 같다.}"

기운이 빠졌다.

그때까지의 아악원 관리의 이미지가 와르르 무너져 내리는 것 같은 기분이었다.

하지만 엔시 씨는 다르다. 엔시 씨의 무대도 그 최후의 순간에 가까워져 있었다.

"과연. 아악원 관리가 타니까 샤미센."

니시키기는 감탄하고, 이어서 문득 깨달았다는 몸짓으로 무릎을 탁 친다. 그 손이 자연스럽게 움직여 허공에서 샤미센을 탄다.

"그럼 시종들이 타면……."

말하면서 오른손이 움직인다. 그것을 본 아악원 관리, 봄 햇살처럼 빙긋 미소 지으며 말한다.

"벌을 받으려나?"

북이 울리고, 쏟아지는 박수 소리에 싸여 엔시 씨는 깊이깊이 고개를 숙였다.

14

"생일 축하합니다."

서서히 비어가는 객석 분위기에 아랑곳없이 멍하니 앉아 있는데 내 귓가에 상냥한 목소리가 들려왔다.

놀라서 펄쩍 일어서자 엔시 씨와 역시 오늘 무대에 올

랐던 시 씨, 그리고 그 바로 뒤에 개막 공연을 했던 견습생이 서 있었다.

"이야, 이분입니까?"

반듯한 용모의 시 씨가 내 쪽을 보았다.

"……스승님의 숨겨둔 여자가."

"생각보다 어린가?"

"허허, 스승님도 참 능청스럽습니다."

시 씨의 목소리는 밝고 힘이 넘쳤다. 시 씨는 내 쪽을 보고 싱긋 웃으며 말했다.

"그럼 스승님을 빌려드리겠습니다. 순진하신 분이니까 유혹하면 안 됩니다."

나와 엔시 씨는 두 사람을 남기고 밖으로 나왔다. 바람은 멎었다. 그러나 공기는 헉하고 소리가 나올 만큼 차가웠다.

"고맙습니다. 생일을 기억해주셔서."

입을 벌릴 때마다 입김이 하얗게 춤췄다.

"어떻게 잊겠습니까. 잊으려고 해도 잊기 어렵지요."

솔직히 말하면 이날 생일을 축하한다고 말해준 첫 번째 사람이 엔시 씨였다.

아침에 느지막이 일어났더니 아버지는 연말이라 바빠

서 휴일인데도 출근하고 없었다. 귀하신 몸인 언니는 일요일이 평일보다 더 바쁜 사람이다. 어머니는 전날 케이크를 먹으면서 "그러고 보니 내일은……" 하고 생일 축하를 미리 해주었다. 그래서 아침에는 그냥 넘어갔다.

"한 시간만 시간을 내주십시오. 한 시간 정도는 괜찮겠지요? 나도 어차피 이따가 제자들과 한잔해야 하기도 하고요."

엔시 씨가 어디에 가려는 건지는 눈치로 알 수 있었다.

"애드리브요?"

"맞습니다, 맞습니다."

엔시 씨는 기쁜 듯이 반복해서 대답했다.

"이미 문은 닫았지만."

"그럼 어떻게……."

"하지만 기다리고 있을 겁니다."

나는 고개를 갸웃거렸다.

"오후에 차를 마시러 갔다가 주인에게 당신 생일 이야기를 꺼냈습니다. 그랬더니 늦게라도 오면 특제 로열 밀크티를 대접하겠다고 하더군요."

"기억해요, 저를?"

"아주 또렷하게요."

몸이 확 뜨거워졌다.

모퉁이를 돌자 어둠이 내린 골목길에 애드리브에서 새
어나온 불빛만이 비치고 있었다.

15

엔시 씨는 코트를 벗고 의자에 앉았다. 나는 점퍼 앞섶
을 열었다. 벗을 정도는 아니었다. 짙은 남색 바다가 열리
고 하얀 스웨터가 고개를 내밀었다.

주인은 우선 레몬티를 가지고 와서 엔시 씨 앞에 놓았
다. 수염이 반가웠다.

나는 고개를 숙였다.

"죄송해요."

"아니요, 아니요, 제가 부탁했는걸요. 올해 장사는 오늘
로 끝내고 내일 가족들하고 시골에 가는데, 이렇게 마지
막 손님에게 생일 차를 대접할 수 있게 돼서 오히려 기쁩
니다."

주인은 진지하게 긴 턱을 주억거렸다.

"어딘데요, 시골은?"

"오이타입니다."

"오이타……."

"가본 적 있어요?"

"아니요."

"좀 멀죠."

주인은 시선을 들어 허공을 응시했다.

"처음에 이곳에 와서 오큐토가 없어서 참 놀랐었죠."

나는 고개를 갸웃거렸다.

"오큐토?"

"음식입니다, 해초로 만든. 저희 시골 동네에서는 아침이면 오큐토, 오큐토, 하고 팔러 다녔어요. 간장을 뿌려 먹으면 맛이 아주 좋습니다."

그것은 내가 모르는 세계 중의 하나였다. 무수하게 많은, 모르는 것 중의 하나. 멀리 떨어진 곳에 틀림없이 존재하는 터전이고, 삶이었다.

"시골처럼 팔러 다닐 거라고는 기대하지 않았지만, 그래도 슈퍼에는 있을 줄 알았어요. 와, 그때는 그게 왜 그렇게 먹고 싶던지……."

그러고서 주인은 카운터로 돌아갔다.

엷은 베이지색으로 통일된 애드리브의 실내는 너무 넓

어서 내게는 사치스럽게 느껴졌다.

엔시 씨는 손에 들고 있던 종이봉투 안에서 고운 가지색 종이에 싸인 상자를 꺼내 크림색 테이블 위에 놓았다.

"여기요."

틀림없이 내가 의아한 표정을 지었을 것이다. 엔시 씨는 말했다.

"생일 선물입니다. 올지 안 올지 잘 몰라서 이런 것밖에 준비하지 못했습니다."

나는 왼손을 올려 손가락으로 입술을 문질렀다. 할 말이 떠오르지 않았던 것이다. 손가락 사이로 입술이 자연스럽게 벌어졌다.

"이야, 웃으니까 미인이 더 미인이 됐는걸요."

주인이 이쪽으로 오면서 말했다. 그런 말이 마른 모래에 물이 스며들듯 아무런 거부감 없이 가슴에 들어왔다.

"마들렌입니다. 레몬이 들어 있어서 씹는 맛도 좋습니다."

엔시 씨가 말했다.

주인은 내 앞에 잔을 놓았다.

"이쪽은 로열 밀크티."

요정이 마술 지팡이를 휘둘렀을 때 신데렐라의 기분이

아마 이러했을 것이다.

"설탕은 아주 조금만."

수염을 움직이며 주인이 말했다. 나는 설탕을 살짝만 넣고 홍차를 머금었다. 따뜻함과 부드러움이 입안에 퍼졌다. 설탕은 넣지 않아도 됐겠다고 생각했다.

"우아."

주인은 옆에 앉아 운동회에서 아이의 활약을 지켜보는 아버지와 같은 얼굴로 이쪽을 쳐다보았다.

"……녹아내릴 것 같아요."

"특제니까요."

만족스러운 목소리였다. 그러고 이렇게 말했다.

"지난번에는 말 안 했는데, 실은 말이죠, 그 이후로 줄곧 언제 또 올까 기다렸어요. 그래서 온다는 전화를 받고 무척 기뻤답니다."

"저를요? ……왜요?"

"예전에 내가 극단에 있을 때, 거기에 아가씨하고 아주 닮은 사람이 있었어요. 활기가 넘치고, 뭐랄까…… 그래, 눈부시게 빛이 났어요."

그런 면이 나와 닮았다는 것일까.

"첫사랑이에요?"

주인은 큼지막한 손을 황급하게 내저었다.

"가당치도 않죠, 급이 다른걸요. 내가 기타 등등이었으면, 그 사람은 공연마다 주연급 배역만 맡았어요. 극단 장려상부터 대외적으로도 아주 많은 상을 받았죠. 한마디로 천재였어요. 지금은 뭐 모두에게 인정받는 대배우가 됐습니다만. 하지만 나는 그 시절 연기가 더 좋았던 것 같아요. 당연히 연기력이야 지금이 뛰어나겠지만…… 그때로 다시 돌아가서 그렇게 연기해보라고 해도 이제는 예전 같은 그런 느낌은 안 날 겁니다."

엔시 씨는 홍차를 마시고 입을 열었다.

"생각하고 싶지 않지만, 그런 일도 있을 수는 있겠지요. 하지만 그게 쉽지 않기 때문에 젊음이 빛나는 것 아니겠습니까."

'젊음'을 이야기했던 것일까. 물론 머리 모양과 얼굴 생김도 조금은 닮았을 것이다. 어찌 됐든 그 덕분에 나는 생일날 맛있는 차를 대접받을 수 있었다.

"그런데……."

나는 슬슬 화제를 돌려 마음에 걸렸던 그 일을 꺼내려고 했다.

16

"밤색 준마 다음에, 목마군요."

엔시 씨가 말했다. 과연, 하고 나는 생각했다. 〈샤미센 구렁말〉을 들으면서도 말이 나오는 이야기라는 생각은 하지 못했다. 그만큼 엔시 씨의 무대에 집중했다는 뜻이리라.

나는 늘 그랬듯 도움이 될 것 같지 않은 것이라도 일단 전부 이야기했다. 직접적으로 관계가 있는 구니오 씨에 대해 설명하고, 하는 김에 백화점에서 만난 다무라 씨에 관한 것, 그리고 만나서 나눈 대화까지도 자세하게 말했다.

그런데 이야기를 듣던 엔시 씨의 표정이 어느 순간부터 느슨하게 풀어지는 것을 느꼈다.

내가 이야기를 끝냈을 때 엔시 씨는 갓난아기처럼 행복한 미소를 짓고 있었다.

"……기분 좋은 이야기군요."

"네?"

"말이 하늘을 날았으니까요."

어리둥절한 나를 보고 엔시 씨는 말했다.

"하늘의 조화라는 것을 당신은 믿습니까?"

가게 안이 소리 하나 없이 괴괴해서 도시가 아니라 깊

은 산속 오두막에라도 와 있는 기분이었다. 문을 열면 바로 앞에 맑고 차가운 물이 흐르는 골짜기가 있을 것만 같았다.

나는 가만히 엔시 씨의 갸름한 얼굴을 쳐다보고 있었다.

"나는 그런 운명의 호의를 믿고 싶습니다. 지난번 빨간 모자에 이어서 이번 이야기도 당신이 사는 동네를 무대로 하고 있습니다. 사람이 서로 부대끼며 살아가는 속에서 생긴 두 사건이 한 공간에서 적절한 순서로 일어났다는 생각이 듭니다."

엔시 씨는 잠깐 쉬고 다시 이야기를 시작했다.

"이번 이야기는 암시가 아니라 명시 같습니다. 올해 들은 문제 중에서는 가장 쉬울지도 모르겠어요. 우선 확인할 것이 있는데, 다무라 씨는 4박 5일 여행을 갔다가 오늘 돌아왔다고 했습니다. 그게 며칠부터 며칠까지인가요?"

나는 오른손을 펼쳐서 어린아이처럼 손가락을 꼽아가며 말했다.

"21일부터 25일까지요."

"그렇군요. 구니오 씨에게 전화가 걸려온 건 몇 번이었지요?"

"첫날하고 어제니까 두 번은 확실해요."

"그럼 크리스마스 행사 때 당신이 비디오를 찍은 일을 어째서 21일 당일 밤이 아니라 어제 말한 걸까요?"

예상하지 못한 질문이었다. 나는 엔시 씨가 무엇을 말하고 싶은지 전혀 짐작할 수 없었다.

"그건…… 첫날 통화에서 프러포즈를 했기 때문이 아닐까요? 잡담할 분위기가 아니었을 거예요."

엔시 씨는 빙긋 웃으면서 턱을 문질렀다.

"다음 질문입니다. 다무라 씨는 산타 모자를 급하게 만들었고, 만든 모자를 직접 건네주고 싶었지만 그럴 수 없어서 택배로 보냈다고 했습니다. 왜일까요?"

대답은 뻔했다.

"당연히 여행 때문이었겠죠."

"그런데 말입니다."

엔시 씨는 내 대답이 끝나자마자 포개듯 이야기를 이어갔다.

"다무라 씨는 며칠 여유를 두고 택배를 보냈다고 했어요. 크리스마스 행사는 21일이었습니다. 그렇다는 것은 행사 며칠 전에 모자가 완성되었다는 얘기가 됩니다. 그게 16일이나 17일이었다고 해봅시다. 다무라 씨의 집이 어딘지는 모르지만, 멀어도 두 시간 이상 걸리는 곳은 아

닐 겁니다. 만나고 싶은 의지가 있으면 충분히 올 수 있어
요. 아니면 도쿄에서 만나 전해줘도 됩니다. 그런데 그럴
수 없었다고 했습니다. 바로 전날이면 여건이 안 될 수도
있겠지요. 하지만 며칠 여유가 있었습니다."

그러고 장난기를 담아 이렇게 덧붙였다.

"대체 어떻게 된 걸까요?"

주인은 천장을 보면서 수염을 문지르고 있었다. 엔시
씨는 여유롭게 의자에 등을 기댔다.

'21'이라는 숫자가 머릿속에서 빙글빙글 돌았다. 그러
다 어느 순간 떼구루루 대답이 굴러 나왔다.

"알았어요! 날짜를 착각했던 거예요. 크리스마스 행사
를 24일이라고 생각했던 거예요."

"맞습니다."

엔시 씨는 미소 지었다. 주인도 아아 하고 납득한 얼굴
이었다.

"그런 선물을 줄 줄 전혀 몰랐던 구니오 씨는 크리스마
스 때 유치원에 간다고만 말했을 겁니다. 크리스마스 선
물을 주는 것은 보통 이브인 24일이니까, 다무라 씨는 당
연히 행사가 24일일 거라고 혼자 생각했겠지요. 이걸로
모든 것이 설명됩니다."

나는 고개를 끄덕였다.

"출발 전에라도 주려고 20일에 급하게 모자를 완성해서 택배 편으로 보낸 거군요? 그래서 만날 수는 없었지만 며칠 여유가 있었다고 했고."

"맞습니다. 보통 하루면 배달되니까, 아마 구니오 씨가 유치원에서 돌아왔을 때는 도착해 있었겠지요. 결국 크리스마스 행사에서 구니오 씨가 쓰고 있던 것은 의상과 세트인 기성품이었던 겁니다. 그런데 보내온 선물에는 이 모자를 쓰고 목마를 선물해 달라는 편지가 들어 있었습니다. 이런 상황에서 과연 늦게 받아서 못 썼다고 말할 수 있을까요?"

엔시 씨는 남자인 주인에게 물었다.

"못 그러죠. 더군다나 특별한 의미가 담겼으면 더욱 못하죠."

"네, 그래서 어제 다시 전화를 걸었던 겁니다."

이번에는 나도 그 이유를 짐작할 수 있었다.

"크리스마스 행사를 그날 한 것처럼 이야기했다, 이거네요?"

"맞습니다."

엔시 씨는 결론이 나왔다는 듯이 여유롭게 찻잔을 들

었다.

"잠깐만요. 그런데 말은요? 말은 어떻게 된 거죠?"

"아아, 그것도 구니오 씨의 배려입니다."

무슨 말인지 알 수가 없어서 나는 또 하는 수 없이 설명을 기다렸다.

"옮기기 어려워도 분명히 옮길 수 있는 사람이 있습니다. 바로 갖다놓은 사람입니다. 영업용 차를 이용해서 아버지와 싣고 왔다면, 똑같은 방법으로 가지고 돌아가면 됩니다."

"그건 그런데, 굳이 왜요?"

"물론 모자 때문이지요. 행사 날 비록 쓰지는 못했지만, 썼다고 믿게끔 해주고 싶었던 겁니다. 목마를 선물하기 전에 모자가 도착했다고 말이지요."

"아아."

나는 손바닥을 탁 쳤다. 설명은 계속되었다.

"유치원에 사정을 말하고 도로 들고 가는 것도 야단스럽습니다. 밤중에 가지고 갔다가 바로 돌려놓으면 될 일입니다. 가게 앞 원래 있던 자리에 목마를 놓고, 모자를 쓰든 손에 들든 한 다음에……."

"사진을 찍었다."

엔시 씨는 좋은 대답을 들은 선생님처럼 흐뭇하게 웃었다.

"맞습니다. 다무라 씨가 여행에서 돌아오면 크리스마스 행사와 모자 이야기가 나올 것은 뻔한 일입니다. 그때 자연스럽게 사진을 보여주면 됩니다. 사랑하는 사람을 실망시키고 싶지 않았던 것이지요."

"아버지가 공범이었네요?"

"그래요. 아니, 어쩌면 아버지가 먼저 가지고 오자고 부채질을 했을지도 모릅니다. 사이좋고 마음씨 좋은 부자니까 손발이 척척 맞지 않겠어요?"

순수하고 진지한 마음을 끝까지 지켜주려는 배려가 그 안에 있었다.

하늘의 조화, 라고 엔시 씨는 말했다. 확실히 빨간 모자 사건이 있었던 만큼, 이런 이야기를 들을 수 있어서 무척 감사하게 느껴졌다. 하물며 이런 날에. 이 또한 내게는 귀한 생일 선물이었다.

"……어떻습니까, 인간이라는 존재도 아주 가치가 없지만은 않지요?"

그 '인간'이라는 말은 어떤 의미에서 '남과 여의 관계'로 바꿔 말하는 것도 가능하리라.

나는 홍차 찻잔처럼 마음이 따뜻해져서 말없이 고개를
끄덕였다.

17

역 앞 횡단보도에서 엔시 씨와 헤어졌다. 조심히 가십시
오, 라는 말을 남기고 코트를 입은 뒷모습은 멀어져갔다.

노란 자동차 불빛이 얼어붙은 공기 속을 달리기 시작
하고, 이번에는 내가 역으로 향할 차례가 되었다.

……으샤.

걸으면서 작게 중얼거려 보았다.

유치원 현관에서 목마를 들 때 구니오 씨는 그렇게 기
합을 넣었을 것이 틀림없다. 그 상상은 유머러스하고, 동
시에 엄숙한 것이었다.

푼다, 그리고, 풀린다.

엔시 씨가 풀어준 것은 수수께끼만이 아니었다. 내 속
에서도 뭔가가 조용히, 부드럽게 풀렸다.

횡단보도를 다 건넜을 때 흰 물체가 눈앞을 떠다녔다.
무심코 슥 손을 내밀었다. 다갈색 장갑 위에 흰 물체가 사

뿐 내려앉았다.

……함박눈.

고개를 드니 네온사인 아득히 저편에서 눈송이가 살랑살랑 내려오고 있었다.

"쌓이겠는데."

"그럼 안 되는데."

퇴근길에 오른 사람들이 코트 깃을 세우고 서둘러 지나갔다. 내일은 온통 은세계가 될지도 모르겠다.

나는 손을 올려, 흰 무희를 다시 허공에 놓아주었다. 그러고 생각했다. 사람은 누구나 저마다의 인생이라는 말을 달린다.

나의 말이여. 그 눈동자여, 갈기여, 말굽이여.

순수하게, 사랑스럽게 환상을 가슴에 품을 수 있을 것 같았다.

내가 태어난 시간은 자정에 가까운 깊은 밤이었다고 한다. 집에 도착하는 시간이 그즈음일까.

오늘 밤은 정성스럽게 머리를 감아야겠다.

점점 많아지는 하늘의 은빛 천사들에게 나는 조용히 말했다.

……그때까지는, 눈이여, 나의 머리를 장식해주소서.

일상 미스터리의 고전,
'엔시 씨와 나' 시리즈

　요네자와 호노부의 '고전부' 시리즈와 '소시민' 시리즈, 미카미 엔의 '비블리아 고서당 사건수첩' 시리즈가 근래에 독자들의 큰 사랑을 받았다. 이 작품들은 일본에서 추리소설의 서브 장르로 분류되는 '일상 미스터리'에 속한다. 일상 미스터리는 말 그대로 살인과 죽음이 전제된 선정적이고 폭력적인 범죄가 아닌 일상에서 조우한 소소한 사건 혹은 수수께끼를, 역시 수사관이나 전문 탐정이 아닌 평범하고 친근한 주인공이 특유의 지식과 감각을 발휘하여 아기자기하게 풀어나가는 형식을 취한다. 풀이의 대상이 범죄가 아니거나 기껏해야 경범죄이지만 수수께끼가 해명되는 과정이 엄밀한 로직 위에서 이뤄지므로 넓게는 본격 미스터리로 분류된다.

일상 미스터리 속 주인공들은 전문 탐정이 아니라 다양한 생업에 종사하거나 독특한 취미를 가지고 있어서 그 해박한 지식을 바탕으로 추리를 하는 경우가 대부분이다. 그래서 일상 미스터리는 이야기의 스펙트럼이 넓을 수밖에 없다. 배경이 커피숍이거나 헌책방이거나, 취미가 뜨개질이거나 악기 연주이거나. 그래서 다양한 소재의 일상 미스터리가 계속해서 쏟아져 나오고 있다.

이 넘쳐나는 일상 미스터리의 역사를 거슬러 올라가면 그 끝에 기타무라 가오루의 '엔시 씨와 나' 시리즈가 있다(일본을 벗어나 더 올라가면 일상 미스터리의 조상 격인 코지 미스터리의 대표작 애거사 크리스티의 '미스 마플' 시리즈가 있을 것이다). 이 시리즈는 일상 미스터리의 시작이자 고전이다. 1980년대 후반 신본격 미스터리 붐이 일었을 당시, '살인이 없는 미스터리'인 『하늘을 나는 말』이 발표됨으로써 살인사건을 해결하는 것만이 추리소설은 아니라는 인식이 확산되었고, 다투어 일상의 수수께끼를 다루는 작가들이 등장하면서 일상 미스터리라는 용어도 일본에서 자연스럽게 정착하게 되었다.

'엔시 씨와 나' 시리즈의 주인공인 '엔시 씨'와 '나'는 각각 일본의 전통적인 이야기 예술인 라쿠고 예능인이고 책과 라쿠고를 사랑하는 국문과 학생이다. '나'가 일상에서 발견한 소소한 수수께끼를 던지고 '엔시 씨'가 그 수수께끼를 해결한다. '나'는 문학도로서의 지적 호기심을 유감없이 드러내고 '엔시 씨'는 라쿠고와 통찰로써 그것을 막힘없이 받아낸다. 문제 풀이에 의한 통쾌함과 더불어 그 과정에서 풀려나오는 다양한 지식과 정보는 덤. 그리고 이야기는 거기서 끝나지 않고 인간 심리의 심연에 가 닿아 절망에서 희망을 끌어냄으로써 감동과 위안을 주기도 한다. 일상 미스터리의 요소가 빠짐없이 갖춰져 있는 셈이다. 다만 이것만으로는 부족하고, 지금까지 이 작품이 고전으로 회자되고 읽히는 까닭은, 일상 미스터리의 요소 중 가장 중요한 하나가 세월이 흘러도 빛이 바래지 않기 때문일 것이다. 바로 주요 등장인물 간의 '케미'. 중년의 기혼 남성인 '엔시 씨'는 여대생인 '나'에게 애인이자 아버지이자 신적인 존재처럼 그려진다. 남녀관계로는 절대 느껴지지 않는 그 남과 여가 묘하게 순수하고 아름답다. '나'는 그 관계에서 자신만의 이상적인 남성상을 그리게 되고 시리즈가 거듭될수록 여자로서, 인간으로서 성장해간다. 이런 의미에서 이 책은 성장소설이기도 하다.

잔인함과 선정성이 싫어 미스터리를 꺼리는 독자라면

일상 미스터리로 미스터리에 입문해보길 바란다. 본격 미스터리를 좋아하는 독자라면 일상 미스터리를 통해 논리의 예술을 느껴보길 바란다. 일상 미스터리의 매력에 빠진 독자라면 일상 미스터리의 고전, '엔시 씨와 나' 시리즈를 읽어보길 바란다.

먼저 읽어본 독자로서, 이 작품은, 모든 것이 좋았다.

2017년 봄

정경진

하늘을 나는 말

1판 1쇄 인쇄 | 2017년 5월 15일
1판 1쇄 발행 | 2017년 5월 22일

지은이 기타무라 가오루
옮긴이 정경진
펴낸이 김기옥

사업3팀 최한중
영 업 박진모
경영지원 고광현, 김형식, 임민진, 김주현

인쇄·제본 (주)민언프린텍

펴낸곳 한스미디어(한즈미디어(주))
주소 121-839 서울시 마포구 양화로11길 13(서교동, 강원빌딩 5층)
전화 02-707-0337 | **팩스** 02-707-0198 | **홈페이지** www.hansmedia.com
출판신고번호 제313-2003-227호 | **신고일자** 2003년 6월 25일

ISBN 978-11-6007-144-3 03830